ZUFÄLLIG ICH.

Ein Roman von
Bettina Messner

Bibliografische Information der Deutschen Nationalbibliothek:

*Die Deutsche Nationalbibliothek verzeichet diese Publikation in
der Deutschen Nationalbibliografie; detaillierte bibliografische
Daten sind im Internet über http://dnb.dnb.de abrufbar.*

Herstellung und Verlag:
BoD-Books on Demand, Norderstedt

ISBN 978-3-755-77619-2

www.bod.de

ProtagonistInnen:

ES = Ich, Wolke — eine Seele
HS — die innere Stimme, das Höhere Selbst von Ich
Lotti — ein Wesen
Henrietta (Henry) — eine Bibliothekarin
Joe — ihr Lebensgefährte
Gabriel — Regisseur, Exfreund von Henrietta
Em — seine Frau
Ann — eine Autorin
Paul — ein Fotograf
Beggs — ein Landstreicher
Lump — sein Hund
Sandra — eine Schauspielerin
Dino und Su — zwei Obdachlose

Vielen Dank an
Claudia Hannemann, Nora
Edelsbacher, Katrin Jessner,
Sonja Winnecker, und
alle Freunde, die an diese
Geschichte und an mich
geglaubt haben.

Es gibt keinen Zufall.

PROLOG

ES will unbedingt geboren werden. ES will nicht mehr länger universelle Energie sein. ES will in dieser kleinen irdischen Welt sein, die ES immer so gerne beobachtet. Das ist zwar eine banale, ja beinahe einfältige Welt, aber ES findet es interessant, dort und da mitspielen zu können. ES möchte endlich wieder so tun dürfen, als wäre jede kleinste Nebensächlichkeit ein großes Drama. Und Spaß haben. Mit echten Augen sehen und mit echter Haut spüren. Und überhaupt. Viele Geschichten erleben. Auf der Energieebene ist ja alles ohne Spannungen, immer harmonisch, easy, gleich, konflikt- und hindernisfrei. Das ist wunderbar. Aber auch öde.

Die Beschränkung des irdischen Lebens stellt sich ES interessant vor. Man könnte sich in dieser Begrenztheit, innerhalb dieser Enge des menschlichen Horizonts treiben lassen und ein wenig Verantwortung abgeben. Oder das Gegenteil tun: Selbst die Führung übernehmen und eventuell auch Lehrer sein. Alles wäre möglich. Zumindest stellt ES es sich so vor. Nur wüsste man leider als Mensch gar nicht, was alles möglich wäre. Aber man hätte andererseits auch Zeit, es herauszufinden. Mehrere Leben Zeit dazu auch noch, sollte ein Leben nicht reichen. Und ein Leben reicht ja selten. ES will wieder zurück in diesen Kreislauf.

ES will endlich nicht mehr alles wissen, alles können und vor allem alles sein. Ein neues, banales Menschleben in einem überschaubaren Radius zu leben, das wäre doch mal wieder etwas ganz Anderes. Es ist so ähnlich wie Theater spielen oder eine Romanfigur sein. Agieren in einem vordefinierten, festgesetzten Rahmen. ES will wieder ein Teilchen im Raum sein, ein Splitter, ein Mosaikstückchen. Und andere entdecken. Mit ihnen interagieren. Sich an ihnen reiben, sogar streiten, anderer Meinung sein. Kontraste und Unterschiedlichkeiten erfahren. Und all die mit dem Menschsein verbundenen Illusionen haben! Das wäre doch mal wieder fein. Aber wie könnte ES geboren werden? Könnte ES das irgendwie selbst initiieren?

ES ist klar, dass ES sich dafür eine Zeit und einen Ort aussuchen muss. Die Erde als Planet wäre spannend, das steht schon mal fest. Dort ist noch eine turbulente Entwicklung im Gange, die ES gut beobachten kann. Ein interessanter Flecken, dieser blaue Ball. Fast ein wenig abenteuerlich. Die Zwanziger Jahre des 20. Jahrhunderts wären eine mögliche Wahl, denn ES gefällt diese Zeit sehr. Vielleicht in Berlin oder Paris in den Tag hineinleben. Schließlich wird diese Phase von den Menschen als eine „goldene" bezeichnet. ES hat ein wenig in den Geschichtsenergien des Planeten herumgestöbert und diese in sein Feld aufgenommen. ES ist überzeugt, auf einer guten Fährte zu sein.

„Ach geh, Fährte", mischt sich eine Stimme ein. „HS", wie ES diese Stimme nennt, die von innen zu kommen scheint, mischt sich selten ein, aber es scheint jetzt notwendig zu werden. „Wir wissen genau, dass wir uns damit viel zu sehr fokussieren. Das ist nicht unsere Sache."

„Aber ich will ein Mensch sein und das gehört dazu." ES besteht immer stärker auf seine baldige Verdichtung.

Meine Güte, jetzt sagt ES schon ICH, reflektiert HS, meldet aber gleichzeitig: „Also gut", und versucht eine andere Taktik. „Wir wissen aber auch, was nach den Zwanziger Jahren in Europa passiert ist, nicht? Wollen wir das wirklich?"

„Oh je." ES flackert ein wenig unsicher. „Das kann unschön werden. Ich will ja ein schönes Leben."

HS hätte jetzt gerne signalisiert, dass es schließlich in

jeder Phase um Entwicklung gehe und gerade die schwierigen Zeiten dabei sehr hilfreich seien, aber hält sich zurück, um ES nicht noch mehr zu verwirren. Vor allem um ES in keiner Weise zu bestärken, Mensch werden zu wollen. Was für eine Idee! So gestrig! Wo man doch geglaubt hat, Zeiten, das enge chronologische Konzept überhaupt, längst hinter sich gelassen zu haben, nein, darüber hinaus zu sein. Ach, jetzt ist auch HS schon von dem Zeitkonstrukt infiziert.

„Dann nehme ich die Sechziger!", glüht ES jetzt begeistert und pulsiert auch ein wenig dabei. Das Jahrzehnt gefällt ES besonders. Bunt und lässig soll es sein. Ein bisschen Bewusstseinserweiterung in menschlichem Rahmen kann nicht schaden. ES lässt all seine Energiefarben gleichzeitig strahlen. „Anfang der Sechziger oder Ende? Wie soll ich mich entscheiden?"

„Fragen wir das wirklich?", brummt HS. „Wir wissen es und wissen es nicht. Eine Entscheidung muss getroffen werden, sonst geht gar nichts."

„Ja, ok, Ende der Sechziger. Und wie mach ich das?" ES funkelt mittlerweile wie eine Diskokugel. HS verdunkelt ES ein wenig und dimmt die Stimmung runter: „Wir müssen das Potenzial doch längst erkennen können. Das Potenzialfunkeln. Wir müssen auf das Potenzialfunkeln achten. Dann in die Spirale. Und wenn wir weiter so zögern, dann verpassen wir den nächsten Rundlauf."

„Diese Zeit scheint ein wenig vernebelt." ES übergeht die Irritation darüber und weitet seine Energiebahnen aus, um sich ein bisschen besser im Raum-Zeit-Kontinuum einzufühlen. Dabei fokussiert ES sich ein wenig zu sehr. Fast schwebt ES dabei auf einzelnen Wolken, anstatt das große Ganze im Feld zu behalten.

„Hallo, träumen wir?", blitzt HS nach einer Weile. „Verlieren wir uns? Da ist gar kein Nebel. Alles Fassade."

„Jetzt habe ich etwas gespürt!" ES ist jetzt hellwach und offen. „Da ist etwas und ich tauche mal kurz hinein."

HS gefällt das nicht so sehr, aber das liegt eben daran, dass Zeitlinien HS im Grunde immer schon suspekt waren. Zu menschlich. Zu irreal. Das Universum aber surrt und schnurrt und mäandert und wandert, und kümmert sich nicht um menschliche Konstruktionen. Aber auch nicht um seine einzelnen Teile. Auch nicht um HS. Schon gar nicht um ES. Genau in dem Moment nämlich, wo ES sich einer bestimmten Raum-Zeit nähern will, macht das Universum jetzt eine Schleife oder eine Falte oder beides, jedenfalls bewegt es sich weiter.

„Das gibt es doch nicht", flackert ES und schrillt dabei gleichzeitig in den höchsten Tönen. „Da war doch grad noch so ein Funkeln, ein Potenzialfunkeln, und wo ist es jetzt? Und warum ist jetzt plötzlich das Jahr 2000 da? Das ist doch ... Wo sind die Sechziger hin?"

„Wir sind zu tief in den irdischen Konzepten verstrickt. Entspannen wir uns. Lassen wir uns fließen", sagt HS betont ruhig, ohne auf die Fragen einzugehen. Für Fragen hat HS keinen Sinn. Schließlich müsste ES im Grunde alles selbst wissen. So ist das in der freien Energie und nicht anders. Es macht HS im Grunde aber schon unruhig, dass ES das alles nicht mehr zu wissen scheint. Ein Zeichen, dass ES schon zu nah im Irdischen Feld ist? Färbt das Unwissen schon ab? Das kann ja wohl nicht sein, ohne das richtige Potenzial ...

„Ja, ja." ES bewölkt sich ein wenig, findet aber nicht so richtig ins Fließen. Irgendwie geht jetzt gar nichts mehr. Da blockiert etwas! Das ist ES nicht gewöhnt. „Was ist da los, HS? Ich kenne mich nicht aus. Muss das nicht anders laufen?"

HS aber antwortet nicht. ES wird noch ungeduldiger und sogar launisch. Schon wieder ein neues Verhalten bei ES. Verhalten? Hat ES ein Verhalten? Vermutlich tatsächlich aufgrund der starken Nähe zu den irdischen Energien. „Übrigens vielleicht ist mir Europa doch zu belastet, wie wäre es mit Hawaii? Endlich wieder nach Hause zurück? Am blauen Pazifik sitzen und auf den Horizont schauen? Wäre doch nett."

„Oh je, wir verstreuen in dieser Sprunghaftigkeit gerade unsere Energiepotenziale in alle Richtungen und Zeiten. Haben wir vergessen, dass alles Konsequenzen hat? Wohin wir denken, hinterlassen wir Gefühlspartikelchen! Passen wir besser auf!" HS ist jetzt alarmiert.

ES aber hört gar nicht zu. „Sollte da jetzt nicht irgendwo irgendwann ein helles Licht sein? Ein Sog? Warum ist da nichts? Ich muss mir das genauer ansehen und noch weiter hinein. Ich muss da hin. Ganz nah. Direkt."

„Wir sollten das nicht tun!" warnt HS. „Die Energie ist dort und dann zu niedrig. Wir sollten auf das richtige Potenzial warten. In uns hinein fühlen. Ach! Wissen wir nicht mehr, was passiert ist, als wir das letzte Mal zu früh eintauchten? Haben wir das auch schon vergessen? Wir sollen fließen und nicht forcieren. Auf die Energiespirale warten, die uns aufnimmt. Auf die richtige! Wir werden es genau fühlen, wenn es soweit ist. Wir müssen uns darauf einlassen und warten! Erinnern wir uns! Erinnern wir uns!"

ES aber hört immer noch nicht zu, jubiliert nun fast, sprüht noch ein wenig mehr und schaltet den Turbo mit Richtungsstrahlern ein. „Ich fühl mich schon viel menschlicher. Und irgendwie ist es plötzlich aufregend und prickelnd! Wow! Was für ein Gefühl! Das ist doch ein Zeichen! Das muss ein Zeichen sein! Muss! Ich werde einmal ein bisschen Gas geben und losstarten!"

HS versucht zu bremsen. „Das haben wir auch damals in Atlantis gedacht und uns zu früh eingemischt! Man muss allem seinen Lauf lassen. Go with the Flow! Nichts forcieren! Nichts forcieren! Wir wissen doch noch, was das letzte Mal passiert ist?"

ES zuckt uninteressiert. „Das war nicht meine Schuld! Glaube ich jedenfalls. Oder? Ich vergesse grad so viel. Egal. Jetzt geht's los! Juhu! Huiiiiiii!"

ES blitzt und donnert und fühlt sich wie ein Komet, während ES auf die Erde zu-fällt.

1.

(Ich)

Was ist das?

Wo bin ich?

Oder besser: Was oder wer bin ich?

Wo HS nur steckt? HS — melde dich bitte!

Bin ich allein?

Werde ich bald Mensch sein?

Irgendetwas verändert sich. Irgendetwas durchbricht die Dunkelheit und bewegt sich.

Hallo?

Hallo!

Bist du meine Mama?

(Henrietta)

„Es gibt keinen Zufall."

Es fing an, als ich mir den ersten Satz überlegte. Natürlich hatte ich die Liebesgeschichte des Quartals — Joe nennt sie ja heimlich Schmonzetten und er weiß nicht, dass ich das weiß — schon fertig geschrieben, aber ich hatte die Angewohnheit, den ersten und den letzten Satz ganz am Ende hinzuzufügen. Das wurde allmählich zu einem Zwang für mich, ohne den ich keine Geschichte mehr schreiben konnte. Erst danach konnte ich gedanklich abschließen und mich auf eine neue Story einstellen. Gewisse Rituale erleichterten mir die strukturierte Schreiberei, die im Grunde nicht so meiner Natur entsprach. Es war schon ein seltsamer Tag. Rückblickend erinnere ich mich sehr deutlich an meine Angespanntheit, Nervosität, an das Chaos, das in mir tobte.

Natürlich war zu einem großen Teil Gabriel daran schuld, also indirekt. Meine Gedanken kreisen um unser Treffen, welches er nach fünfzehn Jahren Funkstille initiiert hatte und das gleich nach Dienstschluss stattfinden sollte. Die Kontaktaufnahme kam überraschend und sehr plötzlich für mich. Ich hatte all die Jahre gar nicht daran gedacht, dass wir uns wiedersehen würden, hatte es wohl verdrängt, denn er war ja nicht aus der Welt. Nur aus meiner verschwunden. Das Konzentrieren auf den ersten Satz sollte eine Ablenkung sein, denn das Neusortieren der „Klassischen Meisterwerke" in der Sonderabteilung der Bibliothek war dafür nicht gerade ideal. Zu viele Möglichkeiten, um in Gedanken an die Verabredung mit Gabriel abzuschweifen.

Der erste Satz ist der wichtigste Satz in einem Roman, denn er soll den Leser, die Leserin ins Buch ziehen, einen Einstieg schaffen, nach dem man sich das Weiterlesen ersehnt. Dann der erste Absatz, das erste Kapitel. Meine Lektorin Nike war da sehr darauf fokussiert. „Du musst erst mal unbändiges Interesse wecken!", sagte sie immer wieder, „zack, zack, ich will ein Einstiegsfeuerwerk!" Und es gelang mir meistens, eines zu zaubern. Bis auf den ersten Satz. Der fiel mir immer noch schwer.

Ich war allein an jenem Tag in der Bibliothek mit meinen Gedanken kurz vor Dienstschluss, der Dämmerung und einem Wolkenbruch. Ich schrieb wie automatisiert in mein Notizbuch: „Es gibt keinen Zufall." Und dachte dabei, dass ich mir ein bisschen mehr spielerische Leichtigkeit wünschte, überraschende Geschehnisse, die einfach so passieren, ohne Sinn und Grund. Aber ich dachte dabei an mein Leben und gar nicht mehr an den Roman.

(Ich)
„Unsinn!"

Wer oder was hat das gesagt? Habe ich das wirklich gehört? Kann ich hören?
„Wer bist du?", frage ich und sehe ein transparentes weißliches Etwas.

„Wenn ich das wüsste!"

Das Etwas nähert sich und wird immer sichtbarer. Seine Transparenz wird dichter und formt sich zu einer Art weißen Fleck. Oder nehme ich das nur so wahr? Kann ich überhaupt sehen?
„Du sprichst?"

„Keine Ahnung. Vermutlich. Scheint so."

„Vielleicht höre ich dich nur in mir drin? Bist du mein HS?"

„Hm. Das glaube ich nicht. Aber es ist im Grunde egal, findest du nicht?"

Ich finde das Etwas oder diesen weißen Fleck seltsam. Aber ist nicht die ganze Situation seltsam? Und ich weiß ja nicht einmal, wer ich selber bin und wo und warum. Bin ich ein Ich?

„Und du weißt auch nicht, wer oder was du bist? Das ist interessant, denn ich weiß auch nicht, was ich bin."
Der weiße Fleck blinkt ein wenig. „Ich weiß nicht, was ich bin, aber ich weiß sehr wohl, wer ich nicht bin. Ich bin nicht

deine Mama. Und ein HS bin ich auch nicht. Was auch immer das ist. Aber wer ich bin? Hm. Ich bin eventuell, hm, möglicherweise, ach, nenn mich Lotti."

Das Wesen flattert jetzt etwas und scheint dabei Konturen anzunehmen. „Und? Siehst du mich? Wie schaue ich für dich aus?", fragt dieses Lotti-Wesen jetzt und bewegt sich hin und her.

„Also Lotti. Du siehst aus wie ein weißes Etwas", sage ich. Mehr fällt mir nicht ein.

„Und ich? Wie sehe ich für dich aus? Kannst du mich überhaupt sehen?" Ich bin sehr gespannt.

„Sehen oder wahrnehmen. Was auch immer. Hm. Wolkenhaft irgendwie, eher transparent. Aber mit vielen Farben wie ein Regenbogen. Und Lichtern. Aha, ich bin also weiß? Hm. Ich bin also doch eine Energieform. Irgendeine. Aber weiblich bin ich, denn der Name ist weiblich. Lotti ist doch weiblich?"

Ich habe keine Ahnung, was „weiblich" sein soll. Die ganze Situation überfordert mich. Mir fällt etwas ein. „Du könntest mein Zwilling sein. Und wir sind im Bauch unserer Mama. Vielleicht ist das so." Ich finde diesen Gedanken tröstlich, fast schön. Dann würde ich mich nicht mehr so verloren fühlen. Aber dieses Lotti-Wesen macht ein seltsames Geräusch, das wie „Hahaha" klingt. Was soll das?

„Du bist ein komisches Ding. Und hast noch komischere Einfälle", sagt Lotti. „In einem Bauch? Eines Menschen? Sicher nicht."

Lotti dreht sich herum, jedenfalls kommt es mir so vor. „Mir scheint, das ist ein Raum."

„Ja und? Alles ist ein Raum. Alles besteht aus Räumen." Da bin ich mir in aller Unsicherheit wieder ganz sicher.

Ach wäre nur HS hier, das wüsste Bescheid.

„Das ist ein Raum voll mit … Zeug. Menschliches Zeug. Das sind … Bücher!" Das Lotti-Wesen klingt jetzt triumphierend, als hätte es etwas entdeckt. „Ja, ich weiß es. Wir sind in einer Bibliothek!"

„Bücher? Was ist das? Ach, du meinst mit Buchstaben bedruckte Blätter?"

Es fällt mir wieder ein, was ich darüber weiß. Immer mehr fällt mir jetzt ein. All das Materielle in der Welt. Ich kann wohl immer noch meine Chronik anzapfen. Das ist beruhigend. Moment mal, was ist eine Chronik? Egal jetzt. Ich sage mein altes, irgendwo irgendwann angesammeltes Wissen auf: „Eine Bibliothek ist eine Sammlung von Büchern in einem Raum. Ja, ich weiß das wohl. Ich weiß das noch. Aber was tu ich da? Wo ist HS? Und wo ist Mama?"

Lotti scheint zu überlegen. „Okay", sagt sie, „Klingt ganz so, als wärst du eine ungeborene Seele oder so was." Sie macht eine kleine Pause und sagt dann, etwas lauter: „Wow, ich bin ja ziemlich clever!" Sie macht irgendein Geräusch dazu, das ich nicht einordnen kann. „Du bist ein ICH, das ist schon mal klar", sagt Lotti, „du bist eindeutig ein Wesen, du hast Gedanken. Wir haben beide Gedanken und — wie mir scheint — auch Verstand. Das ist ein gutes Zeichen. Wir sind also keine im Raum herum wabernden Energiefelder, nicht? Wir sind jeweils etwas Konkretes. Und wir bestehen unabhängig voneinander. Sind zwei selbstständige Wesen. Du für dich. Ich für mich. Soweit so gut."

Lotti macht eine Gedankenpause. Ihre Weißheit schimmert. „Die Frage ist, warum wir hier sind. Und ob das alles einen Sinn hat oder nicht."

(Henrietta)

Nachdem ich den ersten Satz geschrieben hatte, dachte ich wieder an Gabriel. Meinen Gabby. An den ehemaligen, lang nicht gesehenen Gabby. Und dann wollte er dieses Treffen noch so kurzfristig, dass ich mich gar nicht darauf einstellen konnte. Ich grübelte, was dahinterstecken konnte. Warum wollte er sich treffen? Natürlich hatte ich auch Joe nichts von der Verabredung gesagt. Es war ja nur auf einen Kaffee nach der Arbeit. Ein Wiedersehen von alten Freunden. Oder? Ich hatte beschlossen, Joe erst gar nicht damit zu belästigen. Er war ohnehin immer mit seinen Dingen beschäftigt. Vielleicht hätte er es gar nicht zur Kenntnis genommen, vielleicht hätte er einfach gesagt: Viel Spaß! In diesem ihm eigenen gleichgültigen Ton, den er für freundlich hielt. Warum also ihm überhaupt davon erzählen?

Ich schlichtete also die klassische Literatur. Es war eine vorwiegend haptische Arbeit, nicht sehr fordernd. Nicht, dass die anderen Tätigkeiten in der Bibliothek anspruchsvoller für meinen Geist gewesen wären: die Arbeit bestand hauptsächlich in der Eingabe von Daten und Zahlen in eine Datenbank und zwischenzeitliches Herumsitzen, was man Aufsicht nannte. Todlangweilig. Man konnte dabei aber innerlich abschweifen, in Fantasiewelten zum Beispiel. Meist beschäftigte ich mich während solcher Tätigkeiten mit Handlungssträngen für die aktuelle Liebesgeschichte, etwas, das immer mühseliger wurde, je mehr Geschichten ich schrieb.

Liebesgeschichten sind im Grunde für das, was ich vertraglich verpflichtet war, alle drei Monate abzuliefern, etwas großzügig ausgedrückt. Die Plots der dünnen Heftchen, manche nennen sie Groschenromane, mit den ewig gleichen Pseudo-Verwicklungen und den Happy Ends waren nicht unbedingt eine literarische Herausforderung für mich. Sehr wohl aber war es herausfordernd, es jedes Mal so aussehen zu lassen, als würde es sich nicht um dieselbe Geschichte handeln. Die Herausforderung war die kunstvolle Verschleierung der Tatsache, dass es in diesem Metier nichts Neues geben konnte und dass das im Grunde auch nicht gewünscht war. Man wollte das ewig Gleiche in verschiedenen Tarnmäntelchen lesen und sich vorstellen, es wäre immer wieder neu. Die ewige Wiederholung des zentralen Märchens für Erwachsene, hauptsächlich für Frauen. Es ging bei den Heftchen um die einstmals genormte und immer wieder gleich konstruierte, 08/15-Liebesgeschichte, die genau dann aufhören musste, wenn es im wirklichen Leben eigentlich spannend und vielschichtig werden könnte: Beim sogenannten Happy End. Das hat uns Hollywood eingebrockt und ich löffle es nun aus. Aber ich löffelte im Grunde gerne, auf alle Fälle lieber, als mich allein durch meinen Bibliothekars-Job durch die Tage und über die Monate tragen zu lassen.

Jede halbwegs intelligente Leserin durchschaut natürlich gleich, dass wir dieselbe Geschichte wieder und wieder schreiben und verkaufen, aber um Intelligenz geht es dabei ja nicht. Es geht um die bewusste Illusion, in die man sich einkuscheln, von der man träumen, durch die man der Realität entfliehen kann. Es ging darum, dass sich jede Leserin damit identifizieren, oder besser gefühlsmäßig infizieren konnte, damit die Leserinnen in der ständigen Hoffnung blieben, etwas Ähnliches könnte sich auch in ihrem eigenen Leben irgendwann ereignen oder — noch perfider — damit die Leserinnen sich in eine Traumwelt begaben und ihr eigenes Leben schön träumten. Eigentlich verachtete ich mich dafür, aber es war ein einfacher Weg, um irgendetwas Kreatives zu tun und natürlich, um gut zu verdienen. Erst wollte ich ja Krimis oder Science Fiction schreiben, mit der Masche ist heutzutage das meiste Geld zu machen, und es ist im Grunde auch dort immer der gleiche Plot, aber dann kam ich so einfach und spielerisch in die Liebeskitschromanwelt und das war es dann. Ich kam aufgrund eines Zufalls zu diesem Verlag, und machte einfach immer weiter. So wie meine Lektorin Nike es wollte. Es ist mit mir passiert. Wie alles bisher in meinem Leben mit mir passierte. Besonders an jenem Tag.

(Ich)

Lotti und ich denken nach.

„Ich weiß nicht, wo mein HS ist", sage ich, „ich weiß, es war vorher da. Bevor ich an diesen Ort kam. Obwohl ich es anscheinend allmählich vergesse."

„Was ist denn eigentlich nun ein HS? Du fragst schon wieder danach," sagt Lotti.

„Das weißt du nicht? Eine Stimme. Im Inneren. Wir alle haben sie und sie leitet und begleitet uns. Sie oder Es ist im Grunde immer da. Also bis jetzt war es immer so. Und jetzt fehlt HS plötzlich. Was unheimlich ist. Nicht normal. Das weißt du gar nicht?"

Lotti scheint zu zweifeln. „Hm", sagt sie, „Ich kenne kein HS und kann mich an keines erinnern. Überhaupt, ich erinnere mich an fast überhaupt nichts. Wo ich vorher war. Keine Ahnung. Ich bin einfach hier aufgetaucht und da warst du. Gleich neben mir."

Sie kommt näher und scheint mich zu berühren. Ich spüre nichts.

„Ich auch nicht", sagt Lotti, offenbar wieder meine Gedanken lesend. Ich kann ihre Gedanken aber nicht hören. „Wir spüren nichts", sagt Lotti und schwebt zu einer Bücherwand, in ein Regal hinein. „Schau, wir können alle Dinge in diesem Raum durchdringen."

Die Bücher scheinen durch ihren Körper, scheinen in ihrem Körper zu sein. Sie kichert. „Ich bin jetzt zur Hälfte im Nebenzimmer. Auch lauter Bücher hier übrigens."

Ich will das auch versuchen und nähere mich dem Regal. Das geht erstaunlich leicht. Ich merke, ich kann tatsächlich ein bestimmtes Ziel ansteuern. Ich kann mich durch den Raum bewegen. Das beflügelt mich regelrecht. Ich kann fliegen! Huiiiii!

„Au!"

„Was ist?", ruft Lotti.

„Ich habe mich am Regal gestoßen. Glaube ich." Ich habe den Widerstand der Bücher und des Holzregals gefühlt. Ich rücke dieser Art von Materie jetzt langsamer etwas näher. Die Dinge sind kühl und hart. Ich nehme auch Temperatur wahr. In mir pocht es aufgeregt. Habe ich ein Herz? Was bin ich für ein seltsames Energiefeld, wenn ich doch nichts durchdringen kann. Was bin ich denn nun, zum Teufel?

„Du solltest nicht fluchen, wer weiß, ob wir nicht Engel sind", sagt Lotti.

„Hast du schon wieder meine Gedanken gehört?"

„Entschuldigung."

„Ich frage mich…"

„Was?"

„Wenn ich mich an Büchern stoßen kann, dich spüre: wie bin ich dann hergekommen? Durch dieses Ding da, das die Räume miteinander verbindet?"

Lotti setzt sich auf die Fensterbank. Kann sie sitzen? Es scheint so.

„Ich glaube nicht, dass du einfach durch die Tür gekommen bist. Auch nicht durch dieses Glasding namens Fenster. Wo warst du denn dann vorher? Irgendwo muss ja alles angefangen haben. Alles sehr merkwürdig, aber auch sehr interessant. Es handelt sich um ein Rätsel, das wir entschlüsseln müssen. Das liebe ich."

„Ein Rätsel? Was ist das? Seltsames Wort."

„Wir werden schon herausfinden, was da los ist. Wo wir

sind, was wir sind und warum eigentlich. Es gibt für alles eine logische Erklärung. Oder auch nicht." Sie scheint sich zu vergnügen. Sie wirkt jetzt heller.

„Ich wünschte, ich könnte auch durch diese Wand hindurchfliegen. Was soll ich denn für eine Energiewolke sein, wenn ich nicht einmal materielle Dinge überwinden kann?"

Lotti schaut jetzt verändert aus. Ihre Augen, sind das Augen?, treten deutlich hervor.

Jetzt macht sie ein Geräusch. „Ooohhh!" Es klingt seltsam.

„Was hast du?

„Sei jetzt nicht überrascht, aber schau mal, wo du bist."

Ich schaue mich um. Um mich sind Bücher in verschiedenen Größen und Farben. Sie sind überall. Auch in mir drin. In mir drin? Was?

Lotti macht wieder diese „Haha"-Töne, es ist Lachen, ja sie lacht.

„Du bist mitten im Regal. Du kannst es also doch! Na also. Es hat nur eine Weile gedauert. Als hättest du es eben erst das erste Mal gemacht. Vielleicht. Hm. Ja."

Ich fliege wieder aus dem Regal. Ich kann also doch etwas! Oder habe es gerade gelernt. Das ist ja sagenhaft.

Lotti sagt: „Vielleicht sind wir Geister. Aber unterschiedliche Spezies, wie es scheint. Engelhaft bin ich nicht, denke ich. Aber wer weiß, wie es überhaupt ist, ein Engel zu sein. Ich habe ja nur die Bilder im Kopf, die sich die Menschen so ausdenken. Ganz viel Mythologie und alte Geschichten und vermutlich irgendwelche Projektionen."

Während Lotti so vor sich hin sinniert, fällt mir etwas auf. „Du hast Bilder und Geschichten, die Menschen gemacht haben, im Kopf? Echt? Ich nicht."

„Ah, das ist interessant. Gar keine?"

„Nein. Alles ist irgendwie unklar. Da sind keine Bilder

und Geschichten in mir. Nein. Ich weiß alles nur über die Chronik, über die Menschen und das ganze irdische Zeug. Nur, wie heißt das? Ach ja, theoretisch."

Ich versuche mich zu Lotti auf das Fensterbrett zu setzen, aber falle immer durch. Wie geht das jetzt, sich so zu bündeln, dass man die materiellen Dinge bewusst benutzen kann, die so herumstehen? Das kann ich also nicht. Ich bleibe in der Luft stehen.

Lotti sagt in die Stille. „Wir merken uns das alles. Jedes Detail könnte uns weiterhelfen. Es klingt, als wäre das ein Abenteuer. Und da stehe ich drauf."

Ich weiß wirklich nicht, ob ich Abenteuer mag. Ich weiß noch nicht einmal, was das ist, ein Abenteuer. Es erscheint mir alles irgendwie konfus und anstrengend. Aber ich will zu meiner Mama kommen. Ich will meine Familie finden. Das ist das Wichtigste. Glaube ich jedenfalls. Aber wie soll das gehen in diesem „Zustand"?

„Wir werden es herausfinden", sagt Lotti.

2.

(Henrietta)

Irgendetwas irritierte mich. Jedenfalls hatte ich kurz das Gefühl, dass ich nicht allein in der Bibliothek war. Aber das war Blödsinn. Ich war überspannt. Angespannt. Nervös. Alles zusammen. Alles wegen Gabby, der schon lange nicht mehr mein Gabby war. Gabriel Dengelmann, er nannte sich jetzt de Angelo, war inzwischen ein berühmter Theaterregisseur geworden.

Wie sehr er sich wohl verändert hatte? Ach, Gabby. Das Paradoxe am Schreiben der Groschenliebesromane war, dass sich mein Zweifel immer mehr in eine sarkastische Distanz zur Liebe überhaupt wandelte. Mochten Frauen auf der ganzen Welt auch daran glauben, zu einem großen Teil durch Medien manipuliert, ich hatte in meinem ganzen Leben, und das währte nun schon vierzig Jahre, noch nie einen einzigen Mann getroffen, der auch nur in die Nähe dieser Idealtypen kam. Es war noch schlimmer: Die realen Männer, die ich kannte, waren meist das genaue Gegenteil dieser ins Blaue fantasierten Helden. Bis auf Gabby ... Aber ich verzerrte sicher die Erinnerung und färbte sie mir schöner, als sie gewesen war. Wir waren sehr jung gewesen damals. Und nun sollte ich ihn nach all den Jahren endlich wieder treffen.

Wieder irritierte mich etwas im Raum und durchbrach meine Gedankengänge. Während ich die klassische Literatur schlichtete, waren da plötzlich diese Lichtpünktchen seit-'ch in meinem Sichtfeld. Sie blitzten immer wieder auf. In 'efinierbaren Abständen. Wie Morsezeichen, Signale. Ich 'e mich um, aber hinter mir war nichts. Es muss der 'von meinem Nervenzusammenbruch gewesen.

'n mir mein Leben zu entgleiten? Oder war alles 'rklärbar? Waren die Lichtblitze Zeichen einer beginnenden Migräne? Ich spürte auch überall ein Kribbeln auf der Haut, als wären da Ameisen. Aber ich war allein. Und ich selbst war die Ameise, das war mir klar. Eine Ameise, die täglich ihr Werk tut, von Hügelchen zu Hügelchen rennt, von zuhause in die Bibliothek und wieder zurück. Und während sie ihre kleinen Ameisenarbeiten verrichtet und parallel in ihren Fantasiewelten versunken ist, passiert um sie herum so viel, das ganze Leben und sie bemerkt es nicht, weil sie gerade noch auf ihren Pfad zwischen den Häufchen, die sie macht, achten kann. Ob Ameisen Fantasien haben, weiß ich allerdings nicht. Ich habe einen besseren Vergleich: Es ist, als würdest du Text sein und zwischen den Zeilen würde sich etwas abspielen, was du nie bemerkt hattest, und plötzlich aber wahrnimmst. Als spränge ein Zug aus dem Gleis. Nur davor wusstest du nicht, dass es außerhalb des Gleises etwas gibt, und danach weißt du nicht, was das alles bedeuten soll. Du kennt ja bis dato nur das Im-Gleis-sein. Nur was hat dich aus dem Gleis springen lassen?

Ich hätte am liebsten Joe angerufen. Aber mit Verrücktheiten konnte ich ihm nicht kommen. Außerdem steckte er wie immer mit beiden Ohren und allen restlichen Sinnen in einem seiner wichtigen Projekte, dass seine ganze Aufmerksamkeit forderte. In solchen Zeiten sah er mich zwar an, aber sah dabei durch mich hindurch, weil er an sein Projekt dachte, immer, sogar nachts. Ich hatte schon oft mit ihm darüber geredet und er versprach dann, mir mehr Aufmerksamkeit zu schenken, mir zuzuhören. Aber das Vorhaben hielt leider meist nicht lange. Ich wünschte, er wäre noch so aufmerksam wie am Beginn unserer Beziehung. Ach. Aber konnte ich etwas von ihm verlangen, mir wünschen, was ich selbst nicht im Stande war zu geben? Ich mit dem Kopf in den Wolken?

Joe war im Grunde ein guter Mensch und deshalb schätzte ich ihn ja. Aber er ignorierte mich schon seit Jahren. Ich dachte oft daran, an diesem Tag, wie es gewesen wäre mit Gabby … nein, wie es wäre. Nein, ich verklärte die Erinnerungen. Ganz sicher.

Während ich beschloss, einfach vernünftig zu bleiben und mich zu beruhigen, war es dunkel geworden und ich schaltete das Licht ein. Die Lichtblitze oder Zeichen waren fort. Ich atmete auf. Nervös war ich dennoch. Und das Prickeln war auch noch da. Aber ich schenkte dem keine Aufmerksamkeit mehr, sondern konzentrierte mich ganz darauf, nicht durchzudrehen. Aus heutiger Sicht war es vielleicht eine Vorahnung auf all die merkwürdigen Dinge, die dann geschahen und die ich noch immer nicht verstehen kann.

(Ich)

„Verdammt! Was ist das? Ich kann nichts mehr sehen, bin geblendet! Ist ein Stern explodiert oder verlöscht?"

„Du sollst doch nicht fluchen."

„Lotti, Lotti, wo bist du?"

„Hier gleich neben dir, du Dummerchen."

„Ich kann dich nicht sehen. Ich kann überhaupt nichts mehr sehen. Nur helle Blitze!"

„Nun werde nicht gleich hysterisch. Es ist nur das Licht aufgedreht worden."

„Das Licht aufgedreht? Was soll das heißen?"

„Du hast wirklich keine Ahnung von Leben auf der Erde, oder? So ein Wesen wie dich habe ich ja noch nie kennengelernt. Scheint mir. Denke ich. Hm. Ach, was weiß ich schon. Geht es schon besser?" Ihre Stimme klang beruhigend in meinem Kopf, in mir.

Ich versuche, mich an die Helligkeit zu gewöhnen. Es gelingt allmählich. Ich erkenne die Bücherreihen im

Hintergrund. Vor mir taucht das Gesicht von Lotti auf. Das Gesicht? Was ist ein Gesicht? Etwas zum Ansehen, etwas, das schaut und redet. Etwas Menschliches. Woher weiß ich das? Was ist menschlich? Keine Ahnung. Doch ist da eine Ahnung.

Ja, Lotti hat ein deutliches Gesicht, nicht nur Augen. Sie verzieht den Mund freundlich. Ist das Lächeln? Ja, ich denke schon. Hinter ihr ist aber noch etwas. Noch ein Wesen?

„Und wer ist das?"

„Wer ist wer?"

„Na, die Gestalt da hinter dir. Die war doch vorher noch nicht da. Noch ein Geist?"

Lotti schaut sich um und wirkt verwundert: „Na so was. Das ist ein Mensch. Da bin ich mir sicher. Ich habe ihn bisher nicht bemerkt. Seltsam."

Ich spüre, wie etwas in mir klopft und zittert. Es muss Aufregung sein. Ah ein Mensch, ein Wesen aus Materie. Woher weiß ich das? Sicher aus der Chronik.

„Der Mensch steht da und schaut. Was, wenn er uns sieht?"

„Ok, dann soll sie kommen und sich vorstellen", antwortet Lotti fast ein wenig hoffnungsvoll. „Es ist eine Frau, ein weiblicher Mensch."

„Das erkennst du? Was bedeutet das?"

„Ach, das ist jetzt zu kompliziert. Schauen wir uns die Frau doch genauer an. Vielleicht sieht sie uns auch. Dann hättest du endlich den Beweis, dass auch andere uns sehen. Dass Menschen uns sehen. Das wolltest du doch. Hm. Man sollte aufpassen, was man sich wünscht. Sie könnte ja auch gefährlich sein."

„Ja. Du hast Recht. Du meinst, sie könnte uns etwas tun?"

„Nein, das ist Blödsinn. Gefährlich! Was rede ich! Was soll ein Mensch einem Energiewesen denn schon tun?" Lotti klingt forsch, wirkt aber verunsichert. Sie flackert.

„Wir warten eine Weile und beobachten", sagt Lotti.

Der Mensch schaut nicht böse aus. Oder mächtig. Oder angsteinflößend. Und ich merke, dass ich mir wünsche, sie würde mich sehen. Egal, was die Konsequenzen sein mögen. Ich will, dass sie mich sieht. Bitte. Die Gestalt rührt sich aber nicht, steht, als sei sie erstarrt. „Sie bewegt sich nicht."

„Warum flüsterst du?", fragt Lotti ziemlich laut.

„Ich habe keine Ahnung." Ich bin mir ja immer noch in nichts sicher. „Ich folge meinem Instinkt. Übrigens das erste Mal, dass ich mir sicher bin, dass ich einen habe."

Lotti lächelt wieder. „Aber das ist kein Grund, anzunehmen, dass er einen in die richtige Richtung führt." Dann zuckt sie zusammen. „Mein Gott, ich bin ja zynisch. Du, ich habe wirklich etwas zutiefst Menschliches in mir."

Ich nehme meinen Mut zusammen, der mir übrigens in diesem Moment auch neu ist, und schwebe in Richtung dieses Menschen zu, ohne darauf zu achten, was Lotti davon hält. Ich sehe sie mir genau von der Nähe an. Aha, so schaut also ein Mensch aus. Bunt, fest, mit klaren Konturen. Der Mensch hat rotes Haar und ein paar Sommersprossen auf der Nase. Er riecht auch. Ich kann den Geruch nicht zuordnen, er ist noch zu neu. Der Körper strahlt Wärme ab, das kann ich fühlen. Er ist wärmer als ich.

„Ich denke, es ist wirklich ein Mensch", sage ich zu Lotti, die mir nicht folgt, sondern einfach nur aus der Distanz beobachtet. Sie wirkt unruhig und flatterig.

Ich rücke noch näher an den Menschen heran, taste mich voran und schließlich stößt meine Außenhülle auf die des Menschen. „Fühlt sich eigenartig an. Sehr warm."

Lotti ist jetzt ganz aufgeregt. „Ach, du liebe Zeit. Das ist aber sehr dicht. Pass bloß auf!"

Ich weiche ein wenig von dem Menschen ab. Nichts geschieht. Der Mensch steht immer noch so da, wie in dem

Moment, als ich ihn das erste Mal sah.

„Ich glaube, er kann uns doch nicht wahrnehmen", rufe ich Lotti zu und merke, dass mich die Erkenntnis doch enttäuscht.

Lotti, die in einiger Distanz unruhig hin- und hergezuckt hat, setzt sich jetzt wieder auf die Fensterbank. „Irgendetwas ist seltsam, weißt du. Also abgesehen von der ganzen Situation. Ich meine en detail. Ich weiß, dass Menschen sich bewegen, gehen, reden, Krach machen und so weiter, all das, was sie Leben nennen. Aber dass sie so steif stehen und nichts dergleichen tun, ist nicht normal."

„Du musst es wissen", sage ich, ziehe mich langsam von dem Menschen zurück.

„Waah!"

„Was ist denn nun wieder? Du bist ganz schön schreckhaft."

„Jetzt schaut er zu uns, zum Fenster herüber. Der Mensch hat sich gedreht. Siehst du?"

Lotti schaut mich skeptisch an und beobachtet dann wieder den Menschen, diese Frau.

Nach einiger Zeit sagt sie: „Du hast Recht, die Frau hat sich leicht gedreht und schaut zu uns her. Ob das Zufall ist? Und wir wissen noch immer nicht, warum sie so langsam ist ... Warte mal. Lass mich nachdenken."

Lotti grübelt vor sich hin. Dann springt sie abrupt auf, ruft: „Ich komme gleich wieder!" und fliegt zum Fenster hinaus.

Mir ist nicht ganz wohl in der Situation, ohne Lotti in diesem Raum zu bleiben, aber ich konzentriere mich auf die Frau, beobachte sie weiter. Sie steht und schaut herüber, als ob sie mich sähe. Es kommt mir vor wie eine Ewigkeit. Ich schau zurück. Ich sehe sie wirklich. Glaube ich. Sie ist irgendwie schön. Aber ich weiß ja gar nicht, was das ist: Schönheit. Jedenfalls habe ich ein angenehmes Gefühl. Es fühlt sich warm an. Sie schaut zu mir her, aber auch irgendwie durch mich hindurch. Das finde ich schade. Ein wenig enttäuschend.

Lotti kommt wieder durch das geschlossene Fenster geflogen und lässt sich neben mir nieder. „Ich habe etwas herausgefunden", ruft sie triumphierend und lacht ganz breit. Ihr Gesicht ist jetzt konturiert, wenn auch immer noch weiß und ein wenig transparent. Sie macht eine gewichtige Pause.

Ich werde ungeduldig.

„Zappel nicht so", sagt sie, „ich erzähle es dir gleich. Aber du darfst dich nicht aufregen, versprochen?"

„Wie kann man so etwas versprechen? Ich weiß ja noch nicht einmal, was du mir sagen wirst. Wo warst du überhaupt?"

„Das ist der springende Punkt", grinst Lotti stolz, „ich war draußen im Freien." Sie macht eine theatralische Pause.

„Nun sag es mir endlich. Ich werde es verkraften. Schließlich musste ich schon sehr viel verkraften, seit ich hier bin."

„Also: Draußen auf diesem großen Platz vor dem Haus gibt es eine Uhr. Du weißt doch, was eine Uhr ist?"

Ich überlege. „Ja, ich glaube schon. Ein Gerät, das die Menschenzeit anzeigt."

„Die Zeit, die die Menschen verwenden, ja. Also hör zu: Die Uhr zeigt in diesem Moment immer die gleiche Zeit. Sagt dir das etwas?"

Ich muss überlegen. Dann sage ich: „Vielleicht ist die Uhr kaputt?"

„Natürlich, das könnte sein. Aber ich vermute etwas ganz Anderes. Es könnte doch sein, dass wir eine andere Zeit haben als sie dort." Sie zeigt zur Frau, die sich immer noch starr im Raum befindet. Sich jetzt wieder leicht von uns weggedreht hat. „Im Konkreten vergeht für sie und wahrscheinlich für alle Menschen hier auf der Erde die Zeit anders als für uns. Sie wirkt starr und eingefroren, weil ihre Zeit anders ist als unsere. Ist doch einleuchtend, oder? Wir sind nicht in der gleichen Zeit. Während wir hier miteinander agieren oder wie man das auch immer nennen mag, vergeht für sie kaum

Zeit. Schau sie doch an, sie atmet doch auch ziemlich langsam. Und beobachte das Blinzeln. Genauso langsam. Schau."

Wir beobachten die Frau und ich begreife allmählich, dass Lotti Recht haben muss.

„Aber das ist ja schrecklich!", rufe ich. Ich spüre, wie mein Wunsch, Mensch zu sein, geboren zu werden hier auf dieser Welt, immer mehr in weite Ferne rückt. „Das bedeutet doch, dass ich keinen Kontakt zu Menschen bekommen werde! Dass ich keine Chance habe, ein Mensch zu werden! Wie soll das denn gehen? Sie sehen mich nicht und sind noch nicht einmal in meiner Zeit."

Ich bin verzweifelt und wenn ich gewusst hätte, wie Weinen funktioniert, hätte ich es getan.

Lotti sagt: „Nun gib doch nicht so schnell auf! Es wird einen guten Grund geben, weshalb wir hier sind. Weshalb du hier bist. Weshalb ich hier bin. Weshalb wir zusammen hier sind. Es gibt immer einen Grund. Wir müssen ihn nur herausfinden." Sie tätschelt meine Seite, obwohl sie nichts spürt. Und ich auch nicht. Eine sehr nette Geste.

Ich schaue in ihr lächelndes Gesicht. „Meinst du wirklich?"

„Ja, ganz bestimmt. Du wirst sehen."

Ich schaue wieder auf die Frau. Nichts passiert. Sie bewegt sich nicht.

Aber Lotti scheint etwas zu bewegen, innerlich. Ich kann das fühlen. Sie bewegt sich ein wenig vor und zurück, wie vor einem Absprung. Wohin? Zögerlich, nervös wirkt sie auf mich. „Beobachten wir sie weiter, ob sie was tut und was sie tut," sagt sie jetzt und flackert wieder auffällig.

„Oh je, das kann dauern."

„Glaubst du, dass du hier in diesem Zustand keine Zeit hättest?", spottet Lotti und wenn ich hätte lachen können, hätte ich es getan.

„Du bist witzig", sage ich stattdessen.

„Ja? Kann sein. Schon wieder ein menschlicher Zug, scheint mir."

Wir beobachten die Frau ziemlich intensiv. Sie steht aber immer gleich da, bewegt sich nicht.

Dann dreht sie sich ganz allmählich, es dauert sehr lange, wieder von uns weg, in Richtung Bücherregal.

„Naja, sehr nachhaltig scheinen wir sie nicht beeindruckt zu haben", sagt Lotti etwas spöttisch. Sie wirkt aber immer noch sehr flatterig auf mich, irgendwie aufgewühlt. Ihre Blässe ist fast transparent.

„Was ist?", frage ich.

„Ich denke nach", sagt Lotti. „Irgendwie bin ich gerade ziemlich durcheinander. Lauter Bilder fluten durch meinen Geist. Ich kann das nicht einordnen. Alles sehr verwirrend. Es ist zu merkwürdig."

Sie schüttelt sich. „Was auch immer. Und kannst du auch diesen seltsamen blauen Nebel sehen?"

„Nebel? Was für einen Nebel?"

Lotti dreht sich abrupt zum Fenster. „Ach, vergiss es. Was hältst du davon, wenn wir ein bisschen nach draußen entfleuchen und uns die Gegend ansehen? Andere Menschen kennenlernen, Gefühle, all das Ganze, was es gibt, entdecken und erfahren. Das hilft uns sicher bei unserem Rätsel. Was meinst du? Die hier ist so langsam, die läuft uns inzwischen schon nicht davon. Falls wir sie noch brauchen sollten."

„Ich weiß nicht", sage ich zögerlich, „Ich fühle mich hier ganz wohl. Was ist, wenn wir uns verlieren und ich alleine bin? Ich habe Angst."

„Du fühlst Angst? Das ist ein gutes Zeichen, scheint mir. Du wirst offensichtlich menschlicher. Und nun raus aus der Komfortzone! Neues entdecken! Du weißt ja nicht, wie es draußen in der Welt sein könnte. Und ich auch nicht. Und jetzt los! Mach dir keinen Kopf, du kopflose Wolke!" Sie lacht.

„Na, gut", sage ich, „ich komme mit."

3.

Es gibt keinen Zufall.

„Henry.“
„Gabby.“
„Ich nenne mich jetzt Gabriel.“
Sie lachten verlegen. Henrietta setzte sich zu Gabriel an den kleinen Ecktisch. Sie hatte vor dem Cafe D'Annuncio trotz eines beginnenden Unwetters länger gewartet und ihn schon eine Weile durch das Fenster beobachtet. Auf keinen Fall hatte sie die Erste sein wollen und die Gelegenheit wahrgenommen, sich auf das Wiedersehen einzustimmen, etwas ruhiger zu werden. Er war verändert und doch nicht. Natürlich waren fünfzehn Jahre vergangen, er war jetzt zweiundvierzig, ihr wie immer zwei Jahre voraus, aber er hatte noch immer das blonde lockige Haar, ein wenig kürzer als früher, aber immer noch bis auf die Schultern reichend, immer noch etwas zu lang für die meisten Leute, aber er war ja Künstler geworden. Künstler müssen sich abheben, dachte Henry. Sie hatte es von Anfang an geliebt, dieses Haar, so kraftvoll, widerspenstig und ungewöhnlich, fast engelhaft schön, zwischendurch irritierend, weil er immerzu mit seinen Fingern darin herumwühlte, dadurch meist alle Blicke auf seine Mähne zog. Wie viel Leben und Energie in ihm stecken musste, dachte Henry — sie sah Haar als etwas Symbolisches –, während ihres langweilig, glatt und auch noch rot war. Sie hatte früher als Kind den Spitznamen „Pippi“ gehabt und war sehr froh gewesen, als sich in ihren Teenagerjahren der Rufname „Henry“ durchgesetzt hatte, dieser männlich klingende Name entsprach damals ihrem Lebensgefühl, sich nicht auf das beginnende Frau-sein einstellen zu müssen, jedenfalls noch eine Weile eine von Rollenbildern unabhängige Person

bleiben zu können. Sie rettete ihn in ihre Erwachsenenjahre hinüber, auch wenn Joe sie immer nur Henrietta nannte. Es klang fremd und zu streng für ihren Geschmack.

Sie strich sich ihre Haare, die sie auch verächtlich „Spaghetti" nannte, aus der Stirn. Natürlich fielen sie gleich wieder in ihr Gesicht. Es war sinnlos. Sogar Spangen wollten nicht in der Glattheit halten, jeder Schnitt hatte sie bisher noch mehr verunstaltet, also ließ sie das Haar einfach hängen, sie hatte sich an diesen Vorhang gewöhnt, hatte sich im Laufe der Zeit immer stärker dahinter verborgen.

Sie war froh, dass sie ihn schon durch das Fenster gemustert hatte, ihn jetzt daher nicht zu aufdringlich ansehen musste. Sie hatte aus der Distanz schon alles Eindrückliche registriert gehabt. Er war schon mit siebzehn groß gewachsen gewesen, er war zwar immer noch hager, aber nicht mehr so dünn und schlaksig wie damals, wirkte etwas kraftvoller, muskulöser. Er trug ein schwarzes T-Shirt und schwarze Jeans. Henry konnte sich nicht erinnern, ihn je nicht in Schwarz gesehen zu haben. Damals hatte es zu seinem Habitus gehört, einige Zeit lang auch zu ihrem, sie hatte sogar schwarze Lippen gehabt, aber das hatte ihm missfallen, er war trotz aller Rebellion immer auch ein Bürgerlicher geblieben, was sie ihm wiederum angekreidet hatte.

All die alten Geschichten kamen jetzt wieder hoch. Natürlich hatte sie auch in den letzten Jahren über die Medien, vornämlich Gazetten, an seiner Karriere Anteil genommen und hin und wieder Fotos von ihm gesehen, deshalb war ihr auch die Brille, die er inzwischen trug, nicht neu. Gabby, also Gabriel, war inzwischen ein erfolgreicher Theaterregisseur, er, der einst ein ebenso Suchender wie sie gewesen war, deplatziert in dieser Welt, in die sie geworfen waren, ein

Verbündeter ihrer Jugendzeit, zumindest eine Zeit lang ihr Ein-und-alles. Inzwischen war er medial bekannt, zumindest auf den Kulturseiten, und er schien seinen Ruhm weiter auszubauen. Er betrat allmählich internationales Parkett.

Auch deshalb fühlte sie sich unbehaglich, kam sich unscheinbar und langweilig vor. Und doch hatte sie seit dieser E-mail nichts Anderes gewollt, als ihm gegenüber zu sitzen und in seine braunen Augen zu blicken, endlich zu wissen, nach all den Jahren der Grübelei, ob da noch etwas zwischen ihnen geblieben war, ob alles rückwirkend einen Sinn ergab oder wenigstens eine Bestätigung, dass alles richtig gewesen sei, so wie es gekommen war.

All die Jahre nach ihm. Dann könnte sie nach diesem Treffen ihr Leben mit der Gewissheit weiterleben, nichts verpasst zu haben, mit dem sicheren Gefühl, alles hätte sich richtig entwickelt. Dann wäre alles gut. Aber sie wollte irgendwie auch das Gefühl von damals wiederhaben. Wieder diese Spannung zwischen ihnen knistern fühlen. Sie atmete tief ein.

„Lass dich ansehen", er lächelte so breit und warm, dass sie ebenfalls lächeln musste. Trotz der Brille leuchteten dahinter die braunen Augen mit den hellen Pünktchen, die sie einmal so gut zu kennen geglaubt hatte.

„Es sind fünfzehn Jahre", sagte Henrietta überflüssigerweise, nur um etwas zu sagen.

„Du siehst aus, als wäre keine Zeit vergangen", sagte er prompt. Sie wussten beide, dass er log.

„Ach was, ich habe noch mehr Sommersprossen, die verdecken aber immerhin meine Falten. Eine gelungene optische Täuschung." Henrietta versuchte, den Bauch noch mehr einzuziehen und hielt die Arme dicht an den Körper gepresst, um nicht so wuchtig zu erscheinen, wie sie sich fühlte.

„Und du bist immer noch nicht bereit, einfach ein

Kompliment anzunehmen."

„Entschuldige, ja, das fällt mir schwer. Aber du hast dich auch kaum verändert. Noch kein graues Haar." Er lachte, als würde er husten. Sie kannte dieses Lachen. Prompt fuhr er sich mit allen fünf Fingern durch die blonde Lockenpracht. Sie dachte unwillkürlich an Joe, der mit Vierzig schon komplett kahl gewesen war und mittlerweile vom Rebell mit Motorrad zu einem Typen mit Motorrad, verpackt in der Garage, geworden war, der von sich selber behauptete, „ein alter Sack" zu sein und gerne schon um 22 Uhr ins Bett ging, natürlich um sich wegzudrehen und zu schlafen. Wie war sie jetzt auf Joe gekommen? Egal.

Da saß Gabriel. Direkt vor ihr. Nach all den Jahren. Ihre große Liebe. Gabriel. Gabby. Ihr ehemaliger Gabby. Er beobachtete sie genau, ließ sie nicht aus den Augen. Hin und wieder glitt sein Blick über ihren Oberkörper und bis zu ihrer Hüfte hinunter, was sie beunruhigte. Sie wusste aber nicht, was sie mehr beunruhigte, die Aussicht, dass er sie immer noch oder die Aussicht, dass er sie nicht mehr begehrenswert finden könnte. Sie konnte in diesem Augenblick auch nicht wirklich denken. Die Gefühle, die sie überschwemmten, waren zu verwirrend.

Die Kellnerin unterbrach ihre Gedanken. Sie bestellte Kaffee.

„Früher hast du so spät immer Kakao getrunken", sagte Gabriel.

„Ja, stimmt. Lange her. Ich war noch ein halbes Kind. Aber du trinkst immer noch Tee." Sie tauschten ein paar Floskeln aus. Es war nicht leicht, einen Konversationsweg zu finden, sich nach all den Jahren wieder anzunähern. Wie komme ich von diesen Oberflächlichkeiten in ein Gespräch, dachte Henry. Das war doch früher mit ihm immer so leicht gewesen. Sie hatten immer eine ähnliche Wellenlänge gehabt, auf der sie miteinander surfen konnten. Das war vielleicht das Beste an ihrer Beziehung gewesen. Dieses Fehlen von Irritationen. Dieser Gleichklang. Jetzt allerdings war sie verwirrt. Sie befürchtete schon, es würde den ganzen Abend so belanglos laufen, als er sich lautstark räusperte und endlich auf den Punkt kam.

„Du fragst dich sicher, warum ich mich ausgerechnet jetzt melde."

Sie hatte inzwischen ihren Kaffee vor sich stehen und nahm einen Löffel mit Milchschaum in den Mund.

„Hm." Gabriel lehnte sich zurück und legte den Arm auf die Lehne der Sitzbank, beobachtete sie dabei intensiv durch seine schwarz umrandeten Designerbrillen. Er sah jetzt tatsächlich aus wie ein Künstler. Er wirkte, wie in Szene gesetzt, in Pose, gut ausgeleuchtet für eine Nahaufnahme, kurz vor dem entscheidenden Monolog. Dabei war er es ja eigentlich, der andere in Szene setzte. Zumindest beruflich. „Du hast Milchschaum auf der Lippe."

Sie zuckte zusammen und wischte an ihrem Mund. „Weg?" Sie hatte einen kurzen Moment die Befürchtung, er würde sie anfassen, um den Milchschaum zu entfernen. Aber er bewegte sich nicht, nickte nur lächelnd. Alles in allem strahlte er jetzt mehr Selbstbewusstsein aus als früher. Oder er hatte sich heutzutage besser im Griff. War er wirklich so ruhig? Seine Ruhe versetzte sie noch mehr in diese irrationale Unruhe. Ihre Hände zitterten, als sie im Kaffee rührte. Sie wagte jedoch nicht, seinem Blick auszuweichen, reckte trotzig das Kinn. Sie würde das alles wie eine Erwachsene durchstehen. Sie war ja inzwischen erwachsen, auch wenn seine ganze Präsenz die junge Frau, nein, das Mädchen von damals in ihr wiedererweckte. Aber das waren nur Erinnerungen, Rollen von gestern, die das Heute überlagerten. Man konnte sie zur Seite wischen. Aber das wollte Henry gar nicht.

„Es tut mir sehr leid wegen deiner Mutter", sagte er jetzt, wieder abrupt das Thema wechselnd, und die Bemerkung traf sie unvermittelt. „Du weißt, ich habe sie immer sehr gemocht."

Sie nickte. „Sie dich auch." Mehr sogar. Ihre Mutter fand immer, Henry hätte Gabriel damals nicht gehen lassen sollen, hatte ihr dies Jahre lang immer wieder vorgehalten. Für ihre Mutter war Gabriel der ideale Mann, wäre der ideale Schwiegersohn gewesen. Und Joe hatte sie dann natürlich schon gar nicht akzeptiert. Jetzt war sie wieder gedanklich bei Joe gelandet. Hatte sie ein schlechtes Gewissen, weil sie sich mit Gabriel traf?

„Wie lange ist es jetzt her?", fragte er leise.

„Fast zwei Jahre."

Er antwortete nicht. Wahrscheinlich wusste er nichts zu sagen. Sie schwiegen beide eine Weile. Gabriel vollzog sein Teezeremoniell, das Henrietta von früher nur allzu gut kannte: er tunkte den Teebeutel ein paar Sekunden in ein Schlückchen Wasser, zerdrückte ihn mit dem Löffel, entfernte ihn dann, goss den Rest des heißen Wassers in die Tasse, wartete ein wenig und gab den Beutel dann wieder kurz hinein. Er hatte also einige Gewohnheiten beibehalten.

Sie fragte sich immer dringlicher, warum er dieses Treffen gewollt hatte, was er eigentlich nach all den Jahren Funkstille von ihr wollte. Hatte er nicht sein großartiges Theaterleben und das Leben mit dieser sehr schlanken Yogalehrerin? Henry hatte Fotos von ihnen in der Zeitung gesehen. Seine Frau, Em, wirkte wie ein Model und schüchterte sie, die sich als stinknormal betrachtete, ein.

Sie erkannte, dass es sich gar nicht so vertraut wie früher in seiner Nähe anfühlte. Vielleicht sollte sie darüber froh sein. War er nicht nur ein Geist aus alten Tagen? Ein sinnloses Unterfangen, an der früheren Nähe wieder anknüpfen zu wollen. Und doch hatte sie seit dem Mail nur noch an ihn gedacht. Vermutlich war es nur aus Nostalgie, reine Sentimentalität. Sie aber war nicht mehr diese Henry von früher, dachte sie. Jedenfalls war sie gekommen, um diesen Geist, der sie nicht in Ruhe ließ all die Jahre, diese zum Ideal verklärte Erinnerung an eine Jugendliebe loszuwerden. Sagte jedenfalls ihr Verstand.

„Also, warum hast du mich treffen wollen?", kam sie wieder auf seine Bemerkung von vorhin zu sprechen. Sie wollte diese Konversation endlich in gegenwärtige Bahnen lenken, fort mit der Vergangenheit, fort mit all dem, was gewesen war.

Gabriel sah sie an. Sie kannte diesen Blick von früher. Er wollte etwas. Und vermutlich war es nicht ihre Liebe. Das spürte sie deutlich. Das sah sie in seinem Blick. Und die Enttäuschung darüber spürte sie körperlich in allen Zellen. Es tat weh und war gleichzeitig beschämend. Dass sie überhaupt gehofft hatte … Darüber ärgerte sie sich. Über ihre Illusionen. Gabriel senkte den Blick, nahm die Brille ab, legte sie neben die Tasse auf den Tisch, dann sah er sie direkt an. Sein Gesicht wirkte jetzt nackt, nackt und bloß, die Augen groß, kreisrund und fixierend. Henry kam sich vor wie ein Kaninchen vor der Schlange. Und doch war da hinter der Brille ihr alter Gabby zum Vorschein gekommen, der mutterlose Junge, der es hasste, wenn er schwach war, aber sich so gerne an sie geklammert hatte, wenn er seine Phasen hatte. Henry verscheuchte den Gedanken.

„Ich arbeite gerade an diesem Projekt …"

Was hatte er gesagt? Sie versuchte sich zu konzentrieren.

„… Theaterproben, du kannst dir das sicher vorstellen." Wollte er jetzt über seine Arbeit mit ihr sprechen? Sie war kurz verwirrt, nicht ganz im Stande, ihm zuzuhören. Zu viele

Gedanken aus Vergangenheit und Gegenwart mischten sich ein.

Er fixierte ihren Blick und blieb ernsthaft. „… Und dann hatte ich diese Idee."

„Welche Idee?"

„Naja, du kennst doch Joe Blümrich …"

Was? Hatte er sie wirklich treffen wollen, um über Joe zu sprechen? Sie war eine kurze Zeit fassungslos. „Ja, und?", hauchte sie.

Gabriel druckste herum. Sie sah jetzt, dass es ihm unangenehm war. Er blickte in seine Tasse. „Ich dachte, wo wir uns doch schon so lange kennen, könntest du…"

Nun war sie mit ihrer Geduld allmählich am Ende. „Du willst, dass ich dich mit Joe zusammenbringe? Wegen deines Projektes?"

Sie musste es ziemlich laut gesagt haben, denn die Stimmen rund um sie im Cafe verstummten und die meisten Anwesenden starrten zu ihnen herüber. Gabriel fuhr sich durchs Haar, auf dem Kopf blieben ein paar Strähnen stehen, ragten empor wie Antennen.

„Natürlich wollte ich auch DICH sehen. Schon lange. Seit Jahren." Seine letzten Sätze standen zwischen ihnen genauso in der Luft wie seine Haarspitzen, wollten sich nicht legen, verflüchtigen.

Henry fühlte sich plötzlich wie in einer Zeitschleife. Verdrängte Szenen tauchten vor ihrem inneren Auge auf. Sie sah den ehrgeizigen Jungen, der es der Welt beweisen wollte, er stand da in diesen viel zu engen Hosen, die gelockten, ewig langen Haare, ein Rebell mit Lederjacke, ein Rockstar unter den Jugendlichen in der kleinen Stadt, dieser intensive Blick, die verschränkten Arme vor der Brust. Sie sah die Szene, als geschehe sie gerade eben, er hatte sie angesehen und gesagt: „Natürlich will ich bleiben. Aber ich muss gehen. Ich muss einfach!" Und dann war er einfach gegangen. Hatte sich umgedreht und war fort gewesen. Hatte nicht einmal zurückgeblickt. Zu ihr. Und sie hatte dort gestanden und war fast genauso fassungslos wie jetzt.

„Ich hoffe, du bist mir nicht böse", hatte er das jetzt gesagt? Ja. Gabriel war dichter herangerückt und fixierte sie weiterhin mit seinem Blick, als wollte er sie in seine Welt ziehen. Er wollte Verständnis, Anerkennung. Sie von seiner Sicht der Dinge überzeugen. Das war immer schon so gewesen. „Aber es ist wirklich eine besondere Idee. Ich hatte eine unglaubliche Inspiration!" Er machte eine ausladende Geste und lehnte sich wieder zurück, sie weiterhin nicht aus den Augen lassend. Henry versuchte, ihre Enttäuschung nicht allzu sehr zu zeigen. Was hatte sie wirklich erwartet? Dass er nach all den Jahren Em verlassen und wieder zu ihr kommen würde? Insgeheim vielleicht. Sie hatte natürlich selbst nicht wirklich daran geglaubt.

„Joe ist sehr introvertiert", sagte sie jetzt, betont sachlich und gefasst.

Gabriel nickte. „Ja, habe ich gehört. Aber DU könntest ihn doch überzeugen. Es wäre eine fantastische Sache. Aufgesetzt auf eine religiöse Geschichte, aber durchaus weltlich. Gesellschaftskritisch. Es könnte ein großer Erfolg werden, wenn alles passt. Oder ein Skandal! Oder beides! Wir halten den Menschen einen Spiegel vor! Ich glaube fest an das Konzept." Er sprühte jetzt förmlich vor Energie.

So war er immer gewesen, wenn er sich etwas in den Kopf gesetzt hatte. Aber damals war er ein Junge gewesen, kaum erwachsen, heute wusste er um vieles mehr, vor allem was er wollte und wie er das bekommen konnte. Das strahlte er auch aus. Er war nicht mehr so verloren in der Welt, zumindest wirkte er nicht mehr so. Er wollte etwas und er würde vieles versuchen, um es zu bekommen. Und es war Joe, nicht sie,

Henrietta, die er wollte. Fast hätte sie gelacht, aber nur fast. Die Krönung meiner Pechsträhne, dachte sie jetzt, meines unsäglich langweiligen Lebens, für das sich niemand interessiert. Um nicht in einer deprimierenden Gedankenspirale zu versinken, fragte sie hastig: „Wofür brauchst du jetzt eigentlich Joe genau? Erklär es mir!"

Gabriel seufzte ein klein wenig. „Ich war wohl ein wenig zu schnell mit meinen Ausführungen. Aber wenn ich von einer Idee begeistert bin … Also, Joe hat doch dieses Integrationsprojekt mit den Obdachlosen im Stadtpark am Laufen. Du siehst, ich bin informiert. Ich habe einen Artikel darüber gelesen. Und ich möchte dieses Projekt in mein Theater integrieren, es um die Realität erweitern, verstehst du? Reale Schicksale, real dargestellt von den Betroffenen. Das ist nicht neu, natürlich nicht, aber in der Kombination mit meinem dramaturgisch ausgefeilten Stück, aufgesetzt auf einem alten Mythos, den viele für wahr halten, ein wenig verändert natürlich, die Protagonisten werden verändert sein. Und es gibt auch ein paar Profi-Schauspieler! Es wird ganz sensationell! Glaub mir! Es wird kein soziales Theater wie gehabt, sondern echtes High-Level-Theater mit realistischem Touch, dafür werde ich schon sorgen! Wir werden die Bühne sprengen und die Kategorien, die Hierarchien, den Kanon gleich mit. Ich glaube daran. Das ist meine Idee des Jahrhunderts! Ich habe Sensationelles vor! Glaub mir, es wird etwas ganz Anderes! Und wenn es einen Skandal geben sollte, eigentlich rechne ich sogar damit, die Leute sind ja so konservativ, umso besser! Und mit den Kontakten, den Möglichkeiten von Joe könnte das alles klappen. Authentische Menschen, weißt du!" Er fuchtelte wild mit den Armen und seine Augen funkelten.

Wäre Henry nicht in einer großen Enttäuschungswolke gefangen, hätte sie ihn in dieser Situation sicher anziehend, wenn nicht unwiderstehlich gefunden. Aber in diesem

Moment war sie in ihrem eigenen Gedankennebel verfangen. Sie dachte, sogar eine Spur verächtlich, dass es wirklich keine neue Idee sei, Menschen an sozialen Brennpunkten mit Schauspielern zusammenzubringen, um ein Stück zu machen, noch dazu diese alte Geschichte, das hatte ja etwas von dem zu Tode gespielten „Jesus Christ Superstar"! Und Obdachlose als Jünger und Gläubige, geh bitte. Aber dann dachte sie, dass Gabriel schließlich seit vielen Jahren erfolgreich diese große Bühne leitete und es ihm auch zuzutrauen sei, in bereits ausgetretenen Pfaden neue Wege zu finden. So oder ähnlich dachte sie vor sich hin, sich zwanghaft auf sein Ansinnen fokussierend, während sie gleichzeitig in sich die Enttäuschung und das damit verbundene, unwillkürliche Einschleichen eines überdimensionalen Minderwertigkeitsgefühls zu bekämpfen suchte. War alles, was sie verbunden hatte und auf einer gewissen Ebene ewig verbinden würde, war sie, das Wiedersehen mit ihr, nur Mittel zum Zweck, um seine Idee zu verwirklichen?

Gabriel musste einen Teil ihrer inneren Unruhe erfasst haben, denn er legte plötzlich seine Hand auf ihre. „Wie gesagt, glaub bitte nicht, dies allein wäre der Grund unseres Treffens. Ich wollte dich wirklich, wirklich gerne wiedersehen, schauen, wie es dir geht. Seit Jahren will ich das, denke ich an dich. Du liegst mir immer noch am Herzen. Wirst es immer tun. Vielleicht sehen wir uns ja auch öfter, wenn Joe einstimmen sollte."

Hätte er sie jetzt noch beeindrucken können? Trotz seines Charmes hatte sie den Empfang abgeschaltet. Sie hatte sich allen Gefühlen ihm gegenüber verschlossen und entzog ihm prompt ihre Hand.

„Du kennst Joe noch nicht", sagte sie, „du weißt nicht, ob er sich darauf einlassen wird. Er ist ein Einzelkämpfer." Sie dachte an Joes Verschlossenheit. Gut, auch er brannte immer für seine Ideen, vor allem für sein Obdachlosenprojekt, das er vor drei Jahren gestartet hatte und das immer mehr und mehr seiner Zeit verschlang. Die Obdachlosen waren seine Ersatzkinder geworden, seine Schützlinge und er widmete ihnen inzwischen fast seine ganze Zeit, wenn er nicht an der Uni seinen Lehrtätigkeiten nachging. Henry spürte, dass ihr schlecht zu werden drohte. Hatte sie nicht in den letzten Jahren das Gefühl gehabt, immer hinter Joes Projekt zurückstehen zu müssen, nicht so viel zu zählen, nicht die Wertigkeit in seinem Leben zu haben wie seine Schützlinge? Und nun sollte dieses Projekt womöglich auch noch ihre Wiederbegegnung mit Gabriel, womöglich die nächsten Treffen oder überhaupt alle Begegnungen mit ihm, überschatten? Sie hatte gehadert — all die Jahre — mit Joes sozialem Engagement und war gleichzeitig voller Schuldgefühle deswegen. Natürlich brauchten diese Menschen Hilfe und Unterstützung und sie sollte im Grunde nicht so selbstsüchtig sein. Joe hatte höhere Ziele. Weltverbesserungsziele. Das war doch gut und unterstützenswert.

Aber Tatsache war auch, dass für sie, die Frau an seiner Seite, am wenigsten Zeit blieb. Sie war selbstverständlich für Joe, ihre Beziehung war selbstverständlich, um sie musste Joe sich nicht mehr bemühen. Kurz blitzte der Gedanke auf, ob Joe sich ihr womöglich wieder mehr widmen würde, wenn sie sich öfter mit Gabriel treffen sollte. Das könnte eine Möglichkeit sein. Leider war Joe bisher nie eifersüchtig gewesen. Sie schluckte ihren aufgestauten Groll hinunter, und sagte betont ruhig: „Gut, ich rede mit ihm. Aber versprechen kann ich natürlich nichts."

Gabriel atmete hörbar auf. „Das ist lieb von dir, danke. Ich betrachte meine Projekte als Babys. Sie sind mir sehr wichtig. Und dieses ist etwas ganz Besonderes."

Henry wusste nicht, ob sie das lapidare „Ja, Ja" laut gesagt oder nur gedacht hatte. Sie bemühte sich, ein freundliches oder immerhin neutrales Gesicht zu machen, während sie spürte, wie sich die Enttäuschung allmählich in Wut verwandelte. Sie versuchte aber gleichzeitig, nicht allzu emotional zu wirken. Eher ein bisschen gleichgültig. Auf keinen Fall sollte er glauben, es läge ihr noch etwas an ihm. Sie blickte ihn nicht direkt an, beobachtete ihn nur aus den Augenwinkeln.

Gabriel lächelte warm. Grübchen erschienen auf seinen Wangen. „Das ist super! Danke dir! Und wir gehen bald einmal essen, richtig aus, nur wir beide!" Er sprühte wieder vor Charme. Für Henry klangen seine Worte eher nach Beschwichtigung als nach Interesse. Sein Charme prallte an ihrer Enttäuschung, die sich wie eine Wand um sie ausgebreitet hatte, ab. Vielleicht tat sie ihm sogar unrecht. Aber es war zu spät für andere Eindrücke.

Sie stand rasch auf. „Ich rede also mit Joe und rufe dich in den nächsten Tagen an." Sie warf noch ein knappes „Ciao" hinterher, überlegte kurz, ob sie den Kaffee bezahlen sollte, war aber dann doch der Meinung, dass Gabriel die Pflicht hatte, die Rechnung zu übernehmen. Henry verließ das Cafe so schnell, dass Gabriel nicht mehr viel, außer ebenfalls „Ciao", sagen konnte. Aber er war ohnehin schon wieder in Gedanken versunken. Ihm war während des Gesprächs ein Gedanke für sein Stück gekommen, den er nun verfolgte. Ein ganz interessanter Gedanke.

4.

Henrietta war direkt in einen Wolkenbruch gekommen. Der Regen, gemischt mit einem böenartigen Sturm, hatte sie voll erwischt. Zwischendurch dachte sie schon, sie könne sich nicht mehr auf der Straße halten, sie würde samt ihrem Schirm in die Luft getragen und flöge über die Dächer hinweg. Vielleicht wäre das angenehmer gewesen, als sich gegen den Orkan zu stemmen, die Tasche, den geschlossenen Schirm fest an sich zu drücken und mehr und mehr durchnässt von dem peitschenden Regen mühevoll einen Schritt nach dem anderen zu machen, um nach Hause zu gelangen. Nach Hause? Jedenfalls in die Wohnung zu Joe.

Mit jedem Schritt, den sie tat, wuchs ihre Wut. Sie konnte nichts dagegen tun. Sie dachte auch nicht daran, etwas dagegen zu tun. Sie begann mit jedem Schritt immer mehr vor sich hin zu fluchen, zu schimpfen, schließlich zu schreien, zu weinen. Es war ihr egal, ob sie jemand so sehen konnte. Und es war ohnehin kaum jemand auf der Straße. Der Regen mischte sich mit den Tränen auf ihrem Gesicht. Perfekt, dachte sie bitter, im Leid bin ich perfekt. Sie ballte die Fäuste noch fester. Sie wusste noch nicht einmal genau, warum sie so wütend und schlecht drauf war. Klar, das Treffen mit Gabriel war nicht ganz so gelaufen, wie sie es sich vielleicht insgeheim erträumt hatte. Sie ärgerte sich, dass sie, obwohl sie keine Erwartungen haben wollte, offensichtlich doch welche gehabt hatte. Sie war im Grunde keine romantische Natur, nie gewesen, aber irgendwas in ihr hatte sich danach gesehnt, Gabriel würde sie so ansehen wie früher, als er noch von ihr fasziniert gewesen war, immerhin hatte diese Phase, mit allen Ups und Downs, einige Jahre lang gedauert, auch wenn ihre Beziehung am Ende nur noch als bittersüß zu bezeichnen war.

Ja, es war dumm gewesen zu erwarten, dass seine

unverhohlene Bewunderung, die ihr dieses Gefühl begehrenswert zu sein gab, immer noch da war. Das wurde ihr erst so richtig bewusst, nachdem sie das Cafe verlassen hatte. Es kam plötzlich über sie. Vermutlich, weil sie dieses Gefühl von allen anderen Gefühlen am meisten vermisste. Wie lange schon? Viel zu lange. Und damit war Henrys Groll bei Joe gelandet. Sie konnte sich nicht erinnern, dass er sie jemals mit diesem leuchtenden Blick angesehen hatte wie Gabriel früher. War es ein Fehler gewesen, mit Joe eine Beziehung aufzubauen? Noch schlimmer, hatte ihre Mutter dann Recht gehabt? Immer wieder hatte ihre Mutter Bedenken geäußert, bis sie sich schließlich fast mit ihr zerstritten hätte. Aber Henry hatte einfach aufgegeben, sich mit der Mutter über Joe zu unterhalten. Umso mehr hatte sie sich, vor sich selbst, das Zusammensein mit Joe zurechtgebastelt, schöngeredet, vor allem schönfantasiert. Aber war es nicht auch schön gewesen? Warum jetzt so abwertend darüber denken? Es war doch angenehm mit Joe, einfach, unkompliziert, sie konnte nicht darüber klagen, oder?

Und doch hatte sie seit Jahren dieses Gefühl, ein fremdes Leben zu leben, im falschen Film zu sein. Irgendetwas stimmte nicht. Nicht mit ihrem Leben mit Joe, nicht mit dem Job in der Bibliothek, nicht mit dem Ort, ihrem Heimatort, an dem sie geblieben war, während Gabriel in die große weite Welt gegangen war, Karriere gemacht hatte. Dort diese Frau kennengelernt hatte. Nach zahlreichen, in den Medien präsenten Affären. Und sie? Sie hatte in seinem Leben keine Rolle mehr gespielt.

Die Frage aber war: Spielte sie in ihrem eigenen Leben eine Rolle? Ihre Nägel schnitten ins Fleisch ihrer Handflächen. Und Joe erschien damals nach Gabriel wie eine rettende Idee. Er war so anders gewesen. So ganz anders. Nicht unstet. Sondern in sich ruhend, wissend, was er wollte, unaufgeregt, niemals auf der Suche, höchstens auf der Suche nach neuen Projekten, in denen er sich verwirklichen konnte, wie alle Männer. Oh, wie sehr hatte sie sich getäuscht! Hatte sie damals wirklich gedacht, Joe würde ihr Halt geben auf irgendeine Art und Weise? Dass dies irgendein Mann leisten könnte, was sie sich nicht einmal selbst geben konnte? Sie war zu ihm geflüchtet, weil sie es bequem und sicher haben wollte. Weil sie nicht mehr leiden wollte. Leidenschaft, das Wort sagte schon alles. Sie wollte damals frei davon sein. Weg von dieser Art von Besessenheit, hin zu einer sanften Zuneigung. Weg von den stürmischen Gewässern, verhangenen aber ungebremsten Horizonten, immer auch Gefahren beinhaltend, hin zu einem glatt und beruhigend daliegenden See mit abgesteckten Ufern. Wie dumm war dies gewesen. So ein Leben bedeutete nicht Ruhe und Halt, sondern nur Langeweile, existieren ohne Höhepunkte.

Vor dem Haus angekommen, lehnte sich Henry gegen die Hausmauer, unfähig irgendetwas zu tun. Nach ein paar Minuten klingelte sie doch, hauptsächlich um sich das Suchen nach dem Schlüssel in der Tasche zu ersparen. Der Regen und die Tränen hatten ihren Blick total verklärt. Um diese Zeit war Joe normalerweise immer zu Hause. Aber nichts rührte sich. Sie trat ein paar Schritte zurück, blickte zu den Fenstern hoch, wobei sie noch durchnässter wurde. Es brannte auch kein Licht. Ihre Hände zitterten, als sie dann doch nach dem Schlüssel kramte, erst jetzt sah sie, dass ihre Nägel die Hand-innenflächen blutig geritzt hatten, aber sie war nicht in der Verfassung, dem genug Aufmerksamkeit zu schenken.

Henry fand die Wohnung verlassen vor. Sie checkte ihr Mobiltelefon. Joe hatte keine Nachricht geschickt. Das war doch nicht seine übliche Art. Joe schickte immer eine Nachricht, wenn sich etwas an seinen Plänen veränderte. Er war da üblicherweise sehr verlässlich. Wahrscheinlich ein Notfall, dachte sie, während sie planlos mitten im Vorzimmer stand und Wasserbäche von ihrem Mantel auf den Fußboden flossen. Auch die nahm sie kaum zur Kenntnis. Das Fehlen von Joe steigerte ihre Wut noch mehr. Sie war im Grunde außer sich, aber da Henry eine beherrschte Person war, stand sie nur da und atmete heftig, die brennenden Augen weit aufgerissen, die Tränen versiegt, als könne sie niemals mehr welche vergießen. Immer wieder hatte sie befürchtet, dass sie, ihre Persönlichkeit, ihr Leben nicht spektakulär genug für Joe sein würde. Die Erkenntnis, dass er, der erst so in sich ruhend auf sie gewirkt hatte, sich auch als ein Suchender herausstellen würde, war Henry erst allmählich im Laufe des Zusammenlebens gekommen. Erst hatte sie sein ständiges Kümmern, diese soziale Ader, die sich auf alles richtete, was selbst nicht überlebensfähig schien, wundervoll gefunden, sie bewunderte diesen Zug an ihm ja immer noch. Doch immer mehr fühlte sie sich gleichzeitig zurückgesetzt. Immer war jemand wichtiger in seinem Leben als sie, jemand mit größeren, nämlich existenzielleren Problemen, jemand Fremder, Anderer. Es hatte mit dem Studienprojekt über Langzeitarbeitslose begonnen, welches er über seinen Uni-Lehrstuhl initiierte. Bald waren die Obdachlosen im Stadtpark hinzugekommen, hiervon legte er den Fokus vor allem auf Alkoholiker, Junkies, psychische Grenzfälle mit den unterschiedlichsten Krankheitsbildern. Das Projekt hatte sich mehr und mehr ausgeweitet und verschlang inzwischen fast Joes gesamte Zeit. Henry wusste, was es ihm, der immer nur theoretisch über soziale Themen arbeitete, bedeutete, auch praktisch zu helfen, eingreifen zu können, auch wenn es in den meisten Fällen nur vorübergehend möglich war. Joe musste, um diese Art von sozialem Engagement dauerhaft etablieren zu können, immer wieder neue Anträge stellen, um

Geld hausieren gehen, sich um neue Konzepte und Weiterentwicklungen seiner Ansätze kümmern. Das ging auf die Substanz. Das war ihr natürlich klar.

Aber sie hatte nicht damit gerechnet, dass für sie, für ihr normales Leben, keine Zeit, keine Energie, kein Blick mehr übrig sein würde. Und sie hatte dazu noch Schuldgefühle, weil sie das Engagement für diese Bedürftigen, die sich so an Joe klammerten, ihn verehrten, auf einen Sockel stellten, mehr und mehr als Bedrohung ihrer Beziehung sah. Was war sie nur für eine schreckliche Person! Warum konnte sie den armen Menschen nicht die Zuwendung gönnen. Aber was war mit ihr? Auch sie brauchte Zuwendung. Mehr denn je. Es verging kein Abend, kein gemeinsames Unternehmen, kein Essen, nichts, ohne Anrufe, ohne lange Telefonate, in welchen Joe jemandem Hilfe zusagte, Mut zusprach oder einfach Trost spendete. Er könne sich gut abgrenzen, sagte Joe wieder und wieder, wenn sie das Thema ansprach, und tatsächlich, es schien ihn nicht zu belasten, sondern es schien ihm gutzutun, ihn zu erfüllen. Aber sie fühlte sich wie eine Nebenfigur in seinem Leben. Hörte er zu, wenn sie von der öden Arbeit in der Bibliothek erzählte, von fehlenden Inspirationen bei der nächsten Liebesgeschichte? Interessierte es ihn überhaupt? War sie ihm noch wichtig? War sie es je gewesen? War es ihr überhaupt noch wichtig? Fühlte sie noch irgendetwas für ihn? Sie spürte einen rasenden Schmerz in den Schläfen.

Joe fand Henry einige Zeit später, immer noch durchnässt in der Diele stehend, bewegungslos ins Imaginäre schauend, ein vor sich hin tropfendes Stillleben, völlig in Gedanken versunken.

Joe war müde. Sehr müde. Der Tag hatte ihn angestrengt wie so oft. Aber diesmal war es besonders heavy gewesen. Eigentlich wollte er nur nach der Uni kurz bei seinen Schützlingen im Stadtpark vorbeischauen, nach dem Befinden fragen, zumindest bei denen, die er vorfinden sollte. Das divergierte ja zuweilen. Er hatte gar nicht damit gerechnet, dass er eine so große beieinander sitzende Gruppe vorfinden würde, meist waren sie ja sehr verstreut, individuell unterwegs, Gruppen bildeten sich spontan und lösten sich genauso wieder auf. Er hatte gleich gespürt, dass irgendetwas anders war als sonst.

„Was ist passiert?", hatte er gefragt und sich zu ihnen ins Gras gehockt. Dann hatte Su zu schluchzen begonnen, sie war sehr sensibel. „Es ist wegen Dino", hatte sie gesagt und geschnieft.

„Was ist passiert?", hatte Joe wiederholt und versucht, so ruhig wie möglich zu sprechen. „Er ist ausgezuckt!", hatte dann ein anderer keuchend mitgeteilt und auf die Erde gestarrt. Joe hatte das Gespür gehabt, dass er keinen Druck machen durfte. Nur nach und nach hatte er die ganze Geschichte aus ihnen herausbekommen. Dino hatte sich im Stadtpark mit einem Polizisten angelegt und war festgenommen worden. Die Gruppe befürchtete Schlimmstes, denn Dino war wieder mal auf Drogen gewesen. Joe hatte dann kreuz und quer telefoniert, war mit dem Rad zur Polizei gefahren, hatte es geschafft, Dino loszueisen, war zu Pfarrer Mikl mit ihm gefahren, den er vorsorglich angerufen hatte, hatte dort für ihn einen Schlafplatz organisiert und war dann noch eine Weile dortgeblieben, bis sich Dino wieder einigermaßen beruhigt hatte.

Deshalb war Joe jetzt so müde. Und er hatte so gar keine Energie für Henrietta, die wie angewachsen in der Diele stand und tropfte.

„Zieh dir was Trockenes an", sagte er und versuchte sie leicht in Richtung Bad zu schieben. Aber sie stand fest verwurzelt wie ein Baum und rührte sich nicht.

„Ich bin verrückt", sagte sie, ohne ihn anzusehen, „ich bin

verrückt."

Joe überlegte kurz, wie er reagieren sollte. Er war solche Fälle gewöhnt, aber keinesfalls in Zusammenhang mit Henrietta. Bei ihr gab es nie etwas Unnormales. Im Gegenteil: Sie war das Normalste in seinem Leben, abgesehen vom Alltag an der Universität. Aber das war anscheinend kein normaler Tag.

„Unsinn", sagte er mit seiner sozialpädagogischen Beruhigungsstimme und zog erst mal seine Jacke und die Schuhe aus, um zu überlegen, was er jetzt tun sollte. Er ärgerte sich, dass er wütend auf sie war. Er hatte sich auf zuhause gefreut, auf das unaufgeregte Leben, auf Alltäglichkeit, auf eine volle heiße Badewanne zum Entspannen, auf ein warmes Abendessen, auf Ruhe und seichtes Fernsehgeplätscher. Mit so einem Zustand von Henrietta hatte er nicht gerechnet. Gut, sie war manchmal überemotional, aber in einem ganz und gar gewöhnlichen Rahmen. Und er kannte sie immerhin schon mehr als zehn Jahre. Er bemühte sich, ruhig zu bleiben, während er innerlich längst die Geduld verloren hatte. Er war müde. Und er wollte seine Ruhe.

„Beruhige dich und geh dich abtrocknen. Ich bin im Wohnzimmer." Joe hatte beschlossen, Henriettas seltsame Anwandlung vorerst zu ignorieren. Vielleicht würde sie vorübergehen und es konnte doch noch ein ruhiger, entspannter Abend werden. Nur leider klingelte in diesem Moment sein Telefon. Es war Dino. Offensichtlich brauchte der Junge noch Nachsorge oder Sicherheit oder sonst irgendwas. Joe ging hastig ins Wohnzimmer und nahm den Anruf entgegen. Das fand Henry nun in diesem Moment einfach ungeheuerlich. Stand sie nicht wie ein Häuflein Elend im Vorzimmer, völlig außer Fassung? Müsste nicht der größte Kümmerer vor dem Herrn, Herr Joe Blümrich, sich jetzt überaus liebevoll und fürsorglich um SIE kümmern? Nein, er zog es vor, sie ins Bad zu schubsen, um dann mit dem Nächstbesten — wie immer — zu telefonieren.

Das war der Augenblick, in dem in Henry die Wut wieder hochkochte. Sie ging schnellen Schrittes ins Wohnzimmer, direkt zu Joe, der am Sofa Platz genommen hatte, und riss ihm das Mobiltelefon aus der Hand. Joe hatte keine Möglichkeit zu reagieren. Dann trug sie es in der gleichen rasanten Geschwindigkeit ins Badezimmer und warf es in die Toilette. Die Spülung zog sie nicht, aber sie sah zu, wie es blubbernd versank, zog dann, etwas ruhiger und langsamer, fast triumphierend, mit ausladenden Gesten, den Mantel aus. Gerade als sie die Schuhe von den Füßen schüttelte, statt sie wie üblich einfach auszuziehen, kam Joe hinzu, knallrot im Gesicht. „Bist du verrückt? Da war ein Junge dran, der in Schwierigkeiten steckt. Wo ist das Telefon?"

Henry zupfte sich die Socken von den Fußspitzen und warf sie quer durch den Raum. „Ja, ich bin total, total verrückt", rief sie und lächelte unheimlich. Dann deutete sie langsam zur Toilette.

„Nun mach dich nicht lächerlich, du bist nur wegen irgendwas verärgert, vielleicht verstört. Spiel nicht die Verrückte. Ich kenne genug wirklich Ausgezuckte!" Joe angelte angeekelt nach dem Handy, säuberte es mit Toilettenpapier.

„Ach, spar dir deine gönnerhafte Art!", rief Henry provozierend, während Joe das Mobiltelefon schüttelte, es aus- und einschaltete, wartete, innerlich auf größerer Flamme allmählich vor sich hin köchelnd, aber äußerlich immer noch ruhig. Er hatte keine Lust, sich zu echauffieren, alles nur noch schlimmer zu machen. Und noch immer überwog sein Drang nach Ruhe. Und er dachte meist voraus, versuchte alle Schachzüge zu planen, zu überblicken und entschloss sich, jetzt eben nicht zornig zu werden. Obwohl er es war. Er fühlte seinen Puls und atmete bewusst und ruhig. Sein Herzschlag würde sich gleich beruhigen. Henrietta hatte inzwischen ihre Bluse ausgezogen und sie in die Dusche geworfen. „Und du willst nicht wissen, was mich so verstört hat, wie du es nennst?"

Joe seufzte. Er würde um eine Diskussion nicht herumkommen, das war klar. „Wenn das Handy jetzt kaputt ist!" Er starrte auf das Display, gab seine Geheimnummer ein. Das Gerät zumindest schien normal zu funktionieren. Nur seine Freundin nicht. Zum ersten Mal seit er sie kannte. Und das ausgerechnet heute!

Henry stieg aus ihrer Hose und trampelte auf den am Boden liegenden Hosenbeinen herum. „Es interessiert dich nicht einmal. ICH interessiere dich nicht." Ihre Stimme war noch lauter geworden. Und höher.

Joe nestelte an seinem rechten Ohr. Das Badezimmer war ihm zu eng und zu klein. „Komm ins Wohnzimmer, wenn du fertig bist." Er wandte sich zur Tür.

„Ich interessiere dich schon lange nicht mehr", wiederholte Henry, jetzt traurig, mit einem anklagenden Ton in der Stimme. Joe ergriff die Flucht. Sie warf ihm den Büstenhalter hinterher. Er landete im Flur auf dem Fußboden. Joe atmete im Wohnzimmer tief durch. Also es würde eine Debatte geben. Womöglich einen Streit. Und er wusste nicht, weshalb. Wollte er es wissen? Vielleicht sollte er vorher ein Bier trinken oder ein Glas Wein? Auf jeden Fall sollte er etwas essen, denn er fühlte, dass nicht nur er gereizt war, sondern auch sein Magen. Aber erst musste er beim Pfarrer anrufen, um zu sehen, ob Dino in Ordnung war.

Henry setzte sich ihm nackt gegenüber, den Slip schwenkte sie mit der rechten Hand hin und her, sie ließ ihn nicht aus den Augen, bis er mit dem Telefonat fertig war. Aus ihren Augen schienen Blitze zu kommen. Aber Joe vermied während des Telefonates Blickkontakt, er hatte sich weggedreht und konzentrierte sich. Gut, wenigstens hatte das Telefon alles gut überstanden. Und Dino schien es auch besser zu gehen. Er drückte auf die Aus-Taste. Drehte sich seufzend um. Henry saß immer noch da und schwenkte ihren Slip wie eine Fahne. Joe überlegte fieberhaft, wie er zu einer Deeskalation beitragen könnte.

„Geh, zieh dir etwas an", sagte er und griff scheinbar desinteressiert nach der Fernbedienung des Fernsehers. Es war offensichtlich das Falsche.

„Merkst du eigentlich noch, dass ich da bin?" Henrys Ton hatte eine durchdringende Schrillheit erreicht, die er noch nie von ihr vernommen hatte. Sie schrie im Grunde überhaupt nie, wurde noch nicht einmal etwas laut. Für gewöhnlich. Aber heute war kein gewöhnlicher Tag. Joe war irritiert und somit handlungsunfähig. Henry lief auch nie nackt umher. Sie war niemals sehr freizügig gewesen. Oder gar provokativ. Oder aggressiv. Ganz im Gegenteil. Die Situation war ihm sehr unangenehm, aber Joe bemühte sich nach wie vor, Ruhe zu bewahren. „Also, was ist passiert?", fragte er und lehnte sich zurück, mehr um von den nackten Tatsachen vor ihm abzulenken. Aber er musste sie doch ansehen.

Henry setzte sich noch mehr in Pose, schwang ein Bein über das andere, legte einen Arm über die Sofalehne, schüttelte ihre Haare nach hinten, was sie sonst auch nie tat. „Vielleicht ist ja nichts passiert und ich bin einfach verrückt. Vielleicht bin ich dann auch einmal ein Fall, der dich interessiert."

Joe rutschte unruhig auf seinem Platz hin und her. „Mach dich nicht lächerlich. Wir wissen, dass du nicht verrückt bist. Und ich interessiere mich doch für dich."

„Ah ja? Und seit wann leben wir wie Bruder und Schwester anstatt als ein Liebespaar? Wie viele Jahre?"

„Ach, komm, nicht diese Diskussion wieder. Du weißt doch, dieser Harnwegsinfekt ..."

Henry zog die Luft hörbar ein: „Das ist doch längst chronisch. Oder sollte ich sagen psychisch? Wie oft hast du das jetzt? Zwei- oder dreimal im Jahr? Für Wochen. WOCHEN. Du könntest einmal den Arzt wechseln, wirklich."

Joe hatte nicht vor, auf diese Diskussion näher einzugehen. „Sex ist nicht alles in einer Beziehung", sagte er, „es wird schon wieder werden. Die Medikamente helfen ja."

„Wie oft habe ich das schon von dir gehört! Monatelang? Dir kommt diese Krankheit ja sehr gelegen. Du hast mich aber schon vorher kaum angefasst, kaum angesehen …" Sie wusste, dass sie jetzt in eine schmerzhafte Kerbe schlug, aber sie konnte nicht anders. Blut stieg in ihren Kopf. Sie glühte. Schnell fuhr sie fort: „Und was bleibt mir? Kein Sex! Und das mit knapp Vierzig! Keine Aufmerksamkeit! Kein Blick von dir! Weißt du, wie ich mich dabei fühle? Wie ein Stück Dreck! Ja, wie ein Stück Dreck. Noch nicht mal Gespräche führen wir, noch nicht mal Gespräche!" Henry war immer lauter geworden. „Nicht einmal jetzt kannst du mich anschauen!"

Joe atmete tief durch und erwiderte ihren Blick. „Wir reden doch oft miteinander."

„Ja, immer nur über deinen Job und dein Engagement! Es geht immer nur um dich! Aber was ist mit mir?" Henry stand auf, ging im Wohnzimmer umher. Dann nahm sie eine Decke, wickelte sich ein, als wäre ihr die Blöße plötzlich unangenehm. „Ich fühle mich schlecht", sagte sie. „Ich fühle mich unbegehrt. Bin ich abstoßend für dich?" Joe wollte sich auf eine derartige Diskussion auf keinen Fall einlassen und schwieg sicherheitshalber. Aber dann wog das Schweigen zu schwer im Raum. Henry war wie ein Häufchen Elend wieder aufs Sofa gesunken und schluchzte in ihre Hände.

„Nein! Es liegt an mir!", beteuerte Joe jetzt schnell. Er hielt sich die Hände an den Kopf, fuhr ein paarmal über seinen kahlen Kopf. „Es werden wieder bessere Tage kommen. Ganz sicher. Das weißt du! Ich bin momentan sehr unter Druck. Es ist halt alles zu viel."

Henrys Augen funkelten ihn an. Joe erschrak beinah. Was war nur mit ihr geschehen?

„Es geht immer nur um dich!", schrie sie jetzt noch lauter und ihre Stimme begann sich zu überschlagen. „Wie es mir geht, ist dir egal!" Joe antwortete nicht. Sie jetzt beschwichtigen zu wollen, war verlorene Liebesmüh, das war ihm klar. Sie würde es ihm auch kaum glauben. Nicht jetzt in dieser aufgebrachten Verfassung, in dieser aufgeladenen Situation. Und was noch schlimmer war und er sich in diesem Moment erst bewusstmachte: er war sich selbst nicht sicher, ob er sich glauben sollte.

Henry lief jetzt am Fenster entlang, auf und ab, die Decke wie einen Schutzwall um sich geschlungen. Er hatte kurz die Befürchtung, sie würde die Blumenvase oder sonstige Möbel umstoßen. Aber das tat sie nicht. Dann blieb sie unvermittelt stehen, sah ihn an. „Vielleicht sollten wir uns trennen. Nicht einmal jetzt bist du ganz da. Für mich, uns hast du nie Zeit." Henry wandte sich abrupt ab, starrte aus dem Fenster in die stürmische Nacht hinaus. Die Bäume unten an der Straße bogen sich ächzend, beinahe stöhnend unter dem Druck des Windes. Die Dachrinne war längst übergegangen und schleuderte den Regen in Bächen an die Scheibe. Ihre Schultern hoben und senkten sich.

Joe überlegte fieberhaft, wie er die Situation beruhigen könnte. „Ich dachte, es wäre alles in Ordnung mit uns." Als er es aussprach, wusste er erst, dass er log. „Ich dachte, du wärst doch auch ganz zufrieden mit der Bücherei und den Schmonz... " Schmonzetten hatte er sagen wollen, aber er wusste, dass sie diese Bezeichnung, die er immer abwertend für die Liebesgeschichten verwendete, noch mehr in Rage bringen würde, also stoppte er den Satz. Es war zu spät.

Henry drehte sich wieder zu ihm. Ihr Blick war kalt.

„Diese Geschichten sind das einzige, was ich habe. Woran ich mich halten kann. Auch wenn sie nicht besonders niveauvoll sind, sein müssen, ich kann so wenigstens in einem Bereich kreativ sein. Und Schreiben tut mir gut!" Sie hielt inne. „Warum rechtfertige ich mich überhaupt? DU bist es doch, der keine Zeit, keine Energie hat! Es geht um unsere Beziehung! Im Grunde willst du nur, dass ich die Klappe halte und dir täglich dein warmes Essen koche. Und die Wohnung aufräume." Das war jetzt ungerecht, denn Joe war als Ordnungsliebhaber derjenige, der die Wohnung aufräumte. Sie wusste das, aber es passte ihr gerade gut ins Konzept.

„Du weißt, dass das Unsinn ist. Du bist heute einfach aufgeregt. Beruhige dich und wir reden später weiter." Joe hatte seine Stimme gesenkt und versuchte so langsam und ausgeglichen wie möglich zu sprechen. Er hatte wieder vergessen, dass genau diese betuliche Stimme Henry oftmals erst recht in Rage versetzte. Erstaunlicherweise ging sie diesmal nicht die Wände hoch, sondern sah wieder aus dem Fenster. „Mit dir konnte man nie gut streiten", sagte sie jetzt, etwas ruhiger, fast emotionslos. Waren ihre Gemütsbewegungen wirklich vorüber? Joe war sich nicht sicher. Er war sich im Moment bei nichts mehr sicher. Sie schwiegen eine Zeit lang, was Joe unendlich lang und quälend vorkam. Henriettas Schweigen war immer quälender gewesen als ihre Reden.

Schließlich sagte Henry unvermittelt und erstaunlich ruhig: „Ich habe heute übrigens Gabriel getroffen."

Joe hob überrascht eine Augenbraue. „So?" Er kannte all die alten Geschichten von und mit Gabriel. War sie deswegen so neben der Spur? Er wollte es nicht glauben.

„Ja, im D'Annuncio. Er wollte mich treffen." Sie beobachtete ihn genau. Aber Joe zeigte kaum eine Gefühlsregung.

„Ihr habt euch lange nicht gesehen", stellte er nur fest, um das Gespräch weiter in diese Richtung zu lenken. Es war ein um so viel besseres Thema als alles andere, was im Raum stand. Andererseits stieg in ihm gleichzeitig eine Ahnung hoch, dass dieses Treffen, also Gabriel, der Grund für ihre derzeitige Stimmung sein musste. Aber er war zu müde, um dies jetzt analysieren zu wollen.

„Es war sehr ... interessant. Er ist ein sehr interessanter Mensch. Immer noch. Nein, was rede ich. Mehr denn je."

Joe kratzte sich am stoppeligen Kinn. „Ja?" Er versuchte, interessiert zu klingen. Es gelang ihm nur mittelmäßig.

Sie verzog den Mund. „Ja und wir werden uns wieder treffen."

Jetzt war für Joe das Stichwort gegeben, weiterzufragen. „Er ist inzwischen berühmt, ja. Hat er sich nicht arg verändert?"

Sie zuckte die Schultern. „Kann sein. Das werde ich noch herausfinden."

Joe war grundsätzlich nicht der eifersüchtige Typ und wollte vor allem das Gespräch endlich beenden. Deshalb sagte er etwas, viel zu unüberlegt, zu unbedacht und bedauerte es noch während es ihm über die Lippen kam: „Deine Mutter wäre jedenfalls begeistert." Ihr aufflackernder Blick sagte ihm gleich, dass er mit seinem Gefühl richtiglag. Aber immerhin, dachte er gleichzeitig als Pragmatiker, war die unleidige Diskussion damit beendet.

„Lass meine Mutter aus dem Spiel!" Ihr Ton war kühl, klang gefährlich. Sie fixierte ihn, fast ohne zu blinzeln, schien zu zögern, zu überlegen. Es war, als wolle sie noch etwas sagen, aber sie sagte es nicht. Dann ging sie schnellen Schrittes ins Schlafzimmer. Er hörte sie herumkramen, Schubladen und Schranktüren auf- und zumachen. Kurze Zeit später erschien sie, vollständig angezogen, in der Hand eine Jacke. „Ich gehe."

„Was soll das heißen, du gehst?"

Sie antwortete nicht, war schon im Vorzimmer verschwunden. Joe war jetzt restlos verwirrt und überrascht. So ein Verhalten hätte er von Henrietta nie erwartet. Es war doch mindestens … elf oder später. Und es regnete. „Es regnet doch!", rief er überflüssigerweise. Henry antwortete nicht.

„Und weshalb glaubst du eigentlich, dass du verrückt bist? Hat es etwas mit Gabriel zu tun?" Es war ein halb ernsthafter Versuch, sie aufzuhalten. Doch er hörte nur noch die Tür ins Schloss fallen.

5.

(In Genua)

Die Bucht von Genua liegt ausgebreitet vor ihr. Ann starrt immer wieder aufs Neue auf diese Linie zwischen dem Blau des Himmels und dem des Meeres, wieder und wieder fixiert sie diese nah wirkende Ferne, die die ganze Welt zu beinhalten scheint. Und noch mehr. Alle Welten, die sie im Stande ist, sich vorzustellen. Die imaginären sind eindeutig in der Überzahl, sie zählt sie nicht, aber die vorstellbaren Welten haben sich multipliziert, seit sie hier ist. All die Szenen, Situationen, Menschen, die in ihrem Kopf, ihrem Herz, nein in allen Zellen spürbar werden, vermischen sich zu einem chaotischen Konglomerat, aus dem sich nach einiger Zeit des Hinfühlens ein Orchester formt, das sich selbstständig symphonisch komponiert, sie denkt kurz über das Wort im Sinne von „sinn-fonisch" nach und zwingt sich wieder zum ursprünglichen Gedanken zurück, ein Orchester, das gleichzeitig im gleichen Moment entsteht, gemeinsam komponiert und die Komposition uraufführt. Sie kann nicht wirklich nachvollziehen, was geschieht, seit sie angekommen ist, die blauen Balken der drei Terrassentüren geöffnet, die Bucht vor sich gesehen hat, das scheinbar Endlose, Erhabene, Transzendentale. Es ist perfekt, denkt sie immer wieder. Sie fasst es und sie fasst es nicht, als wäre diese Form des Begreifens dem menschlichen Gehirn nicht möglich, jedenfalls ihrem nicht, aber sie kann zwischendurch doch kurz einzelne Teile des Gesamtklangs erhaschen und über ihre Finger in die Tastatur des Computers übertragen. Unaufhörlich fließen die Stimmen in sie und sie versucht sie sogleich in Worte zu fassen, textlich abzubilden. Gelingt es oder geht vieles in der Übersetzung verloren? Egal. Weiter. All die Gerüche, die Stimmungen, die Gesichtsausdrücke, vor allem die Gefühle. Die Gefühle von Menschen, die sie nicht kennt, die aber in ihr gewesen sein müssen, die ganze Zeit. Wo sind sie all die Jahre gewesen? Haben sie sich versteckt gehalten? Oder ist ihre Zeit einfach noch nicht reif gewesen? Und ist sie es jetzt wirklich? Sie starrt wieder auf den Horizont und die ferne Linie verzieht sich zu einem leichten Lächeln. Ja, sagt er, der Horizont, ja. Was habe ich gefragt, fragt sie. Egal, sagt der Horizont und gleicht jetzt wieder einem neutralen Strich. Egal. Denk nicht, dass du denkst. Hör zu. Schau zu. Fühle. Und schreib weiter. Schreib einfach weiter.

,Es gibt keinen Zufall.'

„Mit wem sprichst du?"

Ann antwortet nicht, sondern bearbeitet weiter die Laptop-tastatur, als sei sie besessen.

„Ah, wieder Eingebungen", beantwortet sich Paul die Frage selbst, wie er es in letzter Zeit oft tut, seit sie in Genua in der Wohnung mit dem Blick auf die Bucht sind, und Ann mal in gebeugter Haltung über dem Laptop sitzt, mal aufrecht am Geländer der Terrasse steht und Seufzgeräusche von sich gibt. Anders hat er sie in der Wohnung noch kaum erlebt. Außer vielleicht schlafend zwischendurch. Sie pflegt unvorhergesehen einzuschlafen, dort, wo sie sich gerade befindet, einmal hat er ihr sogar die Gabel aus der Hand nehmen müssen. Sie wäre fast beim Essen vom Stuhl gekippt. Wenn sie unvermittelt einnickt, gibt sie so kleine Schnarch-geräusche von sich, die er süß findet, irgendwie niedlich, aber er hütet sich, dies in irgendeiner Form zu offenbaren. Ihre Freundschaft ist anderer Art. Sie halten eine gewisse Distanz in solchen Dingen. Emotional. Und körperlich. Man könnte sagen, sie sind im Grunde virtuelle Freunde, hatten in der

Vergangenheit viel mehr Chat-Gespräche als reale. Das hier, ein gemeinsamer Aufenthalt in einer Wohnung, er im Wohnzimmer, sie im Schlafzimmer, ist natürlich jetzt etwas ganz Neues. Paul hat sich das in der Planungsphase allerdings ganz anders vorgestellt. Irgendwie leichter. Er hat vorgehabt, sich nur auf seine Angelegenheiten zu konzentrieren. Da hat er aber Ann und ihre Präsenz mehr als unterschätzt. Er hat gehofft, dass er durch den Ortswechsel auf andere Gedanken kommen würde, abgelenkt wäre von seinem Schmerz, ungefähr so wie Ann es auch in einer neckischen Viertelstunde angedeutet hatte. Ann ist damals bei ein paar Gläsern Wein gedanklich davon galoppiert, wie es manchmal bei ihr vorkommt, hat die italienischen Frauen angepriesen und das Dolce Vita, die Leichtigkeit am Meer, das Dahintreiben im Quasi-Urlaub. Er solle sich ruhig ausleben, sie würde ja ohnehin langweilig vor sich hinschreiben. Sie hat ihn damit gekriegt und seine inneren Einwände überwunden. Seltsamerweise will er sich, seit er in Genua ist, gar nicht austoben. Er hat bei diesen Worten seither seltsamerweise immer wieder an Ann gedacht und nicht an die, die er vergessen will, wie es wohl wäre, mit Ann eine Wohnung zu teilen, wie es wäre, wenn sie nach dem Duschen aus dem Bad käme, in ein riesiges Badetuch gewickelt, die dunklen langen Haare verstrubbelt und ihr ins Gesicht fallend, wie sie ihn dabei ansehen würde.

Er blickt jetzt auf ihren über der Tastatur wippenden dunklen Hinterkopf. Aber das ist natürlich Blödsinn und nur aufgrund der momentanen Einsamkeit der Fall. Sie sind einfach auf zu engem Raum hier. Im Grunde ist es angenehm mit Ann. Sie ist keine, die einem auf den Wecker fällt. Sie haben eine geistige Ebene, gemeinsame Interessen, eine ähnliche Lebenssicht. Es ist eine wunderbare platonische Freundschaft. Er ist sich so großartig vorgekommen, als sie ihn gefragt hat, ob er sie nach Genua auf die „wunderbarste

Terrasse der Welt" begleiten würde. Dorthin, wo sie sich nach all dem Trubel um sie und ihr letztes Buch zurückziehen wollte, um frei für den nächsten Roman zu sein, wo sie frei atmen kann, weit weg von den Fans und den Agenten und den Lektoren und den Journalisten. Sie hat dies eindrucksvoll und mit ausladenden Gesten dargestellt. Denn wenn Ann nicht gerade in einer Schreibphase steckt, ist sie eloquent, mitreißend, charismatisch. Das Angebot hat ihm geschmeichelt. Er hat sich gebraucht gefühlt. Das hat er schon lange vermisst. Eigentlich immer schon. Paul versteht noch immer nicht, wie Ann, diese selbstständige Frau, die schon mal wie ein Wirbelwind brausen kann, gleichzeitig so felsenfest in ihrer Welt zu stehen scheint, diese Frau, der in den letzten Monaten immer mehr Menschen zu Füßen fallen wollten, die ein „Shootingstar am Literaturhimmel" genannt wurde, ihn brauchen soll, ihn, den einfachen Fotografen, von Kummer gebeugt und deprimiert, wie er seit nunmehr vielen Monaten ist.

Er hat dann jedenfalls mit dem Brustton der Überzeugung gesagt, er würde zwar mitkommen, aber hauptsächlich an seinen Projekten arbeiten und außerdem allein mit der Kamera herumstreunen, um sagenhafte Fotos zu machen. Er hat damit deutlich klargestellt, dass er das Arrangement mit der gemeinsamen Ferienwohnung mit wunderbarster Terrasse und Blick auf die ganze Bucht akzeptiere, aber gedenke, sich gar nicht um ihre Belange zu kümmern, dass er schließlich und das war der Punkt, auf den er abzielt, in keiner Weise von irgendwelchen Frauen aus seiner Vergangenheit sprechen würde, schon gar nicht von dieser, deren Namen er nicht einmal denken kann, ohne sich wieder auf dem Fußboden liegen zu sehen, stundenlang, nicht fähig sich zu bewegen oder irgendetwas irgendwie Menschenähnliches zu tun. Die ohne Namen hat sein Leben verpfuscht. Sie allein. Und keine andere Frau kann sie ersetzen oder ihm irgendetwas bedeuten, vielleicht nie wieder. Er werde sich zurückziehen und ablenken, wie er das auch immer anstellen werde. Und nun ist Ann diejenige, die um sich selbst kreist und ihn links liegen lässt.

Ann schaut mit einer Zeitverzögerung von ein paar Minuten hoch. „Hast DU etwas gesagt?" Ihre türkisblauen Augen, die genauso schimmern wie das Meer, scheinen sich in ihn zu bohren. Sie schaut ihn nicht oft so direkt an, weicht seinem Blick normalerweise eher aus. Und er dem ihren. Paul kann gar nicht so schnell antworten, da ruft sie schon: „Ach, war ich wieder in Schreibtrance? Bin ich schon wieder zeit-verzögert?" Sie lächelt und auf der rechten Wange erscheint ein Grübchen. „Du meinst wohl, ich bekomme nicht viel mit von Italien, von Genua, weil ich nur ständig auf der Terrasse hocke und in meinem Kopf stecke — oder in meinem Herzen. Der Kopf ist ja quasi zwischendurch out of order. Soll ich mehr rausgehen? Mich in die City stürzen? Außerdem sitzen wir ja direkt an einer interessanten Eisenbahn-Küstenstrecke. Das wäre doch gut zu nützen. Ups. Habe ich schon wieder einen Dialog vorweggenommen, ohne darauf zu hören, was du eigentlich sagen wolltest?"

Sie scheint in ein paar Minuten all die Schweigsamkeit der letzten Tage aufholen zu wollen und lächelt dabei ziemlich breit. Sie wirkt glücklich. Seit sie hier sind, nimmt er einen seltsamen Glanz rund um sie wahr. Sie glüht. Die Bucht, der Meerblick haben eine unglaubliche Wirkung auf sie. Sie sitzen jetzt nebeneinander und schauen auf die Bucht, auf die Hausdächer unter ihnen, ganz entfernt ist der Zug zu hören.

„Wenn du hier inspiriert bist, ist das doch gut. Ich habe ja meine eigenen Projekte und ich bin ja auch täglich mit der Kamera unterwegs", sagt er.

Sie blickt ihn von der Seite kurz an. „Du machst aber immer noch einen traurigen Eindruck. Verzeih, ich bin in solchen Schreibphasen völlig auf mich bezogen. Spukt

Melanie immer noch in deinem Kopf herum? Du bist doch nicht unglücklich hier? Ups! Sorry!" Sie schlägt sich auf den Mund. Er zuckt beim Erwähnen des Namens kurz zusammen und ärgert sich gleichzeitig deswegen.

Ann hat den Namen seit ihrem ersten und einzigen Ausflug in die Innenstadt, am zweiten Tag nach ihrer Ankunft, nicht mehr erwähnt. Sie hat ihm alles enthusiastisch gezeigt, all die touristischen Highlights und Geheimtipps, im Schnellverfahren ist sie mit ihm durch die Stadt gerauscht und hat mit Händen und Füßen geredet, dabei Grimassen geschnitten. In ihrer Begeisterungsfähigkeit hat sie einem kleinen Kind geglichen, das ihr Lieblingsspielzeug herzeigt. Er hat es genossen, weil er diese Seite an ihr sehr mag, er hat sich dann aber mehr und mehr unbehaglich gefühlt, weil sie davon zu sprechen begann, dass dies hier der richtige Ort sei für eine M.A.M., eine Melanie-Austreibungs-Mission. Ann hat das Wort spontan erfunden. Dann hat sie wieder und wieder gesagt, dass er bald aus seinem Schmerz erwachen, endlich wieder das Leben ergreifen würde. Sie hat wie seine Mutter geredet. Wie, hat er sie schließlich böse und aufgeladen durch die ewig gleiche Litanei angebrüllt, wie zum Teufel solle er denn die Sache vergessen, wenn sie, ja sie, dauernd darüber reden würde? Sie hat dann geschwiegen und seither nichts mehr darüber gesagt. Es hat ihm gleich leidgetan, aber er hat es für besser gehalten, auch nichts mehr darüber zu sagen. Paul lächelt jetzt deswegen etwas besänftigend. Ann beobachtet ihn misstrauisch.

„Kein Problem", sagt er leichthin, als hätte er diese Leichtigkeit geübt. „Es ist kein Thema mehr. Und es tut mir leid, dass ich dich deswegen in der Stadt angeschnauzt habe. Nein, es geht mir gut. Und ja, du solltest mehr raus, wenn du es schon wissen willst." Er macht eine bedeutungsschwere

Pause, schaut wieder aufs Meer hinaus. „Auch du solltest mehr am Leben teilnehmen, weißt du."

Sie folgt seinem Blick in die Weite, seufzt, wie sie immer seufzt. „Du hast recht. Ich weiß. Ich bin ein Einsiedlerkrebs, wenn ich schreibe. Das glaubt mir zwar niemand, aber es ist auch egal. Ich bin auch erschöpft von dem ganzen Medien-getue in der der letzten Zeit. Aber ich werde jetzt öfter von meinem Berg heruntersteigen. Von meinem Elfenbeintürm-chen, das mir so gut tut. Vielleicht zu gut. Wäre schön, wenn du manchmal mitkommen würdest."

„Sicher. Wenn ich nicht gerade auf Foto-Tour bin." Er findet, dass die Einschränkung cool klingt. Sicherheitshalber trägt Paul seine lapidaren, trockenen Bemerkungen ständig wie ein Schutzschild vor sich her.

„Gut. Ich möchte nämlich auch mit dir reden."

Die inneren Alarmglocken beginnen bei Paul wieder zu klingeln. Sie scheint das zu spüren, denn schnell legt sie eine Hand auf seinen Unterarm. Die ungewohnte Berührung irritiert ihn. „Nein, nicht so wie du vielleicht denkst. Nichts über die Vergangenheit. Nichts über die Realität. Ich möchte mit dir über meinen Roman reden, über die Figuren. Ich brauche eine männliche Sicht der Dinge. Praktische Hilfe sozusagen. Einen Gesprächspartner, um voranzukommen. Einen Spiegel. Es geht um eine Frau, die zwischen zwei Männern steht. Sie hat ihr Leben satt. Endlich habe ich ein-mal eine Hauptfigur, die nichts mit mir zu tun hat. Ganz weit von mir weg ist. Sie ist zaghaft, lebt ein ödes Leben. Hat nie Ehrgeiz entwickelt. Es gibt da eine Szene, ich bin gerade mittendrin, da geht es um einen Streit und ich brauche deine Sicht der Dinge."

Sie nimmt die Hand abrupt von seinem Arm fort, als wäre sie sich ihrer erst jetzt bewusstgeworden. Paul atmet auf.

„Ja", sagte er, „ich helfe dir natürlich gerne."

6.

(Ich)

„Es ist schrecklich, furchtbar, katastrophal!"

„Was du schon für Wörter kennst auf deine jungen Tage",
Lotti mustert mich und schüttelt den Kopf. Jedenfalls wackelt
sie irgendwie mit der oberen Hälfte.

„Wie lange soll das noch so gehen?" Ich mag überhaupt
keine Menschen mehr beobachten. Einerseits bewegen sich
diese seltsamen Wesen sehr langsam, andererseits machen
sie dabei auch nichts wirklich Interessantes. Ob es überhaupt
Sinn macht, einer von ihnen werden zu wollen? Ich habe eine
Sinnkrise.

Lotti liest mal wieder meine Gedanken, sie ist schon
ziemlich gut darin. „Du hast recht, es ist öd. Im wörtlichen
Sinn lang-weilig", sagt sie und baumelt mit ihren imaginären
Beinen. Wir sitzen — oder tun zumindest so — auf einem
Geländer in einem großen Haus mit ganz viel elektrischem
Licht, vielen kleinen bunten Schachteln darin, in denen sich
die vielen Menschen bewegen. Sie gehen in diese Schachteln,
die aussehen wie Puppenstuben, kommt mir vor, mit allerlei
Zeug darin, kommen wieder raus, gehen durch die nächste
Tür, kommen wieder raus. Nein, die Situation verstehe ich
nicht.

„Was soll das eigentlich sein hier?", frage ich. Es gäbe
sicher aufregendere Orte. Man könnte es ja einmal woanders
probieren, denke ich mir und warum mich Lotti wohl
hierhergebracht haben könnte? Weiß sie es überhaupt selbst?

„DU hast doch das Gewitter für nicht erträglich erklärt.
Bloß kein Drama, hast du die ganze Zeit gerufen. Bloß kein
Drama! Dabei kann uns doch so ein bisschen Regen nichts
anhaben. Und selbst wenn: Er fällt ja so langsam, dass wir
durchschlüpfen könnten, zwischen den einzelnen Tropfen

Slalom fliegen könnten. Und dann hast du wegen der Dämmerung gemosert. Nun gut. Hier ist es trocken und hell." Sie klingt irgendwie genervt. „Dies ist ein Einkaufszentrum. Hier sind viele Geschäfte versammelt und die Leute kaufen ein. Sie geben Geld her und bekommen dafür Dinge. Dinge, die sie brauchen und Dinge, die sie nicht brauchen, die sie aber gerne haben wollen."

„Warum?"

„Weil es vielleicht Freude macht. Oder weil sie glauben, es macht Freude. Oder weil ihnen jemand gesagt hat, dass es Freude macht. Oder Sinn. Das heißt Werbung. Das Einreden. Siehst du die Tafel dort? Die bunte? Das ist Werbung. Werbung gibt es im Grunde überall."

Ich verstehe nur sehr langsam. „Aha. Und macht das alles Freude? Hat das alles Sinn?"

Lotti seufzt. „Okay, es ist eher ein Zeitvertreib, weißt du. Und Unternehmen, die diese Dinge anbieten, verdienen daran. Und machen neue Dinge. Und noch mehr Geld. Diese Werbungen werden über Filme gezeigt. Wie dieser da drüben. Siehst du?" Lotti zeigt auf eine langsam flackernde Oberfläche.

„Ich sehe nichts. Ah doch, schaut aus, wie lauter aneinandergereihte Bilder."

„Ja, ist auch so. In der Menschenzeit läuft das so schnell, dass es wie Bewegung aussieht. Eine Imitation des Menschenlebens. Und Sinn, ja Sinn. Es ist eine grundsätzliche Frage, die ich mir ständig stelle. Also seit ich denken kann. Also seit wir uns getroffen haben. Also seit heute." Sie schüttelt sich etwas irritiert.

„Aha. Das ist mir zu hoch, glaub ich. Und was ist Zeitvertreib?"

Lotti grunzt ein wenig. „Das tun Menschen, damit die Zeit schneller vergeht."

Ich versuche, meine nicht vorhandene Stirn zu runzeln. „Wozu? Vergeht sie nicht ohnehin?"

„Ja, das tut sie. Aber es ist eben nicht alles logisch bei den Menschen. Sie haben sich Systeme geschaffen und jetzt halten sie sich daran, egal ob es immer Sinn macht."

„Sehr kompliziert. Und klingt nicht sehr flexibel oder veränderbar. Sind die Menschen so … fixiert?"

„Doch, die Menschen verändern sich schon auch. Aber das dauert. Manchmal ziemlich lange."

Mir fällt plötzlich etwas ein. „Du, Lotti, wenn man sich die Zeit vertreiben kann, damit sie schneller vergeht, dann müssten wir das doch auch probieren können. Vielleicht vergeht dann unsere Zeit auch schneller und wir verstünden dann die Menschen besser, könnten in ihre Zeit kommen …" Ich bin ganz aufgeregt bei dem Gedanken.

Lotti sieht mich überrascht an. „Aber hallo! Das ist ein guter Gedanke. Sehr gescheit! Aber leider nicht durchführbar, weil man das nur so sagt mit dem Zeitvertreib. Das ist nur so ein Spruch. In Wirklichkeit vergeht die Zeit ja immer irgendwie gleichmäßig."

„Nein, das glaube ich nicht", ich klammere mich an meinen hoffnungsvollen Gedanken, „unsere Zeit ist ja auch anders als deren. Es muss einen Weg geben!" Ich funkle ein wenig heftiger.

„Wir sind aber keine Menschen", erwidert Lotti.

„Aber ich bin lebendig. ICH BIN LEBENDIG!" Ich hätte es rausgeschrien, wenn ich gekonnt hätte. Stattdessen sondere ich ein paar Blitze ab.

Lotti brummt etwas Unhörbares, dann sagt sie: „Mir gefällt, dass du so entschlossen bist. Du willst leben. Du hast Energie! Das gefällt mir. Ich scheine in letzter Zeit meine

Energie eher zu verlieren." Sie wirkt jetzt irgendwie grau.

„Wie meinst du das?"

„Ich weiß nicht. Es fühlt sich nicht gut an."

„Was? Das Einkaufs … dings?"

„Nein, alles. Überhaupt. Ich überlege, wann das angefangen hat …" Lotti verfällt ins Sinnieren.

„Vielleicht sollten wir zurückfliegen", sagt sie plötzlich.

„Wohin zurück? Wir waren ja an mehreren Orten. Die Straßen, der Bahnhof. Alle gleich irgendwie. Uninteressant." Ich weiß nicht, was stärker ist, meine Verunsicherung oder mein Missmut.

Sie schaut mich unvermittelt an. Mit allen ihr möglichen Blicken. Innen wie außen. Falls es ein Außen überhaupt bei mir gibt. „In die Bibliothek. Zu der Frau." Sie sagt das mit Nachdruck, als sei es ohnehin klar.

„Echt jetzt? Aber von dort wolltest du doch unbedingt weg."

„Ja, ich weiß." Lotti überlegt wieder. Fast kann ich sie denken hören. Aber nur fast. „Ich habe da so ein Gefühl. Es war ein Irrtum wegzufliegen! Ich habe mich geirrt. Oder auch das hatte einen Sinn. Ach, ich weiß auch nicht."

Lottis Gesichtszüge verschwinden fast ganz, lösen sich auf. „Aber ich weiß auch, dass ich HIER schon mal war. All diese Lichter. Ich kenne das. Von vielleicht früher mal. Nur alles, was vor unserer Begegnung war, ist in einen dichten Schleier gehüllt, um es metaphorisch auszudrücken."

„Meta … was?"

„So sagen die Menschen manchmal."

„Jedenfalls weißt du eine Menge über die Menschen. So viel mehr als ich!" Ich versuche, Lottis Konturen auszumachen. „Bist du noch transparenter geworden?" Ich fühle so etwas Ähnliches wie Sorge, scheint mir.

Lotti zuckt etwas. „Bin ich irgendwie blau? Siehst du

einen Nebel oder so?"

„Das hast du mich schon mal gefragt. Ich bin mir nicht sicher. Hm."

„Wir sollten jetzt schleunigst weg."

„Schon wieder? Sind wir auf der Flucht oder was?"

Lotti brummt jetzt: „Ich habe nur eine Ahnung, weiß es nicht genau, aber gut ist das nicht." Sie macht eine rasche Bewegung. „Los jetzt! Los, wir fliegen zurück. Egal, was passiert, wir machen das jetzt einfach. Wir sind schon sehr lange hier. Sogar in Menschenzeit. Los!"

Lotti schwingt sich auf eines dieser beweglichen Treppengeländer, die neben den rollenden Treppen verlaufen, sie hat mir die Treppen vorhin gezeigt, die Menschen stellen sich hin und können damit eine Etage nach oben oder nach unten rollen, ohne ihre Füße bewegen zu müssen. Auf dieses, daneben ebenfalls in eine Richtung laufende Geländer legen sie dabei ihre Hände. Für mich wirkte das sehr spaßig, aber die Menschen auf den Rolltreppen zu beobachten, wurde ebenfalls nach einiger Zeit sehr öde, weil sie sich dabei noch langsamer zu bewegen schienen als beim Gehen. Und es gibt nicht mal dieses typische Arme schwingen und Beine heben, was das Gehen für uns Zuseher wenigstens etwas abwechslungsreich macht.

„Oh!", ruft Lotti in diesem Moment und zieht ihre Energie vom Geländer zurück.

„Was ist?"

„Keine Ahnung. Aber da ist was."

„Da ist was?"

„Wenn ich es wüsste, hätte ich es dir gesagt. Greif da mal drauf."

„Nein, danke."

„Doch versuch es."

Ich bin anscheinend nicht die Mutigste. Es dauert eine Weile, bis ich es tue. Mein Energieteil, den ich als Hand benutze, bewegt sich mit dem Geländer. „Ja und?"

„Ja und! Ja und! Merkst du nichts?" Lotti ist entschieden aufgeregt.

Ich verstehe noch immer nicht. Lotti rückt ganz dicht an mich heran und fixiert mich. „Es ist fest, wir greifen nicht durch. Und noch interessanter: ES BEWEGT SICH." Sie macht eine Pause und wartet, bis ich es begreife, bleibt an mir dran. Ich bin kurz davor, draufzukommen, was sie meint, da platzt sie heraus: „Es bewegt sich in unserer Zeit …" Sie starrt vor sich hin: „DAS ist es also!"

Während ich noch grüble, berühre ich automatisch das Geländer, fühle die Bewegung, es ist kühl irgendwie, dann wird es wärmer und wärmer und schneller und schneller, während ich daran langsam runterrolle, wird es heißer und heißer. Alles rund um mich verschwimmt und sieht aus, als lägen Streifen darüber, bunte, sich in Wellen bewegende Streifen. Das kommt mir irgendwie bekannt vor. Habe ich das schon einmal gesehen? Alles scheint sich zu bewegen. Ich weiß nicht mehr, wo oben oder unten ist oder wo ich mich befinde. Rumps. Die Bewegung hat gestoppt. In mir dreht sich alles weiter. Mir ist schwindlig. Ich kann nichts sehen. Aber da ist Lotti, jetzt wieder neben mir. Sie sagt nichts, scheint auf irgendwas zu warten. Also sage ich auch nichts und versuche, all meine Sinne wiederzufinden. Plötzlich ertönt ein ohrenbetäubender Krawall in ziemlich hohen Tönen. „Waaaaah!"

Wenn ich Ohren gehabt hätte, hätte ich sie mir zugehalten. Es rumort rund um mich, es scheint, als würde mitten in diesem Einkaufshaus ein Sturm, nein, ein Orkan wüten. „Ein Wirbelsturm?", rufe ich, aber Lotti antwortet nicht. Sie schwebt neben mir und imitiert fast einen grimmigen

Gesichtsausdruck. Jetzt nickt sie. Ich verstehe offensichtlich noch immer nicht, da rasen plötzlich Menschen auf mich zu, als wollten sie mich niederwerfen. Ich ducke mich, versuche auszuweichen, mich an die Seite zu drücken, ich bin nicht schnell genug. Die Menschen laufen durch mich durch. Von rechts nach links und links nach rechts. Es wirbelt mich ziemlich herum. Ich sehe den Raum zwischendurch von oben und verkehrt herum.

Hilfe, denke ich, Hilfe, was passiert hier?

„Halte deine Energie!", ruft Lotti, die noch immer dort neben der Rolltreppe schwebt als sei nichts geschehen. „Und komm wieder herunter!"

Ich nehme all meine Kraft zusammen und tue, was sie mir sagt. Es geht im Grunde ganz leicht. Ich muss mich nur lockern und es mir einfach wünschen, genauso als ob ich durch das Bücherregal schwebte. Aber ich habe ein wenig Sorge, wieder umgerannt zu werden. Drücke mich an die Wand. Was ist das alles? Geräusche, nein Lärm, die Treppen quietschen, die Menschen reden, lachen, rufen, Schritte klappern, irgendwo was Musikalisches, dann ein Fiepen, ein Klingeln und blitzende Lichter. Alle gleichzeitig. „Was zur Hölle ...?"

„Mit der Hölle hat das nur bedingt etwas zu tun. Das ist so hier auf der Erde. Willkommen in der Menschenzeit mit allen Vor- aber auch Nachteilen." Lotti grinst jetzt triumphierend. „Gratuliere uns."

Ich muss das alles erst verarbeiten. Es ist ganz schön laut, grell und schnell. Aber es ist auch ein Wunder. Ich begreife das jetzt. „Es ist ein Wunder! Ich bin in der Menschenzeit. Wir sind in der Menschenzeit. Wie haben wir das gemacht?" Ich drehe mich im Kreis, um nichts zu verpassen, fliege ganz nach oben und wieder herunter. Nur die Menschen meide ich ein wenig, es ist zu verstörend gewesen, als sie durch mich

hindurch gelaufen sind. Und ihre Schnelligkeit und Laut-
stärke hat auch was Unheimliches.

„Zeit ist wirklich relativ. Einstein hatte recht."

„Wer? Ein Stein?"

„Egal jetzt."

„Natürlich, liebe Lotti, ist Zeit relativ. Das wissen wir
doch."

Ich werde schon wieder übermütig und lache vor mich hin.
Lotti lacht aber auch.

„Das hätten wir also geschafft."

„Wie ...?"

„In jeder anderen Situation hätte ich mich das auch gefragt
und gegrübelt. Aber ich denke, es reicht, wenn wir es gemacht
haben."

„Ich werde geboren werden. Ich werde geboren werden!"
Ich strecke mich ganz durch, nehme eine feierliche Haltung
an. „Ich schwöre mir das selbst. Jawohl!"

Lotti nickt aufmunternd. „Naja, das ist ein erster Schritt.
Aber du wirst das schon schaffen, wenn du das wirklich willst.
Die Welt ist ja voller Wunder, wie man sieht." Sie zwinkert
anscheinend. „Aber ob man das wirklich wollen will? Wenn
man die Menschen kennt?"

„Was meinst du?"

„Ach nichts! Nun rasch akklimatisieren und dann zurück
zur Bibliothek."

Lotti wirkt wieder etwas dichter, kompakter.

„Alles wieder gut?" frage ich.

„Ja, ja, alles gut", sie scheint zu lächeln, „Lass uns
losstarten."

„Haben wir es eilig?"

„Wieder nur so ein Instinkt."

„Du hast aber in letzter Zeit viele Instinkte."

„Ja und wie wir erlebt haben, sind die gar nicht so schlecht.

Und? Können wir los?"

„Ja, ja, ich denke schon."

Wir schweben durch die Wände des Einkaufszentrums, fliegen über die Straßen zurück, auf denen wir gekommen sind. Die Menschen gehen unter aufgespannten, runden Stoffen, Lotti sagt „Regenschirme" dazu, aber ich weiß nicht einmal, was Regen sein soll. Ja, es wirkt, als käme Wasser vom Himmel, aber das hat auf mich keinerlei Einfluss. Schon seltsam, das alles. Überhaupt Himmel und Erde, getrennt. Oben und unten. Links und rechts. Und all das dreidimensionale Zeug. Viele Hausschachteln und dieser Turm mit der Uhr, der die Zeit angeben soll. Jetzt fahren diese fahrbaren Maschinen, Autos hat sie Lotti genannt, unter uns wirklich schnell. Alles ist sehr, sehr schnell geworden. Ich kann mich an dieses Tempo gar nicht recht gewöhnen. Lotti fliegt auch ziemlich schnell. Ich habe Mühe, ihrer Geschwindigkeit zu folgen

„Eigentlich eine banale Art sich fortzubewegen. Wir sollten uns einfach an Orte wünschen können", murmelt Lotti, „vielleicht können wir das sogar. Räume überwinden. So wie die Zeit."

Endlich sind wir beim Bibliotheksgebäude angekommen.

„Es war die zweite Etage", sagt Lotti und fliegt durchs Fenster. Ich folge ihr.

Lotti schwebt mitten im Raum. „Sie ist weg!"

Ich spüre, wie sich irgendetwas in mir zusammenpresst, mich einschnürt. Panik?

„Ich habe schon so etwas erwartet! Hast du gesehen, wie viel Zeit inzwischen vergangen ist?"

„Nein, wo?"

„Auf der Turmuhr natürlich! Es ist schon nach sieben Uhr abends!"

„Ja und?"

„Ah, das kannst du nicht wissen. Die Bibliothek ist schon geschlossen. Die Frau, sie arbeitet vermutlich hier, ist nach Hause gegangen. Es ist Feierabend!"

Ich weiß nicht, was sie meint. Und ich weiß auch nicht, was „arbeiten" und ein „Feierabend" ist. Ich sage aber nichts. Lotti hat sich auf der Fensterbank niedergelassen und wirkt nachdenklich.

„Was jetzt?", frage ich.

„Wir warten, bis sie morgen früh wiederkommt. Aber das dauert ziemlich lange, trotz Menschenzeit. Stunden, eine ganze Nacht."

Ich kann das alles jedenfalls nicht begreifen. Im Grunde verstehe ich von nichts irgendwas. Aber ich vertraue Lotti irgendwie. Sie ist schließlich die Einzige, die ich in diesem Leben kenne. Was auch immer das für ein Leben ist.

7.

(Henrietta)

Ich ging und ging, lief fast, die Kapuze tief ins Gesicht gezogen, sah den Weg nicht, brauchte den Weg auch nicht zu sehen, denn ich wusste, wohin ich instinktiv lief. Ich kannte den Weg blind. Ich würde den Weg immer kennen, er war in mein Gedächtnis eingebrannt. Auch wenn ich ihn lange Zeit nicht gegangen war, lief ich nach Hause, also zu meinem ehemaligen Zuhause, dorthin, wo ich aufgewachsen war. Ist es nicht seltsam, dass man in Krisenzeiten an Orte zurückkehrt, die in der Kindheit wichtig gewesen waren? Ich lief zum Haus, in dem ich aufgewachsen war und dass ich aufgegeben hatte, aufgeben musste. Wir hatten nur zur Miete dort gelebt, Vater, Mutter und ich. Als Kind dachte ich natürlich, es sei „unser Haus" und das war es ja irgendwie auch. Aber nicht im rechtlichen Sinn. Nach Mutters Tod hatte ich eine Frist von drei Monaten, um alle Habseligkeiten, Gegenstände, alle Fahrnisse, wie es so schön heißt, aus dem Haus zu entfernen. Mit der alten Kommode, dem noch älteren Holztisch, mit den Tapeten und den darunterliegenden Wandfarben wurden auch alle Erinnerungen, wurde meine Kindheit entfernt und in irgendeiner Deponie oder bei einem der Flohmärkte abgeladen. Ich wollte es nie so genau wissen. Gab Aufträge, die Dinge zu entfernen, sah nicht dabei zu. Nur manchmal stellte ich mir vor, wie fremde, vielleicht nostalgisch veranlagte Menschen an einzelnen Gegenständen Interesse zeigten, sich überlegten, ob sie zu ihrer Einrichtung passten, sie mitnahmen und wirkungsvoll platzierten in ihren bewusst auf alt getrimmten Stuben, das war ja wieder modern, vielleicht kombiniert mit neuen eleganten Möbeln. Und da stand dann der Tisch oder die Kommode und keiner wusste, dass das eine Loch links von Vaters Pfeife verursacht worden war und dass Mutter die Einlegeblätter in den Schubladen gestaltet hatte. Aber das dachte ich nur in seltenen, besonders sentimentalen Momenten. Ich kümmerte mich im Grunde nie besonders um Dinge. Ich blickte auch nie zurück, interessierte mich nicht für jene Leute, die danach in das Haus einzogen, es renovierten, also „ruinierten", wie mir manche Bekannte erzählten und mich damit in ein Gespräch ziehen wollten. Auch das interessierte mich nicht. Die Sache war abgeschlossen. Die Vergangenheit passé.

Und nun, an jenem wirklich seltsamen, verrückten Tag, lief ich wie ein kleines Mädchen nach Hause, als wäre dies das einzig Normale in meinem Leben, als wollte ich zurückkriechen in eine Kindheit, die es nicht mehr gab. Ich war verwirrt und wusste doch genau, was ich tat. Vielleicht würde mir der Anblick des Hauses ein wenig Klarheit verschaffen, war mein Grundgedanke, aber ich wusste auch gleichzeitig, dass ich dazu neigte, in schwierigen Situationen meinen Schmerz zu vertiefen. Ganz reinzugehen. Ganz und gar. Und es konnte gut möglich sein, es war sogar wahrscheinlich, dass ich auf einen emotionalen Abgrund zulief, auf ein schwarzes Loch, das mich restlos zu verschlingen drohte. Aber ich lief. Oder ich lief deswegen. Vielleicht wollte ich in diesem Augenblick ja von einem schwarzen Loch verschlungen werden. Vielleicht war ich am Nullpunkt angelangt, sollte mich allem stellen, endlich und für allemal. Allem, was ich womöglich verdrängt oder vergessen hatte. Oder ich war wohl wirklich verrückt. Von außen war ich durchgeweicht bis auf die Knochen, der Mantel konnte die Wassermassen, die vom Himmel herabfielen, nur partiell bändigen, innen aber kam ich mir vor wie ausgetrocknet. Ich lief und lief mit meinen chaotischen Gedanken. Dann tauchte endlich das Haus vor mir auf.

Ich stellte mich unter meine Lieblingslinde am Wegrand gegenüber von der einsamen Straßenlaterne, die ein wenig Licht verbreitete, aber nicht sehr viel. Die Linde bot mir Schutz vor dem Regen, war aber immer schon ein viel umfassenderer, ganzheitlicher Schutz für mich gewesen. Die Linde war mein Rückzugspunkt als Kind, ich kletterte auf ihr herum, saß auf ihren Ästen, lehnte an ihrem Stamm, sie war eine alte Freundin. Ich war froh, dass sie noch da war. Ihr großes Glück war, dass sie nicht zum eigentlichen Garten gehörte, außerhalb des Zauns stand, direkt vor der Einfahrt. Ich lehnte mich an ihren Stamm, umklammerte ihn, fuhr sanft über ihn. Das Blätterwerk war zwar dicht, aber der Regen hatte sich einen Weg den Stamm entlang hinab zum Grund gesucht und rann in kleinen Bächen herunter. Es war mir egal. Man hatte sie gelassen. Sie war noch da. Ich konnte aufatmen. Unter ihr atmen. Denn der Anblick des Gartens raubte mir den Atem. Der Garten war nicht so ungeschoren davongekommen, im Gegenteil. Die Mulden und Unwegsamkeiten rund um das Haus, in denen ich gespielt, meiner Fantasie freien Lauf gelassen hatte, diese Verformungen der Natur, die das Wesen des Gartens und auch des Hauses bestimmt, die es charmant und unverwechselbar gemacht hatten, die Höhlen und fremde Welten in mir erschaffen konnten, waren begradigt. Die Bäume und Büsche, die den Garten vielfältig in verschiedene Abschnitte, meine Nischen, gestaltet hatten, waren herausgerissen, entfernt. Das Haus lag nun plump und schlicht mitten auf der Rasenfläche, ganz ohne den früheren Zauber. Es war jetzt nur mehr irgendein Haus, nicht mehr unser, nicht mehr mein Haus. Kein Zuhause mehr. Keine Heimat. Die Erinnerungen konnten also überschrieben werden. Hätte mich das in dem Moment beruhigen sollen?

Meine tiefe Verzweiflung entsprang dem Gefühl, nirgendwo mehr hinzugehören. Die Erkenntnis, dass ich bei

Joe keine Heimat gefunden hatte und — noch schlimmer — dass ich nicht fähig war, mir selbst Heimat zu sein. Was hatte ich falsch gemacht? Gabriel? Das Treffen war nur die Bestätigung gewesen, dass ich mich an eine alte Illusion geklammert hatte, bitter ja, aber die Illusion hatte mich anscheinend auch aufrechterhalten. Vorbei. Ich würde von jetzt an vieles anders machen! Aber ich spürte auch, dass dieses Kapitel in meinem Leben noch immer nicht ganz abgeschlossen war. Was also sollte das alles? Ich war vielleicht wirklich kurz davor, verrückt zu werden! Wieder dachte ich an einen Nervenzusammenbruch. Fühlte sich ein solcher so ähnlich an?

Plötzlich fiel mir auf, dass die Straßenlaterne erloschen war. War es schon so spät geworden? Ich lehnte meinen Kopf an den Stamm der Linde, hörte dem Prasseln des Regens zu, versuchte, meine chaotischen Gedanken zum Stillstand zu bringen, da erklang plötzlich eine Stimme in meiner Nähe.

„Hallo?"

Ich konnte nur die Umrisse erkennen. Nach der Stimme zu schließen, war es ein Mann. Wie hatte er mich gesehen? Hatte er mich schon seit meinem Ankommen beobachtet? Ich überlegte noch, ob ich etwas erwidern sollte, ob ich überhaupt gemeint war, obwohl mir klar war, dass ich gemeint sein musste, da trat er näher, in nur ein, zwei Schritten, ergriff er einen der tiefen Äste, die mich verbargen und schob ihn zur Seite. Ich konnte sein Gesicht nicht klar sehen, er war groß und dünn, fast schlaksig, ja, er hatte eine undefinierbare Kleidung an, es sah aus, als hätte er einen Frauenrock über eine Hose gezogen. Dazu eine Lederjacke. Ich blinzelte, aber alles blieb verschwommen.

„Es regnet!", sagte er, „wollen Sie sich nicht unterstellen?"

„Ich bin untergestellt", antwortete ich reflexartig und etwas trotzig. Ich sah ihn jetzt deutlicher. Ein junger Willie Nelson, dachte ich unwillkürlich. Er sah jedenfalls künstlerisch aus. Oder wie ein Vagabund. Sein Haar war hell, etwas wirr und zu zwei Zöpfen geflochten, wie bei einem Mädchen. Er hielt eine Wollmütze in der Hand, die völlig durchnässt war.

„Ich bin Beggs. Kommen Sie doch mit in meinen Unterschlupf, um sich zu trocknen. Sie werden sich erkälten." Ich zögerte.

„Kommen Sie, ich beiße nicht. Es ist gleich da hinten, dort drüben hinter dem Zaun." Ich kannte den Ort. Ich hatte dort oft gespielt als Kind. Der Garten hatte früher einem verschrobenen Nachbarn gehört, der sein riesiges Grundstück teilweise verfallen ließ. War der Teil, in den ich als Kind durch das Loch im Zaun heimlich und verbotenerweise geschlüpft war, noch immer so wie früher? An der Grundstücksgrenze floss ein kleiner Bach, von Gebüsch umgeben, dahinter lag früher eine ehemalige Gartenhütte versteckt. Die musste er meinen! Die war ja schon damals halb verfallen. Gab es diesen Ort noch? Das überraschte mich. Früher war dieser Teil des Nachbarsgarten geheimnisvoll und anziehend gewesen. Ich trat unter der Linde hervor und sah den Mann, der sich Beggs nannte, an. Er lächelte mir freundlich zu.

„Hier entlang!" Dann ging er voraus und deutete auf das wild wuchernde Gebüsch, das früher wohl der Zaun des Grundstücks gewesen war. Ich sah seinen Rock über der Hose flattern. Er drehte sich um.

„Keine Angst", sagte er. Ich erwiderte sein Lächeln.

„Ich habe keine Angst", sagte ich ruhig und es stimmte auch.

8.

(In Genua)

Als Paul erwacht, weiß er im ersten Moment nicht, wo er sich befindet. Ach ja, er ist in Genua, draußen vor der Terrassentür kann man das blitzblaue Meer sehen. Die Sonne steht klar und hell am Himmel. Es muss Mittag sein. Hat er so lange geschlafen? Paul greift sich an den Kopf. Er fühlt sich betäubt, schlecht. Der Kopf pulsiert schmerzhaft. Der Wein? Hat er gestern so viel Wein getrunken? Er versucht sich zu erinnern. Am meisten irritiert ihn der Gedanke, dass er im Bett liegt und nicht auf der üblichen Schlafcouch im Wohnzimmer.

Was ist gestern alles passiert? Er versucht, den letzten Abend zu rekonstruieren.

Ann ist herumgelaufen wie ein hochnervöses Pferd. So hatte er sie vorher noch nie erlebt. Sie blieb auf keiner Stelle sitzen, sondern fuhr immer gleich wieder hoch, um weiter in der Wohnung und auf der weitläufigen Terrasse herumzuwandern, setzte sich kurz, fuhr wieder hoch. Sie war in Gedanken versunken, machte ein Gesicht als wäre sie in Trance. Sie sprach innerlich, wog Situationen, Dialoge, Handlungsstränge ab, er wusste das inzwischen. Es geht ihm ähnlich, wenn er nach einem Fotomotiv sucht oder eines gefunden hat und die richtige Perspektive bedenkt. Nein, doch anders. Ann wirkte nicht als ob sie ein Ziel hätte. Sie durchquerte jeden Raum, ging jeden möglichen Weg innerhalb der Wohnung ab, setzte ihre Schritte so, dass sie mit je einem Fuß auf eine Platte des Terrassenbodens trat, versuchte, nicht auf die Zwischenräume zu treten, als wäre sie in einem Kinderspiel. Sie war im Grunde nicht anwesend. Zwischendurch murmelte sie Unverständliches vor sich hin. Er erhaschte nur einmal einen Teil eines Satzes, der wie „ganz einlassen, ganz drin sein ..." klang. Er kann sich aber auch verhört haben. Weil sie ihn nervös machte, ging er zwischendurch ans Meer hinunter, lag eine Weile in der Sonne, lauschte den an die Felsen schlagenden Wellen, schaute dann beim Fotogeschäft vorbei, kaufte noch ein paar Lebensmittel, ging den Bergweg wieder hoch. Ann schien seine Abwesenheit kaum bemerkt zu haben. Sie starrte in die Luft. Eine Weile beobachtete er sie, sich allmählich Sorgen machend. Hatte sie etwas gegessen? Er schob ihr etwas Brot zu. Sie beachtete ihn weiterhin nicht. Als sie ihn schließlich nach einer ziemlichen Weile ansprach, wäre er fast vom Stuhl gefallen, so überrascht war er, ihre Stimme an ihn gerichtet zu hören.

„Was?" Er hatte die Frage nicht so ganz mitbekommen.

„Würdest du in einer solchen Situation ruhig bleiben oder nicht?" Sie beschrieb eine Streitszene zwischen einer Frau und einem Mann.

Paul überlegte kurz. „Hm, ich würde eher ruhig bleiben, denke ich. Die Frau ist eh schon so geladen."

Sie nickte. „Gut. Und was müsste passieren, was müsste sie sagen oder tun, damit er oder besser du dich doch aufregst?"

„Ich weiß nicht. Es kommt ganz darauf an, wie ich an diesem Tag drauf wäre." Er dachte nach. „Wenn sie ein Paar sind, gibt es sicher Punkte, die sie drücken könnte, worauf er anspringen würde."

„Das ist nicht der Punkt. Ich will wissen, was BEI DIR nötig wäre, um dich in Rage zu bringen." Sie grinste jetzt ein wenig und sah dabei aus wie eine motivierte Version der Mona Lisa. Sie las ihm den letzten Abschnitt des Dialoges vor, an dem sie gerade arbeitete. Dann wartete sie, ging in die Küche, kam mit einer Flasche Wein wieder. Er mochte Rotwein. Und er war ganz froh, dass sie mit ihm, dass sie wieder redete.

„Hm", sagte er schließlich nach dem ersten wohltuenden Schluck, „deine Hauptfigur geht ganz schön ans Eingemachte. Ich mein, das ist ganz schön heftig, nicht?"

Ann machte eine Art Schmollmund, aber Paul erkannte es inzwischen als eines ihrer Nachdenkgesichter. „Ja, das ist sie. Aber sie hat ja auch ihre Gründe. Wie also würdest du reagieren?" Sie lauerte und ließ ihn nicht aus den Augen.

Paul fühlte sich wie immer unwohl, wenn sie ihn so fixierte, was ja nicht so oft vorkam, er nahm noch einen Schluck Wein. Paul kratzte sich am Ohr. „Ach, weißt du, warum immer alles so hyperrealistisch? Wie wäre es mit einem Schuss Science Fiction? Oder ein paar Fantasy-Elementen?"

Sie lachte. „Hey, das würde dir so passen. Du kommst mir da jetzt nicht davon!"

Er grinste. „Ja, ich weiß. Aber so viele Krisen und so. Immer so viel Drama!"

„Ja, dafür bin ich bekannt und beliebt. Und so ist das Leben. Und ich schreibe nun mal ernsthafte Literatur. Es geht hier um eine komplizierte Dreiecksverbindung."

Paul seufzte. „Wahrscheinlich wäre ich beleidigt. Auch wenn ich nicht gleich einen Gefühlsausbruch hätte, die Stichelei wäre wohl langfristiger wirksam."

„Du meinst also, ihr Männer seid sensibel?" Sie machte sich nickend Notizen.

„Was kennst du eigentlich für Männer, sag mal", schob Paul hinterher. Wollte sie ihn provozieren? Er kam sich ohnehin schon wie ein Versuchskaninchen vor. Ann zuckte nur mit den Achseln. „Und der Sex?"

„Was meinst du?"

„Wenn er sie nicht mehr angreift, ist der Ofen aus, oder? Ich meine, dann tört sie ihn nicht mehr an."

„Ja, höchstwahrscheinlich", hatte er geantwortet, genau

weiß er das nicht mehr, denn da hatte es wohl angefangen. Ann hatte sich näher zu ihm gelehnt, hatte gefragt, ob es überhaupt möglich sei, dass ein Mann widerstehen könne, wenn eine Frau es darauf anlegen würde, Sex haben zu wollen. Paul hatte geantwortet, dass diese Frauenfigur nicht so wirken würde, als wäre sie eine erfolgreiche Verführerin, worauf sie natürlich wissen wollte, was eine erfolgreiche Verführerin für ihn denn sei.

Naja, irgendwann im Gespräch hatte sie dann beiläufig seinen Arm berührt und ihn auf die Wange geküsst. Er war sich gleich wieder wie ein Untersuchungsobjekt vorgekommen und hatte das auch gesagt. Sie hatte gelacht und gesagt, dass er jetzt paranoid werde. Sie seien wohl schon zu lange in dieser Wohnung über dem Meer alleine, nur mit ihren Romanfiguren. Paul konnte ihren Argumenten nicht mehr folgen, vielleicht wollte er auch nicht. Und es war dann doch sehr angenehm gewesen, ihren Körper zu spüren, und gerade als er begonnen hatte, sich darauf einzulassen, er hatte gerade sanft in Anns langes braunes Haar gegriffen, in ihre blauen Augen gesehen, so tief wie noch nie, da hatte sie so eine unmögliche Bemerkung gemacht, so ähnlich wie „Das wäre immerhin ein M.A.M."

Das brachte Paul ziemlich heftig wieder auf den Boden der Tatsachen zurück und nach all den Tagen des Stillhaltens ihrerseits, was „diese Angelegenheit" betraf, war er überrascht und ärgerte sich prompt. Und er ärgerte sich, dass er sich ärgerte „Lass doch Me … diese Frau aus dem Spiel!", rief er.

„Du kannst nicht einmal ihren Namen sagen", antwortete sie noch ein wenig provokanter und dann ergab das eine wohl das andere. Er hat die Details vergessen, aber sie stritten sich unglaublich, während sie Wein tranken und noch eine Flasche und noch eine. Nein, es war kein Streit, es war immer noch ein Streitgespräch, davon war Paul felsenfest überzeugt. Und sie benutzte ihn natürlich für ihren Roman. Das ist ihm klar.

Er kann sich aber nicht mehr genau erinnern, wann sie ihn eigentlich mitten in einem seiner unüblichen Gefühlsausbrüche, er hatte dabei an Melanie denken müssen, gar nicht an Ann, einfach so, ohne Vorwarnung und Anlass auf den Mund geküsst hatte. Eine einfache, schnelle und flüchtige Geste, die ihn dazu brachte, zu vergessen, was er sagen wollte. Und strich sie ihm dann nicht über die Stirn? Wann hatte sie den Laptopdeckel zugeklappt und sich auf seinen Schoß gesetzt? Wann hatte sie sich an ihn gepresst und vor allem: Was war dann passiert? Und war es wirklich passiert?

Paul versucht, alle Teile zu rekonstruieren. Es gelingt ihm nicht zur Gänze. Er weiß noch, dass er gedacht hat, aber wir sind doch nur Freunde und wer weiß, ob das nicht alles zerstören würde und vielleicht hatte er das auch laut gesagt, denn er erinnert sich daran, dass sie den Finger auf seinen Mund legte, oder war das später, und ihn ins Schlafzimmer schob. Paul presst seine Finger an die Schläfen. Okay, es war vermutlich etwas zwischen ihnen passiert, was sie vermutlich bald bereuen würden, denkt er und sich selbst beschwichtigend: Aber nun ja, sie sind erwachsen. Aber wo ist Ann eigentlich?

Ann ist fort. Ihre Seite des Bettes ist leer, die Decke achtlos zurückgeschlagen, als käme sie gleich wieder zurück. Er weiß, dass sie nachts aufsteht und schreibt. Aber sie ist nicht da. Nirgendwo in der Wohnung. Er sucht jeden Winkel ab. Schaut zehn Mal kopfschüttelnd zu dem Wohnungsschlüssel, der innen an der verschlossenen Tür steckt.

Paul beugt sich nach einiger Zeit mit einem leichten Gruseln über die Terrasse, um zu sehen, ob sie vielleicht vom siebten Stock auf die darunterliegende Zufahrtsstraße gefallen ist. Gottseidank nicht! Sein Herz hämmert. Wo kann sie nur sein? Paul läuft sich am Kopf haltend, die Kopfschmerzen klingen einfach nicht ab, hin und her. Dann geht er schließlich zu Anns Laptop, an dem er schon ein paar Mal vorbeigelaufen war und dabei immer das Gefühl hatte, irgendetwas würde nicht stimmen. Dann fällt es ihm endlich auf: Der Deckel ist offen. Sie schaltet zwar nie richtig ab, aber sie klappt den Deckel zu, wenn sie den Ort des Schreibens verlässt. Immer, fast schon manisch. Und sie sichert alles vorher auf drei verschiedene Arten ab. Paul drückt eine Taste. Der Bildschirm schaltet sich ein. Das letzte Dokument erscheint prompt. Er versucht es zu schließen, sofort erscheint die übliche Meldung, ob er dieses Dokument wirklich ohne zu speichern schließen möchte? Paul tut es rasch. Jetzt hämmert nicht nur sein Kopf, sondern auch sein Herz. Sie würde niemals einfach gehen, ohne zu sichern. Ihm ist ziemlich schwindlig, fast übel.

Er liest den letzten Satz.

Da steht: „Es war ein halb ernsthafter Versuch, sie aufzuhalten. Doch er hörte nur noch die Tür ins Schloss fallen.“

9.

(In Joes Wohnung)

Es war dieser Funke! Sie hatte es so noch nie erlebt. Sie hatte es überhaupt noch nie erlebt. Sie wusste plötzlich, wovon Dichter seit Jahrhunderten schrieben. Sie wusste es in jenem Moment, als sein Blick sie traf. Sie wusste, dass dieser Augenblick alles veränderte, sie veränderte, dass sie nie mehr dieselbe sein würde wie vorher. Als würde eine neue Zeitrechnung beginnen. Als wäre dieses Jetzt von entscheidender Bedeutung für ihr ganzes Leben. Rückwirkend und zukünftig. Sie wusste, dass sie, wenn sie später zurückblicken würde, wenn sie einmal alt sein würde, vielleicht sogar in ihren letzten Atemzügen liegen würde, an diesen Augenblick, diesen besonderen Augenblick, dieses Aufeinanderprallen zweier Energien, die plötzlich aufeinandertrafen, an dieses plötzliche Erkennen von einander bisher fremden Personen, dass sie sich immer daran erinnern würde, es nie vergessen würde. Es würde eingebrannt sein in ihre Gehirnwindungen, in ihr visuelles Gedächtnis und in ihr Herz, wo all ihre Emotionalität, alle Gefühle gebündelt waren. Ab diesem, sie hätte es fast heiligen Moment genannt, und musste lächeln, war alles, was sie war, nein, was sie hätte sein sollen aber immer zurückgehalten hatte, mit einem Schlag entfesselt, haltlos, unkontrolliert. Und das war gut so. Das war genau richtig. So sollte es sein. So war es ursprünglich gemeint. Vom Leben. So musste es sich anfühlen. So war es also, wenn alles ins Lot fiel, sich fügte, die Kreise sich schlossen, das Ziel erreicht war und noch viel mehr. Ein universelles Gefühl. Eins-Sein mit der Welt. Und darüber hinaus. Sie hielt den Atem an vor lauter Bewusstheit, das Geheimnis der Liebe nun zu kennen und sei es nur für diesen Augenblick. Sie war atemlos angesichts der Erkenntnis und der vollkommenen Einheit von Körper,

Geist und Seele. Love is like Oxygen. So echt, so natürlich, so notwendig, so lebensspendend, so süchtig machend. High. Ja, high war sie. Und sie wusste, dass es schmerzhaft sein könnte, diesen Augenblick jemals wieder zu verlassen. Nichts war von Dauer. Alles war Veränderung. Aber jetzt war dieser Moment das Entscheidende. Das völlig im Jetzt-Sein. Das Sein. Sie dachte nicht mehr. Sie ließ sich fallen.

„So ein Schmafu!" Joe warf das Manuskript verärgert auf den Schreibtisch zurück, wo er es entdeckt hatte. Er hätte es nicht lesen dürfen, das war ihm klar. Henrietta mochte es nicht, wenn er ihre Texte im Entwurfsstadium las. Bisher war er aber diesbezüglich nie in Versuchung gewesen, im Gegenteil: ihre alberne Hobbyschreiberei hatte ihn nie interessiert. Er bereute es, jetzt doch diesen Schund gelesen zu haben, nicht, weil er ein schlechtes Gewissen hatte, mit diesem Gefühl war Joe nie sehr vertraut gewesen, nein, er ärgerte sich, dass er seine Zeit mit diesem Geschmiere vergeudet hatte. Wie konnte Henrietta so etwas schreiben? Diese Gefühlsduselei war doch gar nicht ihre Art. Und wie dick aufgetragen dieses Gesülze auch noch war! Widerlich. Joe schüttelte sich, als hätte er etwas Ekelhaftes gegessen. Warum hatte er es bloß gelesen? Er ärgerte sich über sich selbst. Ja, er war irritiert über Henriettas Ausbruch und Flucht aus der Wohnung gewesen. Dann hatte er sich aber schnell beruhigt und gedacht, sie würde bei dem Regen schon bald wiederkommen. Mit der Zeit war er sich immer sicherer geworden, dass sie bald durch die Tür kommen würde.

Er hatte sich etwas gekocht, hatte den Fernseher eingeschaltet, ihn wieder ausgeschaltet, war ja ohnehin nichts Gescheites zu sehen, hatte in einer Fachzeitschrift geblättert. Dann ging er im Wohnzimmer hin und her, zwischendurch sah er durch die Jalousie auf die Straße hinaus, ob sie nicht eventuell draußen vor dem Fenster stand und nicht wusste, wohin sie sollte, im Grunde wieder heimkommen wollte, aber sich nicht entschließen konnte. Aber unter dem Fenster war sie nicht. Er sah überhaupt niemanden auf der Straße. Und dann war da das Manuskript vor ihm auf dem Schreibtisch gelegen, als würde es auf ihn gewartet haben, all die Zeit, als läge es jetzt bereit, endlich von ihm angesehen und beurteilt zu werden. Und beurteilen konnte er. Er war Wissenschaftler, verstand viel von Texten. Aber das? Das war doch nichts. Gar nichts. Wie konnte Henrietta, die doch im Grunde intelligent war, nur solchen Dreck schreiben? Zeug. Schmarren. Schmafu. Schmonzetten. Ja, sie hatte einmal gesagt, dass ihre Verlegerin das so wollte, weil es sich gut verkaufen würde, weil das die Leserinnen so wollten. Sie wollten sich einlullen in ihre Fantasien von einer, aus ihrer Sicht besseren Welt. Aber er kannte Henrietta. Sie war realistisch. Und sie konnte sich nicht verbiegen, verstellen. Täuschen entsprach nicht ihrer Natur. Das schätzte er an ihr auch sehr. Henrietta war immer eine sichere Bank gewesen. Verlässlich, ehrlich, ohne allzu viele Abgründe. Dachte er zumindest.

Nun spürte er, wie er unruhig wurde. Das war ungewöhnlich, denn er hielt sich für einen in sich ruhenden Menschen. War es die Sorge darüber, wo Henrietta nun im Regen herumlief? Es könnte ihr etwas passieren. Joe überlegte kurz. Nun, sie war nicht der Typ, dem irgendetwas passierte. Nein, das war es nicht, was seine Unruhe hervorrief. Joe erforschte sich weiter. Er war beunruhigt aufgrund der Gedanken, die in diesem Text steckten. Wirklich? Joe legte beide Hände auf seinen Kopf, wie er es immer tat, wenn er nachdachte. Glaubte sie an diesen Humbug von der Liebe auf den ersten Blick? An dieses Märchen? War sie auch der Medienindustrie, dem Hollywoodfirlefanz auf den Leim gegangen? Sie hatte immer anders gesprochen, anders argumentiert und er hatte ihr geglaubt. Oder hatte sie beschrieben, was sie erlebt hatte? Er dachte an Gabriel. Joe war kein eifersüchtiger Typ. Nie gewesen. Blödsinn, dachte er. Henrietta hatte wohl einfach fabuliert.

Aber wo war sie jetzt? Joe erhob sich mit einem Ruck. Sicher würde sie morgen früh in der Bibliothek erscheinen, auch wenn sie in der Nacht nicht heimkommen würde. Vielleicht war sie bei dieser einen seltsamen Freundin unter-geschlüpft. Sie würde aber sicher morgen früh bei der Arbeit erscheinen. Joe ging ins Bad und betrachtete sein müdes Gesicht im Spiegel. Fuhr sich mit der linken Hand durch den etwas kratzigen Bart. Es war beschlossen. Er würde dort morgen früh in der Bibliothek auftauchen, seine Vorlesung begann ohnehin erst zu Mittag, er würde hingehen und mit ihr sprechen. Worüber, wusste er noch nicht wirklich. Er könnte den Verständnisvollen geben, der sich Zeit nehmen würde, sich ihre Probleme anzuhören. Er könnte ihr vor Ort einen Gesprächstermin geben. Vielleicht für den Abend. Er hatte morgen voraussichtlich keine Abendtermine. Ja, das würde er machen. Morgen würde er beruhigend auf sie einwirken. Beruhigen. Ja. Auch sich selbst. Jetzt. Alles würde wieder normal laufen. Es war nur eine verrückte Nacht.

(In Gabriels Wohnung)

„Wann kommen die?" Ihr Hinterteil bewegte sich vor ihm hin und her.

Gabriel lehnte sich zurück, blickte zur Decke und fuhr sich mit beiden Händen durch seine blonden Locken. „Wie oft soll ich noch sagen, ich denke so gegen 19 Uhr."

„Du denkst also, hm?" Sie öffnete den Kühlschrank und bugsierte die kalte Platte, die sie gerade fertig gerichtet hatte, hinein. Da ansonsten nicht viel im Kühlschrank war, war dies keine schwierige Aufgabe. „Ich kann nur hoffen, das hält ein wenig. Falls es doch später wird."

Gabriel atmete heftig durch, unterließ aber eine Antwort.

Em drehte sich jetzt zu ihm und verzog das Gesicht, sodass ihr Mund schief aussah. „Na, deine Ruhe möchte ich haben!"

Gabriel grinste sie müde an: „Heute haben wir mal die Rollen getauscht, scheint mir. Sonst bist du doch immer die Ruhe in Person."

Ems Blick ruhte zweifelnd auf ihm. „Aber so ruhig bist du gar nicht. Ich kenne dich. Du bist nur nicht bei der Sache. Es interessiert dich überhaupt nicht, dass die heute kommen. Es ist dir egal. Ist es nicht so?"

Gabriel stieß ein kurzes Lachen aus. „Du kennst mich doch am besten, Em!"

Sie musterte ihn noch intensiver. Dann machte sie einen knappen Schritt auf ihn zu, legte eine Hand auf seinen Kopf. „Sorgen wegen des neuen Stücks?" Sie hatte ihre Stimme gesenkt. Gabriel antwortete nicht. Er mochte es, wenn ihre Hand auf seinem Kopf lag. Das beruhigte ihn immer. Em bewegte sich nicht.

„Machst du einen Energieausgleich?" Gabriels Stimme klang schläfrig.

Em antwortete nicht. Sie nahm nun die zweite Hand und legte sie ihm in den Nacken.

„Ah!" Gabriel machte ein entspanntes Geräusch. So verharrten sie ein paar Minuten schweigend.

Dann ging plötzlich ein Zucken durch Ems Körper. „So." Sie nahm die Hände weg, drehte sich um, öffnete die Besteckschublade.

„Ach nein, mach weiter, das tut so gut!" Gabriel machte eine Schnute wie ein kleines Kind.

Em hantierte längst mit Messern und Gabeln. „Wo sind nur die kleinen Löffel, wenn man sie braucht?"

Gabriel rieb sich die Müdigkeit aus den Augen. Em war wieder ganz geschäftige Gastgeberin. Ihr langer hagerer Körper durchschnitt die Küche in Richtung Schlafzimmer. „Umziehen. Jetzt." Es klang wie ein Befehl. Gabriel kannte diesen Ton. Er folgte ihr mit den Blicken.

Nun fiel ihm wieder ein, woran er schon den ganzen Abend denken musste: Henry. Er war nicht zufrieden mit dem Verlauf des Gespräches im Café. Das hieß: Zuerst war er es gewesen. Er hatte im ersten Moment ein gutes Gefühl gehabt, hatte sich gefreut, ihr Gesicht, sie wieder zu sehen nach all den Jahren, ihre Stimme zu hören, mit diesem gewissen Timbre, das er so gut kannte. Sie war einfach Henry und er hatte sich all die Jahre gefragt, wie es ihr ergangen war. Henrys etwas chaotisches, emotional offenes Wesen hatte ihn immer gerührt, er mochte es, wenn sie unsicher war und rot wurde. Immer noch. Sie war ihm „wie früher" vorgekommen. Als wären inzwischen nicht Jahre vergangen. Als er auf dem Heimweg gewesen war, war ihm mehr und mehr klargeworden, dass sie den Eindruck gewonnen haben musste, er wäre nur an einem Kennenlernen mit ihrem Lebensgefährten interessiert. Natürlich war das zum Teil so, aber er hatte sich wirklich auf das Treffen mit ihr gefreut. Schließlich war sie einmal seine Henry gewesen. Aber je mehr er nachdachte, umso mehr vertiefte sich das Gefühl, irgendetwas sei komplett falsch gelaufen.

Gabriel starrte wieder an die Decke, als wolle er sich von keinem Gegenstand in der Küche, in der Wohnung, von seinen Gedanken ablenken lassen. Jetzt war er schließlich im Begriff mit Em und den wichtigen Gästen zu Abend zu essen und sollte sich auf eine andere Seite seines Jobs konzentrieren. Social Networking war fast das Wichtigste in seinem Business, da hatte Em schon recht.

Warum spukte eigentlich Henry jetzt wieder durch seinen

Kopf? Es war wohl dieser Gedanke, der ihm gekommen war, während er sie im Café beobachtet hatte. Er konnte sich davon nicht mehr so ganz lösen. Er sah Henry als Idealbesetzung der Maria in seinem Stück vor sich, ganz eindeutig. Er sah sie in der Rolle! Als Kontrast zu Sandra Kerousko, die als Profi die Hauptrolle spielen sollte, wäre Henry schlichtweg perfekt. Sie hätte als Maria gar nicht mal viel mehr zu tun, als über die Bühne zu huschen und irgendwo zu stehen, präsent zu sein und auf das Treiben der anderen zu blicken. Mit ihrem langen roten Haar. Mit ihrer Art und Weise zu schauen, sich zu bewegen. Henry, ein Geist seiner Vergangenheit, wäre ideal als verstorbene Maria, als erinnerter Geist im Stück.

Er hatte einige andere Frauen nach ihr geliebt, die eine schöner und aufregender als die andere. Gut, es war nichts von Dauer gewesen, aber das war ihm damals egal. Und Em? Sie ist eine eigene Liga für sich. Em, fünf Jahre älter als er, hatte damals schon ihr eigenes Leben fest im Griff. Heute war sie Beraterin, Freundin und Frau für ihn. Er bewunderte ihre Kraft und Stärke. Sie war anders als alle Frauen, die er vorher gekannt hatte.

Ja, Henry war auch eine eigenständige Frau, aber immer unsicher, immer schwankend, nie hatte sie gewusst, was sie eigentlich wirklich wollte. Wie eine verlorene Seele. Em war das Gegenteil. Sie wusste immer genau, was sie wollte. Immer. Sie hatte ihn damals gewollt und sie hatte ihn bekommen. Und seither war alles klar gewesen. Kein Zweifel. Sie war die Frau seines Lebens. Em managte sein Leben, sie übernahm alles, was ihm lästig war und machte es auch noch gerne. Sie hatte immer ihr eigenes Geld gehabt, stammte nicht nur aus einer wohlsituierten, bürgerlichen Familie, sondern hatte sich auch ihr eigenes Wellness-Studio mit Schwerpunkt Yoga aufgebaut. Gabriel bewunderte ihren Sinn für Effizienz und ihre Zielstrebigkeit. Er hatte sie noch nie Scheitern gesehen. Das gab es bei ihr einfach nicht. Sie war ein Phänomen.

Henry war hingegen das Scheitern in Person. Nein, das war jetzt ungerecht. Was wusste er von ihrem Leben in den letzten Jahren? Nicht viel. Mit Henry war es eine Zeit lang gut gewesen. Aber es war eine Jugendliebe. Und er hatte immer das Gefühl gehabt, ersticken zu müssen in dieser Stadt, die nicht klein und nicht groß zu nennen war, eben als mittelmäßig in allem bezeichnet werden konnte, er hatte fort müssen, raus in die Welt. Und dass Henry nicht mit ihm gehen wollte, war weder eine große Überraschung gewesen noch hatte er es damals als Verlust empfunden. Es war, als wäre ihre Beziehung einfach an ihr natürliches Ende gekommen. Er war gegangen und damit war die Trennung besiegelt gewesen. Und Henry hatte nie viel diskutiert oder Szenen gemacht. Es kam ihm damals vor, als hätte er ihr eine Entscheidung abgenommen, die sie ebenso treffen hätte wollen. Vielleicht hatte er das alles aber auch nicht mehr richtig in Erinnerung. Das wurde ihm jetzt erst so richtig klar. Und er war sich nie sicher gewesen, was in Henry wirklich vorging. Sie war ein Rätsel geblieben, auch während der gemeinsamen Zeit.

Und heute? Ach, vielleicht hatte er einfach zu schnell die Sprache auf Joe gebracht und sie damit gekränkt? Er war es inzwischen gewohnt, direkt sein Ziel anzusteuern, damit hatte er auch immer Erfolg gehabt. Aber Henry lebte in einer anderen Welt, in einer eher rückständigen, kleinbürgerlichen, wie er gedanklich ergänzte. Und genau das war es! All das, dachte Gabriel. All diese Brüche, diese Ungenauigkeiten im Innen wie im Außen! Das war es, was seine Maria im Stück verkörpern sollte! Vielleicht wäre es gut, morgen früh noch einmal mit ihr zu sprechen, um den etwaigen ungünstigen Eindruck wieder gutzumachen? Er wollte sie jedenfalls wieder treffen und er musste ihr so schnell wie möglich von seiner Idee erzählen. Sie arbeitete doch in dieser Bibliothek.

Er könnte sie doch dort aufsuchen.

Er hörte Ems High-Heels auf dem Parkett. Sie war aus dem Schlafzimmer getreten. Sie trug ein schlichtes Kleid, das ihr wie angegossen passte. Sie hatte eine Modelfigur, immer noch. Sie stellte sich mit dem Rücken zu ihm hin und deutete auf ihren Nacken. „Machst du bitte zu?" Gabriel schloss den Reißverschluss des matt-grau schimmernden Kleides. Ihre Schulterknochen traten markant und hart hervor. Er ließ seine Hände sinken und umfasste ihre schmale Taille. Fast konnte er einmal um sie herumgreifen. Em drehte sich langsam zwischen seinen Händen, bis sie mit der Vorderseite vor ihm stand. Er sah zu ihr hoch. Sie verzog keine Miene, es war, als blicke sie bis auf seinen Grund. Sie hatte eine Augenbraue hochgezogen. Meistens mochte er diesen strengen Blick.

Henry hätte jetzt vermutlich gelächelt, vielleicht auch gekichert. Verdammt! Henry! Ja, er würde morgen früh gleich zur Bibliothek gehen, um mit ihr zu sprechen. Was sollte er sagen? Er wusste es nicht. Es würde sich ergeben. Sicherlich. Er würde auftauchen und auf seine Präsenz vertrauen. Auf seine Spontanität und die Situation.

„Zieh dich endlich um, die Gäste werden bald da sein", sagte Em und schob abrupt seine Hände von sich runter. Gabriel erhob sich.

10.

(In der Bibliothek)

„Was soll das heißen, sie ist nicht zur Arbeit erschienen?"
Joe brüllte fast.

Die ihm gegenüber am Empfangspult lehnende Frau presste
die Lippen sichtlich ihren Ärger unterdrückend zusammen
und funkelte ihn herablassend an. „Genauso, wie ich es eben
sagte", wiederholte sie, fest entschlossen, sich nicht aus der
Ruhe bringen zu lassen. Was glaubte der eigentlich, wer er
war? Ausgerechnet in der städtischen Bibliothek am frühen
Morgen herumzuschreien? Dies war also Henrys Mann! Na,
so sozial und verträglich, wie die ihn immer geschildert hatte,
war er wohl doch nicht.

Joe wurde sich unter ihrem Blick allmählich bewusst, dass
er die Beherrschung verloren hatte, aber er war wirklich überrascht gewesen, dass Henrietta nicht zur Arbeit erschienen
war. Das sah ihr genauso wenig ähnlich, wie nachts einfach
aus der Wohnung zu laufen! Was war nur mit ihr los? Und
wo war sie? Natürlich wollte er die eisige Bibliothekarin,
es war wohl diese Grete, die Henrietta manchmal in einem
uninteressanten Nebensatz erwähnt hatte, keinesfalls auf die
Spur einer möglichen Beziehungskrise bringen. Joe überlegte. Bisher war ja noch nicht viel passiert. Henrietta war
sicherlich bei irgendeiner Freundin — wenn er sich nur je für
die Freundinnen interessiert und irgendwelche Kontaktdaten
hätte — und erholte sich von ihrem verrückten Anfall. Das
war das Wahrscheinlichste. Joe beruhigte sich, wie meist,
ziemlich schnell. Das Jähzornige, das er von seinem Vater
kannte und selten aber doch bei sich wiederfand, war ihm
selbst mehr als unheimlich. Er lehnte Gewalt, und sei es auch
in Worten oder Gesten, ab und hatte sich schon lange der
gewaltfreien Kommunikation verpflichtet.

„Okay, danke", sagte er jetzt deswegen betont sanft, was Grete sofort eine Augenbraue nach oben ziehen ließ. Ihre Missbilligung wich einem Erstaunen, wandelte sich dann sogleich in eine beiläufige, immer noch distanzierte Andeutung eines Lächelns oder eher ein Zucken der Mundwinkel.

„Wie ich sie kenne, wird sie sich bald melden", sagte sie kühl und sah an Joe vorbei, klarmachend, dass das Gespräch somit als beendet zu betrachten wäre und es ihr egal war, was er nun zu tun oder zu sagen pflegte. Joe tat und sagte vorerst nichts. Er stand ein paar Minuten gedankenverloren im Eingangsbereich der Bibliothek, grübelnd, wie er den Tag nun weiter gestalten sollte, denn das Uni-Seminar, das er halten musste, fing erst später an.

„Hey!" Ein großer blonder Hüne, fast wie ein Wikinger in Aussehen und Auftreten, hatte Joe beinahe umgerannt. Er war ziemlich flotten Schrittes in den Raum und auf Joes Fuß getreten, der lässig um seinen Hals geschlungene Schal war hinter ihm her geflattert wie eine Flagge auf Halbmast und verfing sich jetzt in seiner wallenden Mähne. Joe hatte mit seinem Fuß wohl den Schwung des Wikingers abrupt gebremst. Er zog seinen schmerzenden Körperteil aus der Gefahrenzone und sah an dem Mann hoch. Er war sicher einen Kopf größer als er und wirkte doppelt so breit wie Joe. Die beiden Männer starrten sich kurz an. Kannte man sich? Wohl kaum. Nein, sicher nicht.

Joe hatte sich Henriettas alte Fotosammlung zwar in ihren ersten gemeinsamen Jahren hin und wieder angesehen, aber das war Jahre her und er hatte kein gutes Gedächtnis bei Menschen, die in seinem Leben keine Rolle spielten, um die er sich nicht kümmern musste. Gabriel kannte Joe wiederum nur von Erzählungen her, aus dem beruflichen Kontext, versteht sich.

Grete machte die Situation in diesem Moment klar, als sie Joe mit leicht genervter Stimme zurief: „Herr Blümrich, ihr Helm!"

Joe hatte auf dem Pult seinen Fahrradhelm vergessen, er vergaß ihn fast überall, ein Wunder, dass er ihn immer wieder fand, meist wurde er, wie eben, darauf hingewiesen. Gabriel zuckte zusammen und durchblickte die Situation auf der Stelle. Na, das war ja eine großartige Überraschung und eine Gelegenheit, die so bald nicht wiederkommen würde. Er atmete tief durch. Er war nun wirklich ein Glückspilz, ja, das konnte man sagen, seine ganze Karriere hindurch waren ihm die Gelegenheiten und die richtigen Menschen nur so zugeflogen. Dies war nur ein weiterer Beweis dieser fabelhaften Serie. Er streckte sich durch, wurde dadurch noch größer, beobachtete wie Joe zum Pult zurückging und nach dem Helm griff, packte die Gelegenheit beim Schopf und rief ihm hinterher: „Herr Blümrich?"

Joe drehte sich um. Der Wikinger lächelte herzlich und streckte ihm die rechte Hand entgegen: „Ich bin Gabriel de Angelo, also eigentlich Dengelmann. Ein alter Freund von Henry." Joe konnte gar nicht so schnell reagieren, da hatte Gabriel schon seine Hand fest gedrückt und einen furchtbar sympathischen Eindruck hinterlassen. Das konnte er, Gabriel, perfekt: furchtbar sympathisch auf den ersten Blick sein.

(Ich)

„Muoooaaah, wann ist endlich Tag?" Ich finde nicht, dass diese Nacht besonders schnell vergangen wäre. Nein, sie hat sich unendlich gezogen — so unendlich ist nicht mal das Universum! Finde ich jedenfalls. Nein, echt nicht. Die

Menschenzeit ist anstrengend! Und laaaangweilig.

„Du übertreibst maßlos!", sagt Lotti, gespielt tadelnd, aber es ist etwas Heiteres, Schwirrendes an ihr. Sie hat all die nächtlichen Stunden zwischen Buchdeckeln verbracht und es hat ihr gefallen. Sehr. Sie wirkt, als hätte sie eine alte Liebe wiederentdeckt, jedenfalls flackert sie hell, fast euphorisch. Lotti hat sich in einige Romane vertieft, während Ich mich eher für die Erde und die Menschen und Beziehungen interessierte und mich deshalb an Sachbücher hielt.

Lotti fand das überflüssig: „Du lernst genauso von Romanen! Im Gegenteil: Geschichten bilden manchmal sogar mehr als reine wissensvermittelnde Quellen".

Lotti hat einen besserwisserischen Zug, finde ich. Sie scheint aber tatsächlich gewisse Dinge einfach zu wissen! Jedenfalls wirkt sie sehr überzeugend. Ich lehnte dennoch ab. Ich will mich nicht bilden, was immer das auch bedeutet, sondern ich will so schnell wie möglich Wege finden, um geboren, ein Mensch zu werden und mein Instinkt sagt mir, dass ich bei den Naturwissenschaften am ehesten fündig werden würde.

Lotti aber las die ganze lange Nacht alles Mögliche querbeet, wie sie es bezeichnete und ich fragte mich, woher sie diese Art von Bezeichnungen hatte. Vielleicht aus einem früheren Leben? Ich sprach das auch mal an, aber Lotti schüttelte nur den Kopf und sagte nichts, was mich ärgerte. Sie wusste mehr, als sie zugab, davon war ich mittlerweile überzeugt und ich mochte es nicht, im Unwissen gelassen zu werden. Sie erschien mir mehr und mehr so, als hielte sie etwas von mir zurück.

Warum? Schade, dass ich ihre Gedanken nicht lesen konnte. Nein, ärgerlich. Also sah ich mir weiter die Bilder und Texte in den Büchern an, die ich ausgewählt hatte, ich wusste nicht einmal, ob das, was ich tat, als „Lesen" zu bezeichnen war, aber ich erfasste meist mit einem Blick ziemlich schnell, um was es auf mehreren Seiten ging. Fast wie Scannen, sagt Lotti. Natürlich war dies für mich eine sehr alte und rückständige Art der Wissensaufnahme, schließlich hatte ich früher einmal, also vorher, alles „einfach so" gewusst, ohne bedruckte Blätter durchsehen zu müssen. Lotti ließ sich von meinen Gedanken, die sie sicher mitbekommen hatte, nicht stören und schmökerte in ihren Romanen und sonstigen Werken der Weltliteratur, wie sie es nannte. Manchmal schreckte ich aber umgekehrt auf, weil sie beim Lesen laut kicherte oder auch mal Worte rief wie: „Natürlich!" oder „Klar!" Ich wollte dann wissen, was denn so klar sein konnte, aber sie lächelte nur und zuckte scheinbar mit ihren transparenten Schultern. Das ärgerte mich wieder, überhaupt je näher ich Lotti kam, umso mehr ärgerte sie mich. Wir verbrachten diese lange Nacht also quasi nebeneinander her, was mich in meiner Annahme bestärkt, dass wir sicher zwei Wesen sind, die aus unterschiedlichen Welten stammen mussten, auch wenn sie mir manchmal sehr vertraut erscheint.

Manchmal las sie mir ein paar Stellen aus Büchern vor, aber Ich verstand nichts wirklich, keine Spur. Ich weiß ja nichts über Menschengeschichten und all das Zeug. Es klingt für mich wie Gerede, schön aber unverständlich ausgedrückt in einer sehr alten umständlichen Sprache. Geschichten von irgendwelchen jungen Fräuleins, die auf der Suche nach Ehemännern waren, mit all so unnützen und die jeweiligen Geschichten unendlich in die Länge ziehenden Verwicklungen, die sich letztlich doch auflösten. Die Geschichten enden immer gleich, scheint mir. Interessant finde ich nur die eine, von dieser Maria mit dem Kind mit dem seltsamen Namen, das sie bekam, ohne Sex gehabt zu haben. In der Geschichte geht es aber gar nicht um diese Maria, sondern um ihren Sohn. Und eigentlich ist es gar keine richtige Geschichte, sondern ein Glaube oder sowas.

Sagt jedenfalls Lotti. Ich habe auch das nicht verstanden.

Überhaupt blieb ich bei dieser Sex-Sache hängen, die in den Büchern, die ich las, klar und deutlich beschrieben und auf Bildern dargestellt wurde, was ich im Vergleich zu Lottis Geschichten, angenehm klar und verständlich finde. Lotti kicherte auch immer bei dem Thema „Sex", was ich seltsam finde, wo es doch das Natürlichste von der Welt ist, und alle es tun, alle es scheinbar brauchen, es ist ja auch schließlich notwendig, um neues Menschenleben zu erschaffen. Also für mich von höchstem Interesse. In Lottis Liebesgeschichten aber wird das Thema verschleiert, umschrieben, ins Unsichtbare verdrängt, obwohl es letztlich immer nur darum geht.

„Aber nein", sagte Lotti, es gehe um die Liebe. Aber dazu gehöre doch der Sex, sagte ich und fragte sie, warum die Menschen denn so schamhaft damit umgehen würden. Es gäbe auch die andere Seite, erklärte mir Lotti, die, wo es nur um Sex ginge, wo dieser herausgestellt und explizit beschrieben und in Filmen, also bewegten Bildern, gezeigt würde, sogar übertrieben und in extremen Formen, man nenne das „Porno", erklärte sie. Was mir aber noch immer nicht die Frage beantwortete, warum es kaum Geschichten oder Bilder/Filme gibt, wo Liebe und Sex zusammen gezeigt oder beschrieben werden, so wie es wirklich ist.

Du verstehst das nicht, sagte Lotti dann, das sei alles zu kompliziert für mich. Es würde auch beides getrennt voneinander existieren, ziemlich oft sogar, sagte sie und fügte hinzu, dass die Menschen durch Geschichten der Realität entfliehen würden, was ich merkwürdig finde, denn die Realität ist doch gerade so spannend, so herausfordernd, so interessant. Ja, sagte Lotti und seufzte dann wieder, du siehst das von außen, bist noch nicht in der Realität angekommen. Es ist noch ein Wunsch von dir, ein Ziel und eben noch nicht verwirklicht. Das heißt, fragte ich dann, dass — wenn ich es geschafft haben würde, ein Mensch zu werden, — ich damit nicht zufrieden und ausgelastet sein würde, sondern mir dann Mittel und Wege suchen würde, um über Geschichten und dergleichen wieder aus dieser Realität zu flüchten? Und Lotti hatte mich ganz intensiv angesehen und gesagt: „Was bist du doch für ein besonderes und schlaues Wesen. Du verdienst es, geboren zu werden." Und dann war ich so gerührt und glücklich, dass ich eine Weile alles vergaß, was ich werden wollte, sondern nur einfach im Moment blieb und begriff, wie sich glücklich sein anfühlen musste.

„Hey, es ist Morgen!", sagt Lotti jetzt. Einige Leute kommen in die Bücherräume, machen Geräusche, gehen hin und her, schalten flimmernde Kisten ein — Lotti nennt sie Monitore — und starren hinein. Lotti lege endlich die Bücher weg und beginnt, den in den Räumen befindlichen Menschen zu folgen, sie zu beobachten, ihnen zuzuhören. Ich tue es ihr schließlich gleich, es dauert eine Weile, bis ich mich auf ihre Schwingungen, ihre Handlungen, vor allem aber ihre Stimmen und das, was sie damit meinen, einstellen kann, ich muss mich erst einhören, so scheint es mir, denn meine Kommunikation mit Lotti ist ganz anderer Natur, wir sprechen ja nicht wirklich mittels Tönen, die aus unseren Kehlen kommen. Und als ich endlich alles Notwendige verstehe, den Menschen auch inhaltlich folgen kann, bin ich enttäuscht.

„Du erwartest zu viel. Das ist kein Event, das ist eine simple Bibliothek", sagt Lotti.

Aber ich finde es banal. Nicht nur, dass die Tätigkeiten dieser Menschen ziemlich langweilig sind, sie schauen in die Monitore und sprechen langweiliges Zeug miteinander, holen Bücher und geben sie anderen, aber hauptsächlich bin ich natürlich deswegen traurig und enttäuscht, weil diese Frau, auf die wir warten, einfach nicht kommt. Ich spüre nun auch, dass es mit den anderen Menschen zu tun hat.

Es ist einfach nicht das Gleiche, wie es mit ihr war. Diese Frau hat etwas an sich gehabt, was anders gewesen ist, auch wenn ich nicht beschreiben oder sagen kann, was das sein könnte. Das heißt, ich weiß es sehr wohl, aber habe Angst vor dem Gedanken, der sich da in mir festsetzt. Gerade, weil ich nicht weiß, wo die Frau sein könnte.

„Was soll das heißen, sie ist nicht zur Arbeit erschienen?"

„Pass auf! Hast du das gehört?", fragt Lotti plötzlich und deutet zum Eingang, wo diese in Grau gekleidete ältere Frau steht und Besucher empfängt.

„Ja, da schreit einer rum, wahrscheinlich ist er nicht gut drauf", sage ich stolz, eine menschliche Handlung erkannt zu haben.

„Nein", sagt Lotti und deutet mir, dass ich zu ihr kommen soll. Sie flüstert: „Dieser Mann wartet auch auf jemanden. Wenn das nicht die gleiche Person ist, auf die wir warten? Na, was meinst du?"

„Hä?"

Lotti seufzt. „Hast du es noch immer nicht begriffen? Dieser kahlköpfige Mann dort drüben wartet offensichtlich auf die gleiche Frau wie wir. Und sie ist nicht gekommen."

„Ja und?"

Lotti greift sich theatralisch an den kaum vorhandenen Kopf. „Er kennt sie offenbar. Ergo?"

„Ergo? Was heißt das?"

„Ach, du weißt auch wirklich gar nichts. Folglich können wir über ihn womöglich zu der Frau kommen."

„Versteh ich nicht. Er weiß ja offenbar auch nicht, wo sie ist …" Ich bin manchmal hilflos bei Lottis Gedankengängen.

„Das ist wahr. Aber wenn er diese Frau gut kennt, haben

wir in seiner Nähe größere Chancen, sie wiederzutreffen als hier. Verstehst du?"

Ich lasse das Gesagte langsam in mich einsickern, um es nachvollziehen zu können. Aber alles, was ich kommunizieren kann, ist ein Fragezeichen.

Lotti winkt ab. „Hören wir einmal zu, was er sagt. Konzentrieren wir uns!"

Es ist gar nicht so schwer, sich auf den Mann zu konzentrieren, denn er ist der Lauteste und Auffälligste im Raum. Er redet mit der Frau, dann stößt er mit einem anderen Mann zusammen, geht zurück, um seinen Helm zu holen — was ist ein Helm?

„Erkläre ich dir später mal. Jetzt ist dafür keine Zeit", beantwortet Lotti meine Gedanken. Sie rückt näher an die beiden Männer heran, um sie besser belauschen und beobachten zu können. Sie umkreist die beiden Männer jetzt und fixiert den einen, den Großen mit den vielen Haaren sehr lange. Sie murmelt Worte vor sich hin, die ich nicht verstehe. Lotti benimmt sich, alles in allem, recht seltsam.

„Die beiden suchen die gleiche Frau. Es MUSS unsere Frau sein. Wo sie wohl ist?" Lotti schwirrt aufgeregt hin und her, bleibt aber immer im Dunstkreis der beiden Männer, die sich angeregt unterhalten. Ihre Transparenz wechselt. Sie scheint sich an gewissen Stellen zu verdichten und an manchen fast aufzulösen. Es schaut merkwürdig aus. Ob das bei mir auch so ist? „Nein", antwortet Lotti zerstreut auf meine Gedanken, ohne dass sie direkt angesprochen wurde, und fährt fort, meine tatsächliche Frage zu beantworten: „Sie reden über Arbeit. Irgendwas mit Theater …"

„Was ist Theater?"

„Ein Spiel, man tut so, als wäre man jemand anderer."

„Ach so? Ist das für Menschen interessant?"

„Es sind gespielte Geschichten quasi. Wie Romane, mit

richtigen Menschen aufgeführt."

„Ach so. Aber du sagtest, es geht um Arbeit. Die ist ja kein Spiel, habe ich irgendwo gehört oder gelesen."

„Der eine arbeitet im Theater, glaub ich. Der andere macht was mit Wissenschaft. Sie reden über eine mögliche Zusammenarbeit. Und es geht auch um die alte Jesus-Geschichte. Auf eine verdrehte Art und Weise. Sie nennen das ‚zeitgenössische Interpretation'. Seltsam."

„Das ist mir zu hoch. Ist das nicht die Sache mit der unbefleckten … Dings? Also diese Geschichte?"

„Ja, ja. Schaut so aus. Alte Mythen und Geschichten. Jetzt gehen sie zusammen weg. Meine Güte, sollen wir ihnen nach?" Lotti schwirrt jetzt noch aufgeregter hin und her. „Wir sollten eventuell mit. Aber andererseits sollten wir auch hier-bleiben, um auf die Frau zu warten. Vielleicht." Sie blinkt jetzt fast. „Es besteht eine Fifty-Fifty-Chance, aber ich denke, hierbleiben bringt jetzt erstmal nichts. Wir können ja später wieder vorbeischauen. Also los, hinterher!"

Ich bin immer noch neben der Spur. „Was heißt Fifty-Fifty, klingt witzig …"

„Komm jetzt, sie gehen aus dem Gebäude! Schalt den Turbo ein!" Lotti ist schon auf und davon. Ich versuche, ihr zu folgen.

„Den … was?"

„Ach, vergiss es. Komm!"

11.

(Im Cafe)

Joe und Gabriel saßen sich im Café neben der Bibliothek gegenüber und starrten aneinander vorbei. Der Raum war gefüllt, beinah jeder Tisch war besetzt, es herrschte reges Treiben an diesem Vormittag, die Kellnerinnen rauschten betriebsam vorüber. Gabriel wirkte energiegeladen, gespannt wie ein Pfeil kurz vorm Abschuss, einnehmend in seinem Wesen und gleichzeitig ausladend in seinen Bewegungen. Er redete ohne Punkt und Komma von seinem Projekt und seine Begeisterung wirkte ansteckend. Aber Joe war ein vorsichtiger, abwartender Typ und nicht leicht zu beindrucken. Als Gabriel eine kurze Pause machte, nutzte Joe diese und sagte: „Ich brauche ein schriftliches Konzept." Joe sprach in ruhigem, gemächlichem Ton. Er fand die Idee, dieses Theaterstück auf die Beine zu stellen, nicht schlecht, teilweise war es zwar sehr ungewöhnlich, du liebe Zeit, ein weiblicher Christus als Führerin einer Gang? Aber es war auch eine willkommene Herausforderung. Falls keiner von seinen Schützlingen sehr religiös sein würde. Er glaubte es nicht. Im Grunde hatte er, während Gabriel das Stück in prägnanten, verbalen Strichen skizzierte, schon einige Personen aus der Gruppe in den Rollen gesehen. Er konnte es sich vorstellen. Aber würden sie auch mitmachen wollen? Könnte er sie begeistern? Es gab eine kleine Aufwandsentschädigung, hatte Gabriel gesagt, die war für die Jungs und Mädels gar nicht mal so klein. Und er selbst? War er selbst von der Idee angetan? Er entschloss sich, sich das alles in Ruhe zu überlegen.

„Um alles durchdenken zu können. Die Jünger und ein paar Nebenfiguren, sagten Sie? Theoretisch wäre das machbar. Sicher. Aber praktisch? Das muss gut durchdacht werden. Also ich brauche den Text. Haben Sie ein Drehbuch?"

„Wie? Ja. Natürlich." Gabriel sah ihn an, nickte lächelnd: „Natürlich. Bekommen Sie. Alles zwar im Entwurfsstadium, aber ein guter Überblick. Und es ist noch einiges im Fluss. Wir könnten gemeinsam an der Verfeinerung der Details arbeiten. Je nachdem, was noch notwendig sein wird. Sie kennen Ihre Klientel ja besser."

Joe zog eine Augenbraue hoch. Er wusste nicht so recht, womit er diese Vorschusslorbeeren verdient hatte, schließlich kannte ihn Gabriel nicht, wusste wohl nur vom Hörensagen, von Dritten über seine Arbeit und seine Herangehensweisen an dieses spezielle Feld, Bescheid. Natürlich war er eine fachliche Koryphäe, das hatte sich sicherlich herumgesprochen. Joe fühlte sich geschmeichelt.

„Schauen wir einmal", sagte Joe, „ob wir zusammenkommen." Er überlegte, ob Henrietta etwas von seiner Arbeit erzählt haben mochte, aber verwarf das gleich wieder, denn sie interessierte sich so gar nicht für seine Projekte, im Gegenteil, sie war — irrationaler- und idiotischerweise — sogar eifersüchtig auf sie. Lachhaft. Und dumm! Joe grübelte, was Henrietta mit Gabriel gestern gesprochen haben mochte und vielleicht war ja auch irgendetwas dabei der Grund gewesen, weshalb sie am Abend so ausgerastet und schließlich weggelaufen war? Wo konnte sie nur sein? Joe strich sich langsam über den kahlen Kopf und nahm einen Schluck von seinem sehr schnell erkalteten Espresso.

„Das hat Henry auch gesagt, dass sie vorsichtig und überlegt sind", sagte Gabriel jetzt wie ein Stichwortgeber.

„Ach hat sie? Und sonst? Was hat sie sonst noch erzählt?"

Gabriel zuckte mit den Schultern. „Nicht viel. Wir haben über vergangene Zeiten gesprochen. Sie wissen doch sicher, dass Henry und ich einmal ... befreundet waren?"

Joe nickte beiläufig: „Ja, sicher, Henrietta und ich haben keine Geheimnisse voreinander."

Er lehnte sich jetzt betont gelassen zurück, um diese Haltung zu unterstreichen. Gabriel, der die ganze Zeit über vorgebeugt gesprochen hatte, auch im Schweigen so verharrt war, tat es ihm nach, legte noch einen Arm auf die Lehne der Sitzbank.

Gabriel überlegte, dass es gut gewesen war, Joe nicht gleich von der Idee mit Henry als Maria zu kommen. Und dann überlegte er, wann er Henry treffen würde, um sie von der Rolle der Maria zu überzeugen und ob die Zusammenarbeit mit Joe nicht in eine Katastrophe führen konnte, so bedächtig wie dieser war.

Joe überlegte, ob er gleich zu seiner Gruppe im Park fahren sollte, um vorzufühlen, ob ihnen so eine künstlerische Arbeit überhaupt zuzumuten war und ob es nicht in eine Katastrophe führen konnte mit Gabriel zusammenzuarbeiten, so exzentrisch, wie er wirkte.

Beide überlegten, wo Henrietta sein könnte. Dazu sagten sie jedoch nichts. So saßen sie sich gegenüber, schwiegen eine Weile und sahen aneinander vorbei, bis sie entschieden zu gehen.

(Ich)

Lotti und ich haben gleich hinter dem Tisch, an dem die beiden Männer Platz genommen haben, Stellung bezogen. Den einen, den mit den wallenden Haaren finde ich irgendwie schön. Lotti scheint das auch zu registrieren. Ich wage schon nicht mehr, sie etwas zu fragen, so angespannt kommt sie mir vor. Und wieder entschieden blasser und transparenter als vorhin. Alles beunruhigt mich. Lotti spricht nichts, sie verfolgt das Gespräch der Männer aufmerksam. Ich weiß nicht so recht, wozu das gut sein soll. Diesen Gedanken hat sie offensichtlich wahrgenommen, dann dreht sie sich jetzt leicht zu mir und schaut mich an. „Du hast es noch immer nicht begriffen, oder?"

„Begriffen? Was?"

Sie seufzt jetzt hörbar: „Ich glaube, ich muss dich jetzt ein wenig aufklären."

„Ach, die Sache mit dem Sex habe ich schon letzte Nacht begriffen."

„Das meine ich nicht, also nicht direkt", Lotti macht eine Pause, scheint etwas zu überlegen. Dann redet sie weiter: „Diese Frau ... wir sind zurückgekommen, haben auf sie gewartet ... was meinst du, warum?"

„Ist das jetzt ein … Rätsel oder so was? Du wolltest mir doch etwas erzählen und keine Fragen stellen."

„Na gut", Lotti schnaubt etwas, „diese Frau könnte, also sehr wahrscheinlich, deine potenzielle Mutter sein."

„Ja! Weiß ich doch! Bin ja nicht blöd. Hab schon die ganze Zeit so ein Gefühl. Eine Ahnung vielleicht. Ich habe mich bei ihr ja sehr wohl gefühlt. Da war etwas Besonderes zwischen uns. Aber DU wolltest ja weg!"

„Hm. Ja. Gut."

Ich fühle mich, als wäre ich mitten in einem Wirbelsturm. Lotti lässt die Männer nicht aus den Augen. „Ja, und einer dieser beiden da hier könnte dein Vater sein oder werden." Jetzt ist die Katze aus dem Sack! Diese Redewendung, die Lotti in der Nacht aus einer Geschichte vorgelesen hat, passt genau. In diese Richtung habe ich nämlich noch gar nicht gedacht. Warum eigentlich nicht? Alles überfordert mich total. „Echt? Bist du sicher?"

„Wie kann ich mir sicher sein. Bei irgendwas. Aber offensichtlich habe ich einen guten Instinkt. Oder aber …"

„Oder was?"

„Oder aber das ist meine Aufgabe."

„Was?"

„Dir zu helfen."

Ich sehe sie jetzt direkt an. Ihr Kopfteil flackert in verschiedenen Farbtönen, es wirkt sehr bunt. „Meinst du?"

„Könnte zumindest sein. Falls dir noch nicht aufgefallen ist, habe ich kein Ziel so wie du. Ich will sicher nicht geboren werden. Hab keinen Impuls, etwas anderes zu sein, als ich bin. Auch wenn ich nicht weiß, wer oder was ich bin. Aber immerhin, ich finde es gut, dir zu helfen. Das bedeutet sicher etwas."

Ich habe darüber auch noch gar nicht nachgedacht. Ja, es ist bisher immer um meinen Wunsch gegangen, geboren zu werden, menschlich zu sein, nie hat Lotti etwas Eigenes gewollt oder irgendeinen Wunsch mitgeteilt. Und jedes Wesen hat doch eigene Pläne, oder nicht? Ich vermute es ganz stark. Ich brauche Zeit, um über das Gesagte gründlich nachzudenken. Das Gespräch der beiden Männer langweilt mich ohnehin. Nichts als Theater. Und religiöse Geschichten, die nicht religiös sein sollen. Mir fällt etwas ein. „Dann bist du vielleicht wirklich so etwas wie ein Engel?"

Lotti lacht jetzt. „Möglich. Keine Ahnung. Aber ich habe Inspirationen dich betreffend. Und die Frau. Und den Mann da drüben."

„Du meinst den mit den schönen Haaren?" Ich mustere ihn jetzt auch genauer. „Wenn er mein Vater würde, vielleicht hätte ich dann auch so schöne Haare."

„Oder die Haare deiner Mutter."

„Naja, hm. Meinst du echt, der könnte mein Vater werden?"

„Ja. Nein. Vielleicht. Es könnte auch der andere sein. Immerhin haben sie beide irgendeine Art Beziehung zu der Frau. Horche doch in dich hinein, kannst du irgendetwas die Männer betreffend spüren?"

„Hm. Ist schwer, sich hier zu konzentrieren. Aber bisher

nicht. Nein."

„Wir warten eine ruhigere Minute ab. Hier ist zu viel Wirbel."

„Und was machen wir dann konkret, damit ich Eltern bekomme?" Ich spüre wieder, wie Verzweiflung mich erfasst. Ich kann es mir einfach nicht vorstellen, wie ich von dieser mir jetzt bekannten Ebene auf die menschliche kommen sollte. Auch wenn einer dieser Männer und diese Frau meine Eltern sein, werden würden, wie sollte ich zu einem Embryo werden, wenn ich hier im Außen als Energiewolke herumflatterte?

Lotti lächelt. „Mach dir darüber jetzt noch keine Gedanken. Du bist irgendwie zu verkopft, auch wenn du gar keinen Kopf hast. Seltsames Wesen du. Es wird sich alles weisen. Verlass dich immer auf dein Gefühl, auf deine Intuition. Dann wird sich der Weg zeigen, rechtzeitig. Ich bin davon überzeugt."

„Was du alles weißt!"

„Na, ich weiß das nicht wirklich. Das sagt mir eben meine Intuition. Und ich hoffe, sie hat recht." Lotti tut so, als ob sie mich tätscheln wollte, aber das ist ja nicht möglich in unseren Aggregatszuständen. „Und schmeiß die Nerven nicht weg! Es gibt einen guten Spruch: Gib niemals auf!"

„Ist das ein Menschenspruch?"

„Kann sein. Oft wenn man denkt, es geht nicht weiter, ist das genau der Moment, wo es eben weitergeht. Man ist oft nur einen Schritt entfernt. Nur einen Schritt."

„Haha, ich kann gar nicht schreiten. Ich fliege oder schwebe."

„Du weißt genau, was ich meine." Lotti hüpft auf. „Jetzt gehen die schon wieder!"

Ich bin überrascht. Ich habe übersehen, dass die beiden Männer aufgestanden sind und sich in Richtung Tür bewegen. „Mist!", ruft Lotti.

„Warum?"

„Weil sie sich trennen werden, verstehst du?" Sie schaut mich an. „Was bedeutet, dass wir nur einen verfolgen können. Oder aber ..." Lottis oberer Bereich oder Kopf ist jetzt in Falten gelegt. Es sieht aus wie bewegte Wellen.

„Oder aber was?"

„Wir trennen uns auch."

„Waaas? Kommt nicht in Frage!" Ich bin entsetzt. Fühle, wie mein Innerstes sich aufbäumt und durcheinanderwirbelt.

„Hör zu", sagt Lotti jetzt wieder ganz ruhig, während sie die Männer, die jetzt vor dem Café miteinander sprechen, beobachtet. „Wir müssen uns aufteilen. Jede von uns folgt einem anderen. Und — keine Sorge — wir machen uns einen Treffpunkt aus, wo wir uns wiedertreffen. Sagen wir, heute Abend, wenn die Sonne untergeht, hier am besten, hier vor dem Café. Okay?"

„Aber ... aber ... nein ... ich kann doch nicht alleine ... was soll ich ... was soll ich ... das hat ja keinen Sinn ... auch wenn einer die Frau trifft ... wie kann dann die andere das wissen ... wie sollen wir uns verständigen ... was soll ich denn tun ... wenn ich alleine bin ... nein, das ist keine gute Idee", ich stammle vor mir hin, bin so irritiert, dass ich gar nicht denken kann.

Lotti sieht mich immer noch sehr ernst an. „Heute Abend hier. Nach Sonnenuntergang. Wir berichten von unseren Erlebnissen. Eine von uns wird vielleicht die Frau treffen, rausfinden, wo sie ist und dann gehen wir gemeinsam zu ihr. Und dann sehen wir weiter."

Die Männer trennen sich, gehen in unterschiedliche Richtungen.

„Aber welchen ...?" Ich bin nur noch ein chaotischer Knoten voller sich ständig widersprechender Gefühle.

Lottis Augen funkeln entschlossen. Ich merke, dass ich von

unterschiedlichen Ängsten besetzt bin, die eine schlimmer als die andere, die eine ist deutlich da, die andere eher unterschwellig, aber noch stärker. Ich will Lotti nicht verlieren, schreit es in mir.

„Das wirst du nicht. Niemals", sagt Lotti jetzt und sie wirkt entschlossen und klar und vollkommen ruhig und gelassen. Fast kühl. „Geh dem Kahlköpfigen nach. Der könnte auch sehr wichtig sein. Ich nehme den Großen. Mach schnell."

Lotti lächelt. Durch ihre Transparenz schimmert wieder das Bunte, Helle.

„Alles wird gut. Mach schon. Bis heute Abend!" Sie schaut sich um, dorthin, wo der große Blonde gegangen war, ein paar Stufen in die Tiefe, es sieht aus, als ob er direkt in den Abgrund steigen würde. Und Lotti will auch dorthin?

„Ach Unsinn!" Lotti lacht aufgrund meiner Gedanken. „Das ist eine Tiefgarage, Dummerchen." Sie tut, als ob sie mich anstupsen könnte, sagt irgendwas wie „Wir schaffen das schon. Pass auf dich auf! Bis bald!" und schwebt davon. Sie wirkt wie eine blaue Wolke. Blau? Wieso blau? Ich bin vollkommen aufgewühlt, nicht fähig, einen Gedanken fassen zu können.

Der kahle Mann setzt den Fahrradhelm auf und steigt auf ein Rad. Ich werde ihn begleiten, okay. Ich bin mutig und kann das alleine. Und am Abend werde ich Lotti wieder treffen. Wir schaffen das. Ich schaffe das. Ich rede mir das jedenfalls ein.

12.

Ich weiß nicht mehr, wie viel Zeit vergangen ist. Wir sind in den Stadtpark gefahren. Es war ein sonniger, wunderschöner Tag. Mein erster Tag in der Natur. Bisher habe ich das Gewachsene nur nebenbei bemerkt, auf dem Weg von der Bibliothek zum Rathausplatz und zum Einkaufszentrum und wieder zurück und da war ja nicht viel, ein paar eingezäunte Grünflächen, wie Lotti das nannte, ein paar Bäume entlang der Straße. Ich mochte die Bäume gleich, aber die Zeit war ja immer knapp gewesen, was für meinen Zustand ja paradox ist, aber gut. Also mein erster Tag in der richtigen Natur. Also nicht in der richtigen. Denn das wäre ja Wildnis. Mein erster Tag in der städtischen Natur, kultiviert durch Menschen, aber so groß, dass es einem vorkommt, als sei es natürlich. Und in Details, also in den Gewächsen selbst, war es das ja auch. Ich hatte das erste Mal das Gefühl von Natur. Nichts vermochte mich davon abzulenken. Ich habe Vögel gehört und sie beobachtet. Habe das Laub der Bäume rascheln hören, wenn der Wind durch sie hindurch fuhr, es war als würde er sie streicheln und sie haben es genossen. Ich hätte gerne selbst das Laub berührt. Und die Federn der kleinen Vögel. Und wäre gerne durch das Gras gelaufen. Ich würde gerne einmal durch Gras laufen. Und an Blumen riechen. Ich würde gerne wissen, wie es ist, an Blumen zu riechen. Pflanzen und Tiere sind etwas Wunderbares. Die vielen kleinen Tiere mit Flügeln, ich denke, man nennt sie Insekten, sind interessant. Aber auch die größeren. Da gibt es welche, die mit den Menschen mitgehen, sie sind pelzig und ziemlich nett. Da ist so einer, der sieht seltsam aus. Ich weiß nicht, ob ich so ein Wesen schon einmal gesehen habe, also vorher. Das Tier ist ganz schwarz, hat lange seltsame Ohren und funkelnde Augen. Ich würde es gerne berühren können. Ich fühle mich von ihm angezogen. Es ist seltsam. Es gehört zu der Gruppe, die wir besuchen.

Der haarlose Mann, dem ich gefolgt bin, ist vom Fahrrad — ein seltsames Ding übrigens, ich verstand erst peu a peu, wie es sich voran bewegt — abgestiegen und hat sich zu diesen Menschen gesetzt. Sie sitzen jetzt unter einem Baum und nennen es „im Schatten abhängen".

Normalerweise langweile ich mich schnell, aber das tue ich jetzt gar nicht. Denn da ist ja dieses schwarze pelzige Tier, dieser Hund, und die Vögel und die Insekten und die Bäume, die Blätter, das Gras, der Wind, die Sonne. Es ist irgendwie schön, auch wenn ich nichts berühren oder fühlen kann. Irgendwie bin ich innerlich berührt. Es ist fast magisch. Ich erkenne immer mehr, wie wundervoll die Natur ist, alles, was wächst und lebendig ist. Und ich frage mich, warum so viele Menschen lieber in Einkaufszentren ihre Zeit verbringen und verstehe es weniger denn je. Jedenfalls habe ich beim Naturbetrachten und Herumsitzen die Zeit irgendwie vergessen.

Es ist, als wäre ich in einem Zeitloch, als hätte die Zeit gar keine Bedeutung, als wäre alles Zeitliche egal. Es erinnert mich ein wenig an dieses Gefühl der Vollkommenheit, das All-Eins. Ich denke an S und frage mich, wo es sein kann. Ist es weit weg? Oder kann ich es nur nicht wahrnehmen? Und ich frage mich, wie ich von da, wo ich jetzt offensichtlich gefangen bin, also dieser seltsamen Ebene, auf der ich für fast alle nicht sichtbar und wahrnehmbar bin, wieder wegkommen könnte. Entweder zurück in das Davor oder hinein in das Neue, in ein menschliches Leben.

Mein spezieller schwarzer Freund mit den Hängeohren hört auf den Namen „Lump" und hat zu einem Mann mit einer Mütze auf dem Kopf offenbar eine freundschaftliche Beziehung. Er muss also nett sein, schließe ich daraus. Meine Beobachtungen haben ergeben, dass Lump einen guten Instinkt für Menschen haben muss. Irgendwie vertraue ich ihm. Und da ist noch etwas. Lump scheint mich irgendwie wahrzunehmen. Natürlich bin ich erst in einer gewissen Distanz geblieben. Aber dann bin ich doch Stück für Stück näher gerückt und habe mich auf den Baum gesetzt, unter dem sie gruppiert sind. Lump hat immer wieder zu mir hochgesehen. Ich bin mir nicht sicher, ob er mich tatsächlich sehen kann oder mich nur riecht oder spürt. Seine schwarze feuchte Nase hat die ganze Zeit über, die wir in Kontakt sind, gezittert und sein Hinterteil mit dem buschigen Schweif hat auch gewackelt. Kein anderer scheint etwas davon bemerkt zu haben.

Ich beobachte die Leute, während ich die Umgebung genieße. Diese Gruppe von Menschen sieht sehr speziell aus, das kann ich inzwischen beurteilen. Ihre Haare sind bunt oder nicht vorhanden. Sie kleiden sich anders als jene Menschen, die ich bisher gesehen habe. Ich finde sie zunehmend interessanter, je mehr ich sie beobachte. Sie scheinen von den anderen Menschen in diesem Park, so nennt man wohl diese Art von Natur, seltsam angesehen zu werden. Manche Spaziergänger machen einen Umweg, um nicht direkt an ihnen vorbei zu gehen. Meiden die Menschen ihre Nähe? Warum? Sind sie gefährlich?

Der Kahlköpfige, den alle Joe nennen, scheint das nicht so zu empfinden. Er steht auffällig nah bei der Gruppe, redet, hört zu. Er ist offensichtlich etwas Besonderes für die Gruppe, die er besucht. Sie gruppieren sich um ihn, sie sehen ihn an, sie fragen ihn Dinge. Er erzählt etwas von diesem Theaterstück. Sogar die, die sich scheinbar abwenden, beobachten ihn und stehen auch in irgendeiner Beziehung zu ihm.

Wer ist er? Ein Freund meiner möglichen Mutter. Könnte er mein möglicher Vater sein, auch wenn er schon ein wenig alt wirkt? Das gibt es doch, alte Väter, das habe ich irgendwo gelesen oder gehört. Ich versuche, ihn zu fixieren, zu ergründen, ob ich irgendetwas fühle. Nein. Ich muss wieder an die Frau denken. Das angenehme Gefühl in ihrer Nähe. Aber bedeutet das wirklich, dass sie meine Mutter werden könnte?

Plötzlich irritiert mich etwas. Da ist etwas Seltsames, Neues. Wie ein innerer Windhauch. Dann höre ich plötzlich Lotti ganz dicht neben mir. Ich will schon sagen „Hey, du wolltest doch bei dem anderen Mann bleiben", als ich bemerke, dass sie gar nicht da ist. Jedenfalls kann ich sie nicht sehen. Und nur schlecht verstehen.

„Wo bist du?", frage ich und blicke in alle Richtungen, auch nach oben und nach unten, dorthin, wo Lump zu mir hochsieht.

„Noch dort", sagt Lottis Stimme in meinem Kopf. Ihre Präsenz ist stark. Fühlt sich an wie ein Sog, der mich irgendwohin zieht. Nur wohin?

„Was? Wie das? Und wo?"

„Keine Zeit. Komm sofort her!"

„Aber ich soll doch bei diesem Mann, er heißt Joe, bleiben … wir …"

„Sofort!"

„Aber ich weiß ja gar nicht, wo du bist."

„Theater! Komm her! Es ist dringend!"

Theater? Ich frage Lotti noch einiges, aber sie antwortet nicht mehr. Sie scheint wieder fort zu sein. Habe ich Visionen? Bilde ich mir das alles ein? Meine innere Stimme, aha, ich habe also eine, auch wenn das richtige HS mir jetzt lieber gewesen wäre, sagt ganz deutlich: Nein. Ich habe Lotti wirklich gehört und ich soll schnell zu ihr kommen.

Was kann passiert sein? Es ist jetzt müßig, darüber zu grübeln. Ich muss handeln. Ich muss so schnell wie möglich zu Lotti, das steht fest. Ich habe überhaupt keine Ahnung, wie ich zu ihr kommen soll. Wo sie ist. Theater? Hat sie gemeint, sie ist in einem Theater? In einem Gebäude, wo Theater gespielt wird? Oder befindet sie sich in einem menschlichen Theater, also Drama? Oder meint sie, ich soll jetzt kein Theater machen?

Die Unruhe, die ich fühle, muss meinen schwarzen Freund unter mir irgendwie beeinflusst haben, denn nun macht er plötzlich seltsame, laute Geräusche. Es klingt wie „Wau, wau" oder aber „Wuff" und ist neu für meine Ohren. Sein Freund mit der Mütze redet auf ihn ein, sagt, er solle sich beruhigen, da oben sei nichts, vielleicht ein Vogel oder ein Eichkätzchen, aber Lump hört nicht auf, dieses Geräusch zu machen und springt sogar mit den Vorderpfoten an dem Baumstamm hoch, sodass der Ast, auf dem ich sitze, wackelt. Nicht, dass dies mir etwas ausmachen würde. Ich kann ja nicht runterfallen, ich schwebe ja. Aber ich bin komplett durcheinander.

Lotti braucht mich. Was soll ich tun?

Theater? Sie war diesem Mann gefolgt. Die beiden Männer hatten sich über Theater unterhalten. Ich denke fieberhaft nach. Wo könnte ein Theatergebäude sein? Im Stadtzentrum? Die Stadt, in der ich mich befinde, könnte ein Theatergebäude haben. Oder ist es in einer anderen Stadt? Die Leute heute würden Orte am Computer suchen, hat Lotti in der Nacht gesagt, als ich eine Karte in der Bibliothek fand. Aber ich habe keinen Computer. Mir fällt ein, dass ich davor, früher, überall hinkonnte, wo ich wollte, unabhängig von Zeit und Raum. Das mit der Zeit haben wir doch auch hinbekommen.

Lotti, wo bist du? Ich bräuchte jetzt so rote Schuhe, die ich mit den Hacken zusammenschlagen könnte, wie das Mädchen in dieser OZ-Geschichte, die Lotti in der Nacht gelesen hat. Sie war damit nach Hause gekommen. Aber ich will ja nicht nach Hause. Und Beine, geschweige denn Schuhe, habe ich auch nicht. Es ist unmöglich. Ist es das? Hatte nicht Lotti einmal gesagt, dass nichts unmöglich sei, wenn man daran glauben würde? Vielleicht geht es auch ohne Schuhe? Hm. Lotti. Ich konzentriere mich auf sie. Ich möchte zu ihr.

Ich möchte ... nein, ich wünsche mir, bei ihr zu sein, jetzt … sofort.

Alles beginnt sich um mich zu drehen oder ist es eine andere Bewegung, ich weiß es nicht, es geht zu schnell.

Ich weiß nicht, wie es funktioniert hat, aber plötzlich bin ich wirklich ganz woanders. Ich bin tatsächlich an einen anderen Ort gereist.

Und Lotti ist dort.

Ich befinde mich in einem Theaterraum, tatsächlich. Das bekomme ich aber nur am Rande mit, als ich über viele Sitz-reihen nach vorne zur Bühne schwebe. Denn dort steht Lotti kerzengerade und aufrecht inmitten eines blauen Nebels, der spiralförmig um sie gewunden ist, wie eine Schlange. Ich bin ziemlich überfordert durch all das, was eben geschehen ist und gerade geschieht. Geradezu in Panik.

„Lotti! Ich bin da!"

Lotti sieht mich an, nickt und lächelt. Sie schwebt ruhig inmitten dieses Wirbels, der sie umschlungen hält.

„Gut gewünscht. Und rechtzeitig. Nun hör mir gut zu", sagt sie ganz ruhig und gefasst.

Ich kann es nicht glauben, dass sie so ruhig bleiben kann,

wo sie doch in Bedrängnis zu sein scheint.

„Wehr dich! Ich helfe dir, warte, was können wir tun? Uns wird gemeinsam etwas einfallen!" Ich merke, dass ich schreie, wenn auch nur innerlich.

Lotti schüttelt langsam den Kopf. „Hör gut zu. Du musst alleine weitermachen. Du wirst deine Mutter finden. Verlass dich auf dein Gefühl, deinen Instinkt. Es könnte diese Frau sein. Du wirst sie finden, davon bin ich überzeugt." Sie tut, als atme sie tief durch.

Der Nebel kreist um sie, hat ihre Mitte erreicht, wandert nach oben, tatsächlich wie eine Schlange, die ihre Beute allmählich umschließt. Und verschlingt.

Ich habe Angst. „Geh nicht weg! Wehr dich!"

„Fürchte dich nicht", sagt Lotti, „du brauchst mich nicht wirklich."

„Aber natürlich brauch ich dich!"

Ich bin so verzweifelt, wenn ich gewusst hätte wie, hätte ich geweint. Ich weiß, dass es gerade passiert, aber es wirkt gleichzeitig sehr unwirklich auf mich. Ich kann mir die Welt ohne Lotti nicht vorstellen. Was mache ich nur ohne sie? Und was wird mit ihr geschehen?

„Doch, du wirst auch ohne mich klarkommen. Keine Sorge."

„Aber Lotti … Du kannst dich sicher befreien … und wir …"

„Nein. Es ist genug. Es ist an der Zeit für mich, weißt du. Es soll so sein, das weiß ich jetzt. Und du wirst deinen Weg gehen, du wirst dein Ziel erreichen, wirst geboren werden. Ich weiß es. Ich spüre es. Ganz deutlich. Vertraue darauf. Hörst du. Vertraue darauf!" Lottis Stimme wird immer dünner.

Der Spiralnebel hat ihren Hals erreicht. Sie schaut mich an, so intensiv, als würden unsere Blicke einander berühren, als würden wir verbunden sein. Dennoch löst sie sich auf.

Immer mehr.

Aber sie kann mich doch jetzt nicht einfach allein lassen! Ich will nicht, dass sie verschwindet. Wo geht sie hin? Wird sie sterben? Alles ist im Chaos.

Wie kann sie so ruhig bleiben? Was passiert mit ihr?

„Mach dir keine Sorgen. Es wird mir gutgehen." Lotti schließt die Augen.

Nein, geh nicht! Jede Zelle meines Seins möchte sich wehren, alles rückgängig machen. Vorhin hat das Wünschen ja auch geholfen!

Lotti seufzt: „Du musst mich loslassen. Lass mich gehen. Sag, dass du das tun wirst."

Ich weiß nicht warum, aber ich sage es. Schnell. Als müsse ich einen Fluch aufheben, als würde ich ein eingelerntes Sprüchlein heruntersagen. Mir ist übel dabei.

„Gut so", sagt Lotti fast tonlos, „und vertraue dem Leben. Hörst du?"

Sie ist schon ganz eingehüllt und die Nebelspirale wird immer dichter. Lotti wird hineingezogen, als wäre da ein Sog.

Ich kann nichts tun und fühle mich schrecklich. Ich muss zusehen, wie sie verschwindet. Höre ich da noch einen Seufzer? Mag sein. Ich weiß es nicht.

Dann ist Lotti fort. Einfach aufgelöst. Die Spirale löst sich nun ebenfalls so schnell auf, dass ich es kaum fassen kann. Ein letzter Schleier hängt noch da, dann verflüchtigt auch dieser sich. Ich blicke auf einen roten Theatervorhang. Er ist geschlossen.

13.

Sie war sehr verwirrt.

Es war alles so schön geplant gewesen. Urlaub in weiter Ferne des Rummels, um sich von dem Bild als neu stilisiertes „Fräuleinwunder" in der hiesigen Literaturszene etwas zu distanzieren. Das hochgejubelte Fräuleinwunderding hatte ihr erst gefallen, klar, sie hatte durch die Medienaufmerksamkeit endlich die Chance bekommen, bekannt zu werden und dadurch ihre Romane zu verkaufen. Das lief mittlerweile ja nur noch so. Erst musste man bekannt sein, dann erst interessierten sich die Menschen für das, was man tat, was man schrieb. Sie war im richtigen Alter, gerade über Dreißig, noch jung genug, um ein glattes hübsches Gesicht zu haben und dadurch als begehrenswerte Frau wahrgenommen zu werden, gleichzeitig schon alt genug, um etwas zu sagen zu haben, das einigermaßen ernst genommen werden würde, die richtige Kombination also. Sie fügte in Gedanken hinzu, dass sie auch gut schreiben konnte, ihre Geschichten stilistisch wie inhaltlich gut waren, das war für die Presse zwar im Moment nur am Rande interessant, im Moment könnte sie alles schreiben, sogar Trash, aber langfristig würde es sie davor bewahren, wieder in den Versenkungen des Niemandslandes aller begabten und weniger begabten Literaten zu verschwinden, davon war sie — idealistisch, wie sie war — überzeugt. Das mit den Medien hatte funktioniert, weil ein Freund eines Freundes, der Chefredakteur bei einem nationalen Blatt war, sie und ihr letztes Buch in den höchsten Tönen gelobt hatte. Der Ball war ins Rollen geraten, die anderen Medien hatten kopiert und abgeschrieben, die Berichte hatten sich rasant verbreitet, endlich war auch eine erste Jury aufmerksam geworden, hatte ihr einen Preis verliehen und voilà: das

Schneeballsystem war nicht mehr aufzuhalten gewesen. Was ihr erst wirklich gefallen hatte. Dann aber war der Punkt gekommen, wo ihr alles zu viel wurde. Wie sollte sie den nächsten Roman schreiben, wenn dauernd Geschichten über den letzten und den vorletzten und letztlich hauptsächlich über sie, ihre Person, gefragt waren? Es fehlte an Zeit und Energie für das neue Buch, das etwas ganz anderes, ganz Neues sein sollte. Ann brauchte Abwechslung, wollte ihre Vielfältigkeit unter Beweis stellen. Sie wollte gar kein gehypter Star am Literaturhimmel sein, wie eine Zeitschrift geschrieben hatte, der nur allzu schnell zu einem verglühenden Kometen verkommen, fallen gelassen werden konnte, sobald sie nicht mehr dem Bild, das die Medien sich von ihr gemacht hatten, entsprechen würde. Sie wollte im Grunde nur schreiben, die Geschichten brannten in ihr. Sie wachte morgens auf, um soeben in ihrem Kopf fertiggestellte Dialoge aufzuschreiben. Alles, was sie gebraucht hatte, war Zeit und Ruhe und Distanz gewesen, am besten geografische Distanz auch noch. Es war alles so schön geplant gewesen. Genua, die Wohnung ihrer Freundin, mit dem sensationellen Meerblick, war ihr als der beste Ort auf der Welt erschienen und erst war es auch genauso, wie sie es sich vorgestellt hatte: atemberaubend und inspirierend zugleich. Es war auch gut überlegt gewesen, Paul, den verlässlichsten Freund zu fragen, ob er mitkäme, und seine Zusage war dann das I-Tüpfelchen gewesen. Er tat ihr gut, seine Gegenwart war meist balsamisch, angenehm und erdete sie. Ganz im Gegensatz zu Daniel, ihrem Exfreund. Daniel war im Grunde eifersüchtig auf ihren Ruhm und die Aufmerksamkeit, die damit verbunden war, gewesen. Er hatte es nicht ertragen, dass er nicht immer im Zentrum gestanden war. Paul aber war so herrlich unaufgeregt, wie sie es schätzte, so ehrlich und bodenständig. Er akzeptierte sie und ihr Leben. Er war einfach ein guter Freund. Hatte sie gedacht. Paul hatte sich aber seltsamerweise seit Planung der Reise mehr und mehr in ihren Gedanken breitgemacht. Das hatte ihre Konzentration gestört, die doch dem Roman zufließen sollte. Sie hatte wieder und wieder über jene Stelle gegrübelt, an der ihre Hauptfigur verschwinden sollte. Da sollte doch noch etwas Elementares passieren. Aber sie war nicht auf die richtige Idee gekommen. Daher hatte sie beschlossen, Paul einzubinden, ihn nach seiner Meinung zu fragen. Ann hatte gedacht, Rotwein könnte die Stimmung lockern, was tatsächlich der Fall gewesen war, nur war ihr der Abend und vor allem die Nacht etwas entglitten. Sie wusste nicht mehr so recht, was alles geschehen war. War etwas zwischen ihnen geschehen? Ann wischte all die Gefühle, die damit verbunden waren, unter anderem die Sorge, wie es mit ihrer Freundschaft nun weitergehen würde, mit einem Gedanken fort: Sie waren ja schließlich erwachsen, dachte sie.

Was war dann gewesen? Ach ja, sie war mitten in der Nacht aufgewacht, hatte eine Inspiration gehabt und war ganz euphorisch zum Laptop geschlichen, um den schlummernden Paul, er sah richtig süß aus, nicht zu wecken. Sie war dann zum WC abgebogen, ganz in ihrer Szene versunken, schon in ihrem Kopf voraus schreibend, sie musste nur schnell mal, dann könnte sie endlich über den Punkt hinauskommen und WAS für eine großartiger Einfall war das gewesen! Jetzt war er leider fort. Was war das nur für ein Einfall gewesen? Und dann?

Und dann.

War sie am WC aufgewacht. In ihrem Nachthemd.

Nur, es war nicht das WC der Genueser Wohnung. Es war ein fremdes Badezimmer, klein, dunkel, wenig einladend. Sie öffnete die Tür, sie war nicht verschlossen, und trat in einen dunklen Gang, der wiederum in einen dunklen Gang führte. Kein Lichtschalter zu sehen. Sie tastete die Wände ab. Nichts. Es war unheimlich. Sie konnte nicht viel sehen. Und sie war barfuß. Das war noch gruseliger. Sie hoffte nur, auf nichts zu treten und setzte einen Fuß vor den anderen. Es waren keinerlei Geräusche zu vernehmen. Ann war nicht eine von der ängstlichen Sorte, aber nun schlug ihr Herz bis zum Hals hoch. War sie in einem Alptraum? Was war geschehen? Sie sah am Ende des Ganges endlich etwas Helligkeit. Und ging darauf zu.

Endlich trat sie aus dem Gang hinaus ins Licht.

Ann war sehr verwirrt.

Sie stand auf einer großen Bühne, es waren nur ein paar Lichter eingeschaltet, aber das reichte, um sich zurechtzufinden.

Wie war sie hierhergekommen? Um ihre Gedanken zu ordnen, setzte sie sich an die Bühnenkante neben einen kleinen altmodischen Souffleusenkasten und ließ ihre nackten Beine in den Zuschauerraum baumeln. Sie wollte langsam zu sich kommen. Die Auswirkungen des Rotweins waren in ihrem Kopf schmerzhaft spürbar. Sie musste in Ruhe nachdenken. Da winselte irgendein Hund. Ein Hund? Oder vielleicht war es ein Kind?

Ann sah sich um. Da war niemand. Doch. Die Töne kamen aus dem Souffleusenkasten.

Sie sagte vorsichtig: „Hallo? Ist da jemand?"

„Nein."

„Natürlich ist da wer. Du antwortest doch!"

Ann versuchte, in den Souffleusenkasten zu blicken, aber es war nichts zu erkennen.

„Wer bist du? Hast du dich verlaufen?"

„Du kannst mich hören?"

„Natürlich kann ich dich hören. Komm da raus, vielleicht kann ich dir helfen."

Ann starrte in das schwarze Innere des Kastens.

Da bewegte sich etwas. Wirklich. Es sah aus wie Zigarettenrauch. Nein. Es war ... etwas anderes. Was zur ...!

Ann traute ihren Augen nicht. Eine Art Wolke glitt heraus und blieb an der Kastenkante hängen. Hing einfach dort in der Luft! Die Wolke war gerade mal so groß wie ein ganz kleines Kind. Eine Wolke? Ann rieb sich die Augen. Sie war so verblüfft, dass ihr der Mund offen stehenblieb. Es war verrückt. Dann dachte sie: Aufwachen. Ich muss aufwachen! Und kniff sich ein paar Mal in den Unterarm.

„Tut das nicht weh?", fragte die Wolke. Sie hatte alle Farben in sich, subtil, dezent, eher auf den zweiten Blick, und an manchen Stellen konnte man durch sie hindurchsehen. Am ehesten schillerte sie wie eine große Seifenblase. Ja, das war es: sie sah aus wie eine unförmige Seifenblase.

„Du kannst nicht echt sein. Oder jemand spielt mir einen Streich!"

Ann blickte sich misstrauisch um.

„Aber es ist niemand in Genua, außer Paul und der würde so etwas nicht tun."

„Genua?" Die Wolke flackerte etwas. „Hab ich gelesen. Ist in Italien."

„Ja, in Italien. Und was soll das? Wer bist du?"

„Du kannst mich wirklich sehen? Und hören? Echt?" Die Wolke schien jetzt ein paar Funken zu sprühen, es war, als hätte sie ein inneres Licht eingeschaltet.

„Ja. Frag mich nicht, warum und was das alles soll. Aber ja."

Ann kratzte sich am Kopf und entschied sich, die Hand gleich dort zu lassen. Es konnte nicht schaden, irgendetwas zu halten. Außerdem tat der Kopf ohnehin weh. Dieser Schmerz! Du meine Güte, das war alles so verrückt!

Jetzt funkelte die Wolke richtig, als sei sie eine Sprühkerze.

Ann dachte, wenn sie sich schon hier im Träumeland, in den Tiefen ihres Unterbewusstseins befand, wovon sie überzeugt war, dann wollte sie auch alles erfahren und wissen. Sie fühlte sich plötzlich wie Alice im Wunderland, gerade durch das Kaninchenloch gefallen, und dachte in diesem Moment, neben all der Verwunderung: Wie geil, das muss ich nachher unbedingt aufschreiben! Das darf ich nach dem Aufwachen nicht wieder vergessen!

„Lotti ist fort. Buhu!" Die Wolke winselte wieder. „Ich bin allein. Moment, also bis eben. Du bist der erste Mensch, der mich sehen und hören kann. Sonst nur Lump, denke ich, und der ist ein Hund. Du bist doch ein Mensch, oder?" Auch die Stimme der Wolke klang wie die eines Kindes.

Ann streckte den Arm aus, um es zu berühren, griff aber durch die Wolke hindurch.

„Berühren kann ich dich nicht."

„Ah, das macht nichts. Ich bin schon froh, dass du mich sehen kannst. Und hören. Wow." Die kleine Wolke drehte sich und schwebte rund um Ann. „Warum eigentlich?"

„Da fragst du die Falsche. Ich weiß überhaupt nichts. Nicht einmal, wie ich hierhergekommen bin. Ich bin hier hinter der Bühne aufgewacht und weiß nicht mal, wo ich bin. Also in welcher Stadt und überhaupt. Was für ein Traum!"

Ann sah der Wolke bei ihren sonderbaren Tänzen in der Luft zu.

„Tralalala", sang die Wolke, „ein Mensch. Ich rede mit einem Menschen! Jetzt kann ich Mama finden. Ach, das sollte Lotti sehen!" Sie schwebte abrupt wieder herunter und verlor ein wenig Licht. „Ach, Lotti", sagte sie.

„Du hast ja ganz schöne Stimmungsschwankungen. Ist das bei Wolken normal? Und wer ist Lotti?"

„Ein Wesen. So ähnlich wie ich. Kein Mensch jedenfalls. Sie war die Einzige, die mich sehen und hören konnte. Aber sie ist in die blaue Spirale gegangen, hat gehen müssen und nun ist sie fort. Und ich glaube, sie kommt nicht wieder. Ach." Die Wolke wirkte jetzt ein wenig farblos.

Ann runzelte die Stirn. Sie verstand kein Wort von dem, was die Wolke da sprach.

„Ich bin auch keine Wolke, sondern irgendetwas anderes. Weiß nicht. Ich suche meine Mama."

„Ja, und wie heißt sie, wie sieht sie aus?"

„Keine Ahnung. Es könnte diese Frau sein, hat Lotti gesagt. Aber ich weiß es nicht."

Ann wurde immer verwirrter.

„Diese Frau?" fragte sie.

„Die wir getroffen haben im Bücherhaus, in der Bibliothek. Sie ist fort. Ich suche sie. Das ist eine lange Geschichte. Kann sein, dass sie hierherkommen wird. Der Mann, dem Lotti gefolgt ist, ist jedenfalls hierher gegangen. Und er kennt diese Frau."

Ann verstand immer weniger, sie hatte aber das Gefühl, diesem Wesen Trost spenden zu müssen, so hilf- und schutzlos und verloren wirkte es.

„Na, du wirst sie schon finden. Glaube daran!"

Die Wolke wackelte etwas hin und her. „Das hat Lotti auch gesagt."

„Na siehst du! Es wird schon werden."

Ann lächelte dem Wolkenwesen zu. Dann schloss sie die Augen und sagte sich innerlich: Bitte, lass mich aufwachen! Wenn es einen Gott gibt oder eine höhere Macht, was auch immer, lass mich aufwachen! Mir ist das alles zu verworren hier.

Aber das geschah nicht. Stattdessen ließen sie seltsame Geräusche rasch ihre Augen wieder öffnen.

Ganz hinten in der letzten Reihe des Theaters klatschte jemand laut und mit kleinen Pausen. Dann waren Schritte zu hören. Eine dunkle Gestalt ging die Sitzreihen entlang, kam nach vorne an den Bühnenrand. Es war ein großer Mann mit einer blonden löwenartigen Mähne.

„Eine reife Leistung", sagte er und lachte etwas dröhnend, wobei er den Kopf zurückwarf. „Ich frage Sie besser nicht, wie Sie hier hereingekommen sind und warum in diesem Aufzug. Jedenfalls war die Szene mit ihrem imaginären Freund gar nicht mal so schlecht. Soll ein Kind sein, nicht? Gar nicht schlecht. Nur im Moment finden absolut keine Castings statt, tut mir leid."

Er hatte sich vor der fremden Frau aufgebaut, die Hände in die Hüften gestemmt und sah sie an wie einen Eindringling.

Die Wolke tanzte um seinen Kopf, aber er nahm sie offensichtlich nicht wahr, obwohl er sich ein paar Mal über die Stirn wischte, als würde er etwas spüren. „Das ist Gabriel!", rief die Wolke.

„Gabriel?"

„Ja, sicher, ich bin's höchstpersönlich. Sie haben wohl schon von mir gehört, sonst wären Sie ja jetzt nicht hier und würden Ihr Spiel aufführen." Gabriel wirkte sehr von sich überzeugt.

Arroganter Kerl, dachte Ann, aber im Grunde sympathisch. Eine seltene Kombination, die sie von ihrem Ex-Freund kannte. Und die sie für eine Figur in ihrem Buch, Gabriel, verwendet hatte. Ihre Synapsen arbeiteten fieberhaft. Gabriel? Moment mal … Sie platzte heraus: „Gabriel Dengelmann?"

„Ja, wie gesagt. Keine Überraschung. Tun Sie bloß nicht so. Das wiederum nehme ich Ihnen jetzt nicht ab. Dies hier ist mein Theater. ICH mache das Drama hier." Er machte eine ausladende Geste über die Sitzreihen hinweg und sah sie dabei herausfordernd und sarkastisch an. Ann schluckte, merkte, dass sie keine Luft bekam.

„Aber … aber … es gibt Sie gar nicht ... oder besser ... ich habe Sie erfunden …", stotterte sie.

Gabriel lachte jetzt etwas unangenehm. „Sind Sie verrückt? Es ist besser, Sie gehen jetzt. Ist ja peinlich, sich hier einzuschleichen … im Nachthemd … und mir eine Szene vorzuspielen à la ‚Mein Freund Harvey', aber kreativ, ich muss schon sagen, kreativ! Ich hoffe, es ist nicht wirklich ein imaginärer Hase!" Er lachte wieder.

Ann begriff die Lage erst, als die Worte auf sie einprasselten. Sie wandelte anscheinend im Traum in ihrem eigenen Buch, natürlich, sie hatte sich ja auch Tag und Nacht mit dem Plot beschäftigt, hatte quasi schon fast selbst mitten unter den Figuren gelebt. Nun also sprach sie im Traum mit den Figuren, die sie selbst erfunden hatte. Gabriel mit dem großen Ego, eigentlich das von ihrem Freund, das sie für die Figur verwendet hatte. Im Grunde verbarg sich dahinter ein verletzter Mensch, der, ohne Mutter bei Pflegeeltern aufgewachsen, immer nur positive Bestätigung für seine Existenz suchte. Ann wusste das genau, sie hatte den Charakter schließlich selbst konstruiert! Nun überlegte sie fieberhaft, wie sie am besten mit der Situation umgehen sollte. Dass da darüber hinaus eine Wolke herum schwebte und sie permanent irritierte, war natürlich eine Verschärfung der Situation. Und diese Wolke oder „Wasauchimmer" war sicher nicht in ihrem Roman vorgesehen gewesen! Aber vielleicht kam sie aus ihrem Unterbewusstsein? Was wusste man schon darüber? Deshalb war es ja unterbewusst!

Ann beschloss mitzuspielen und einstweilen das Beste aus der Situation zu machen. Und alles natürlich für das nächste Buch zu verwenden. Es würde Überzeugungsarbeit bei ihrer Verlegerin Nike bedeuten, ihr DAS MIT DER HEIMAT-LOSEN WOLKE zu vermitteln, denn ScienceFiction oder Dinge aus der Esoterik-Ecke waren Nike nicht ernsthaft genug. Und sie war überhaupt kein Typ für Urban Fantasy oder dergleichen.

Ann dachte nach, die Wolke machte über ihrem Kopf Faxen — sie versuchte sie zu ignorieren.

Gabriel pfiff plötzlich durch die Zähne.

„Moment!", rief er, „das Stück ... wir sind ja zwar noch gar nicht so weit im Plan, muss natürlich darüber erst mit Joe sprechen, aber …. falls Henry nun länger wegbleiben wird …" Er versank in seinen Gedanken. Dann streckte er den Arm aus und deutete auf die Frau. „Sie. Sie … Sie sind doch keine echte Schauspielerin, wie?"

Die Frau schüttelte langsam den Kopf, abwartend, was da jetzt kommen würde. Gabriels Finger fuhren theatralisch durch die Luft und ließen sich dann in seinem Haar nieder, um sich zum wiederholten Male eine Strähne aus der Stirn zu streichen. „Vielleicht habe ich eine Rolle für Sie", sagte er jetzt.

Ann wollte schon reflexartig sagen, dass sie Autorin sei und niemals schauspiele, gar nicht spiele, aber dann besann sie sich auf ihr Vorhaben, alles mitzumachen und sich einmal ganz ohne Plan treiben zu lassen. In ihrem Gehirn arbeitete es permanent. Sie dachte an den Entwurf des Theaterstücks, den sie gemacht hatte, also mindestens fünf Entwürfe, es war ein hervorragender Gedanke gewesen, das Stück auf die Jesus-Geschichte aufzusetzen, aber mit einer Frau als Rebellin und es war noch nicht ganz bis zum Ende durchdacht, so weit war sie noch nicht gewesen. Sie versuchte sich, alle Details in Erinnerung zu rufen. Henry sollte verschwinden, etwas Kathartisches erleben und plötzlich wie Phönix aus der Asche wieder auftauchen, um im Stück die Rolle der Maria zu spielen. Ja, so war der Plan gewesen. Aber dieses dramaturgische Element des Verschwindens war noch nicht so ganz schlüssig gewesen. Aber sie hatte diesbezüglich eine Idee gehabt, nur fiel ihr die jetzt nicht ein. Und jetzt war sie selbst in diesem Traum im Stück und... ach, war das alles verworren. Und was sollte diese Wolke eigentlich bedeuten? Und war Henrietta, ihre Hauptfigur, wirklich verschwunden, wie Gabriel gerade sagte? War sie im Plot schon so weit gewesen? Was hatte sie noch in der Nacht geschrieben? War sie überhaupt zum Schreiben gekommen? War sie nicht vorher auf dem WC ...? Ach, sie wusste jetzt gar nichts mehr.

Gabriel sprach weiter. „Das alles muss ich erst abklären. Vielleicht … kommt ja Henry bald ... hm ...wieder. Aber ich brauche natürlich einstweilen eine Platzhalterin. Lassen Sie mir einfach Ihren Namen und Ihre Adresse da und ich melde mich bei Ihnen."

Ann zuckte zusammen. Adresse? Sie wusste weder, an welchem Ort sie sich befand, noch hatte sie eine Adresse. Sie hatte nicht mehr als das Nachthemd, das sie trug, soweit war sie sich sicher. All das wurde ihr jetzt bewusst. Was sollte sie sagen?

„Ich habe ... noch ... keine Wohnung", sagte sie zögerlich.

Ihr war nicht bewusst, wie armselig sie in diesem Moment aussah.

Gabriel musterte sie nachdenklich. „Sie sind wohl neu in der Stadt, wie? Wo ist ihr Gepäck?"

„Im Hotel", sagte sie schnell. „Aber das meiste ist in der falschen Maschine gelandet und wird mir sicher bald vom Flughafen zugestellt."

„Hm. Na gut, dann gebe ich Ihnen ausnahmsweise meine Karte. Rufen Sie mich, sagen wir, am Mittwoch, an. Aber machen Sie sich keine allzu großen Hoffnungen. Es könnte sein, aber vielleicht auch nicht", Gabriel gab ihr die Visitenkarte. „Na, dann, vielleicht auf Wiedersehen." Er betrachtete sie kopfschüttelnd, wohl nicht wissend, was er mit ihrem Aufzug anfangen sollte. Und mit ihrer Person überhaupt.

Das war ihr Stichwort, sie musste gehen. Nur wohin? Barfuß wie sie war, ging sie an ihm vorüber: „Danke. Okay. Auf Wiedersehen." Sie durchschritt gemächlichen Schrittes die Sitzreihen und trat durch die Tür ins Freie.

Aus den Augenwinkeln sah Ann, dass ihr die Wolke folgte.

14.

(In Genua)

Sie kommt auf der Toilette zu sich. Ist sie betrunken? Warum ist ihr so schwindlig? Was war gestern? Wo ist sie gewesen? Ist sie eingeschlafen? Ist da nicht ein Garten gewesen? Alles dreht sich in ihrem Kopf. Sie schaut an sich herunter. Sie ist vollständig angezogen. Hose, T-Shirt, Turnschuhe. Bequemes Alltagszeug. Sie kann sich an nichts erinnern. Was ist das überhaupt für ein Badezimmer? Sie kennt es nicht. Sie steht auf, schaut in den Spiegel. Ihr Gesicht scheint heute noch mehr Sommersprossen zu haben als normalerweise, es wirkt schmäler als sonst und noch blasser.

Henry blickt sich um. Die Landschaft vor dem Fenster kommt ihr nicht im Mindesten bekannt vor. Ein grüner Hügel mit Bäumen, ein paar blühende Büsche, dahinter zwei, drei Häuser mit hinter Markisen versteckten Balkonen oder Terrassen. Es scheint warm und sonnig zu sein. Der Himmel ist blau, ohne jegliche Wolken. Das passt alles nicht zusammen. Hat es nicht gestern, oder wann das war, erst geregnet und außerdem ist Mai. Henry kneift die Augen zusammen: Sind das nicht Zitronen dort drüben am Baum? Henrys Gehirn rattert, quält sich mit der Suche nach Erinnerungen. Was war da? Regen. Was noch? Der alte Garten neben dem Haus der Eltern. Dem ehemaligen Haus. Ein Mann mit Zöpfen? Sonst weiß sie nichts. Am besten sie drückt jetzt die Klinke hinunter und sieht einmal nach, was hinter der Tür liegen mochte.

Henry tritt in einen kleinen Vorraum, von dem drei Türen abgehen. Eine ist halb geöffnet. Sie sieht ein großes Bett mit aufgeschlagener Decke, einen alten Schreibtisch aus Holz, eine Glastür, nein zwei Türen, wohl eine Balkontür. Ihr stockt der Atem, während sie durch das Schlafzimmer auf die

Balkontür zugeht. Das … das kann nicht sein!

Sie öffnet die Terrassentür, geht wie eine Schlafwandlerin auf das Geländer zu. Henry atmet schwer. Das Meer! Vor ihr erstreckt sich das blaue, glitzernde Meer, bis zum Horizont. Die Sonne strahlt am blitzblauen Himmel. Henry stützt die Arme am Geländer ab. Ein paar Mal schüttelt sie ihren Kopf, macht die Augen zu, dann wieder auf. Nein, das muss ein Traum sein! Muss! Wie käme sie ans Meer? Sie kann doch keinen Filmriss von mehreren Stunden haben. Wie lange dauert es, um ans Meer zu kommen, fünf oder sechs Stunden? Wo zum Kuckuck ist sie?

„Wer zum Kuckuck sind Sie?"

Henry fährt herum. Hinter ihr steht ein großer, hagerer Mann mit dunklem Haar und mustert sie böse, nein misstrauisch. „Wie kommen Sie in diese Wohnung? Es ist abgeschlossen."

„Wenn ich das wüsste, wäre mir wohler", murmelt Henry unbehaglich und verschränkt die Arme vor der Brust. „Ist das Ihre Wohnung? Sie müssen mir helfen. Ich kann mich an nichts erinnern."

(Ann)

„Sag mal, verfolgst du mich?" Ann stand auf dem Gehweg vor dem Theater und betrachtete kummervoll ihre nackten Fußsohlen. Wie sollte sie ohne Schuhe gehen? Und wohin? Sie fühlte sich unbehaglich in ihrem Nachthemd, obwohl es auf den ersten Blick wie ein Sommerkleid wirkte. Aber nur auf den ersten. Aber wer schaut schon auf der Straße so genau? Die Menschen laufen aneinander vorbei, mit ihren eigenen Gedankengängen beschäftigt. Die Wolke schimmerte etwas, während sie neben Ann in der Luft hing.

„Wir geben ein gutes Gespann ab", kicherte sie und dachte unwillkürlich wieder an Lotti. Auch mit Lotti hatte sie ein gutes Gespann abgegeben. Wo sie nun wohl sein mochte? War sie wirklich endgültig fort? Oder würde sie sie wiedersehen?

„Fällt dir auf, dass du nie auf meine Fragen antwortest? Bist ein recht seltsames Wesen, recht eigenwillig, würde ich fast sagen", sagte Ann und blickte nach links und rechts und umgekehrt. Wo sollte sie hin? Sie hatte keine Ahnung. Gut, dass es sonnig und warm war und sie nicht frieren musste. Was für eine Jahreszeit war das denn? Es musste Frühling sein. Die Blätter der Bäume in der Allee dort hinten sahen frisch aus, waren zart hellgrün, an manchen Ästen waren noch Blütenreste zu erkennen. Sonst waren rund um sie nur Häuserblöcke. Es sah nach einer Innenstadt aus.

„Wo soll ich hin?", sagte sie etwas hilflos. „Kennst du dich hier aus?"

„Du könntest dir wünschen, irgendwo zu sein, bei mir hat es auch geholfen. Ich war im Park und dann wollte ich zu Lotti ins Theater und wumm, war ich im Theater."

Die Wolke schien tatsächlich in ihrer eigenen Welt zu leben. Hilfreich war sie jedenfalls nicht, fand Ann, die sehr pragmatisch sein konnte.

„Das funktioniert vielleicht bei seltsamen Wolken, die nicht von dieser Welt sind", antwortete Ann sarkastisch. Aber vielleicht hatte das Wesen recht. Schließlich befand sich Ann ja in einem Traum. Den müsste man doch steuern können. Sie schloss die Augen und murmelte „Ich wünsch mich, ich wünsch mich nach Genua zurück. In die Realität." Sie wartete. Nichts geschah.

Die Wolke kicherte wieder. „Schon wieder Genua. Du bist ja gar keine Italienerin. Und Realität? Was ist das?"

Ann musste grinsen. „Ja, für dich hat Realität wohl eine

andere Bedeutung als für mich, auch wenn du genauso wie dieses Haus da oder dieser Baum, das Auto da drüben und all die Menschen nur in meinem Traum existieren … und im Roman … Moment mal."

Ann sah aus, als hätte sie eine Erleuchtung. „Wenn ich das alles erfunden habe, kann ich auch einen Weg nach Hause erfinden, dort hinter dieser Kreuzung da vorne, stell ich mir vor, ist der Weg zur Wohnung in Genua." Ann ging schnellen Schrittes bis zur angesprochenen Kreuzung und sah um die Ecke. Dahinter war noch eine Straße, noch ein paar Häuser. Nach Genua sah das alles nicht aus. Ann war enttäuscht. „Aber ich habe diese Stadt erfunden! Ich muss sie auch wieder umändern können", sagte sie nachdenklich und hob einen Fuß nach dem anderen hoch. Der Asphalt war ein wenig zu warm unter ihren Füßen.

„Du bist wenigstens ein Mensch. Du kannst alles angreifen und was machen. Ich kann das nicht. Niemand nimmt mich wahr. Außer dir. Aber wenn ich meine Mama finden und endlich geboren werde, dann werde ich auch alles angreifen können. Und essen und so was. Und Spaß haben und Sachen machen. Und Drama! Und leben!" Sie schillerte jetzt in allen Farben und funkelte.

„Ach", sagte Ann, „DAS ist es also. Jetzt verstehe ich erst! Du bist eine ungeborene Seele, die geboren werden will! Ein Wunsch, ein Gedanke vielleicht, einer Frau, eines Mannes, eines Paares?"

Die Wolke zitterte etwas in der Luft: „Hm. So habe ich das noch nie betrachtet. Du meinst, jemand wünscht sich mich genauso, wie ich mir eine Familie wünsche? Hm. Du bist echt clever. Fast so clever wie Lotti".

Ann seufzte. „Nur das nützt uns im Moment nichts. Du hast deine Mama oder deinen Papa nicht und ich weiß nicht, wo ich bin und was ich jetzt tun soll. Alles liegt vor uns wie ein weißes Blatt Papier, das noch niemand beschrieben hat. Nicht einmal ich."

„Sehr schön gesagt."

„Wo sollen wir also jetzt hin? Du hast doch vorhin etwas von einem Park gesagt."

„Ja, der Park! Und die Leute dort. Seltsame Leute, aber ganz okay. Also ich finde sie okay. Und die Natur ist ganz toll! Ich liebe Bäume! Und Vögel! Und …"

„Wo ist dieser Park?", unterbrach Ann den Enthusiasmus der Wolke.

„Keine Ahnung. Ich habe mich ja her gewünscht." Die Wolke flackerte etwas hilflos. „Aber auf alle Fälle wäre Joe dort. Der könnte uns vielleicht helfen. Allen hilft der."

„Joe? Du meinst ... ach, du meinst JOE!"

„Du kennst Joe?"

„Ich habe ihn schließlich erfunden. Ein Mann ohne Haare?"

„Ja. Ich sollte bei ihm bleiben, hatte Lotti gesagt. Und sie blieb bei Gabriel und im Theater wurde sie in die blaue Spirale gezogen und verschwand …"

„Also um deine Lotti-Geschichten kümmern wir uns später. Das ist mir jetzt zu viel. Warum noch mal habt ihr die beiden Figuren ... äh ... Männer verfolgt?"

„Na, weil doch einer davon mein potenzieller Vater sein könnte, sagte Lotti".

Ann sah die Wolke ungläubig an und brach dann in schallendes Gelächter aus. „Hahaha, aber das sind ja alles Figuren in meinem Roman! Das sind keine echten Leute. Aber gut, das bist du ja auch nicht."

„Frechheit!" Die kleine Wolke blitzte ein wenig dunkel. „Ich bin sehr wohl echt. Kein Leut, nein. Aber echt. Auf eine andere Art halt. Und ich werde leben! Und diese Leute leben auch! Ich weiß es."

Ann winkte ab. „Ja, ja, entschuldige, natürlich bist du echt. Klar. Aber … das heißt doch, wenn Joe oder Gabriel deine potenziellen Väter sein könnten … dann müsste ja Henrietta deine mögliche Mutter sein. Oder? Meine Hauptfigur Henry!" Sie starrte ungläubig vor sich hin.

„Henry? Ist das die rothaarige Frau aus der Bibliothek? Ja, das könnte sie sein. Sagte zumindest Lotti."

„Und woher soll deine Lotti das alles gewusst haben? Hellseherin, oder was?"

„Lotti war sehr weise. Und sie hat so was gespürt. Irgendwie."

„Na, ist klar", Ann seufzte, „eine sehr dünne Theorie, die du da hast. Und ich habe in Henrys Leben auch gar kein Kind vorgesehen. Sie soll erst mal mit sich klarkommen! Ihr Leben in die Hand nehmen, sich endlich von Joe trennen und mal schauen, ob das was mit Gabriel werden könnte. Aber da ist ja auch noch Em."

„Em?"

„Gabriels Frau."

Die Wolke blickte etwas düsterer drein. „Das ist ja alles ziemlich verworren … klingt nicht einfach, da hinein geboren zu werden."

Ann tat sie nun wieder leid. „Na, wird schon werden. Vielleicht gibt es ja noch Überraschungen. Hm. Unvorhergesehene Ereignisse kommen in jedem Roman, also ich meine natürlich, im Leben, immer wieder vor. Es geht selten nach Plan. Das Leben nicht. Und Geschichten auch nicht. Ich hatte da so eine Idee bevor ich … also bevor ich dann plötzlich im Theater war. Natürlich! Jetzt ist alles klar!" Sie schlug sich mit der flachen Hand an die Stirn. „Gabriel meinte, ich solle eventuell Henrys Part im Stück übernehmen. Maria, die Mutter von Jesus, äh, von seiner weiblichen Version, Jay. Ach ja. Hm. Dann ist Henry wirklich verschwunden?"

„Ja und niemand weiß, wo sie ist. Meine Eventuell-Mutter ist verschwunden. Buhu! Ich will doch ein Mensch werden. Wie soll das jetzt gehen?"

Ann wusste darauf keine Antwort. Sie war sich wieder bewusstgeworden, dass sie im Nachthemd und barfuß auf einer Straße in einer fremden Stadt stand und mit einer Wolke, die nur sie sehen konnte, sprach. Sie schüttelte langsam den Kopf. Es tat weh. Der ständige Kopfschmerz war auch nicht ohne.

„Huh, was ist das?" Ann hatte gar nicht bemerkt, dass etwas an ihrer Hand war. Eine Zunge. Von einem Hund.

„Lump! Das ist Lump!", jubelte die Wolke und drehte sich in der Luft, als ob sie einen Salto schlagen würde. Sie war wirklich rasch in ihren Stimmungsumschlägen. Der schwarze Hund blickte zu ihr hoch.

„Er sieht dich!", sagte Ann.

„Jaaaa. Und er weiß, wo der Park ist!" Die Wolke drehte noch eine Runde in der Luft. Lump ließ sie nicht aus den Augen und vollzog die Bewegungen mit seinem Kopf mit. Seine schwarzen Augen glänzten.

„Also dann Lump", sagte Ann und tätschelte vorsichtig und unbeholfen seinen Kopf, „führ uns in den Park. Los." Der Hund bewegte sich nicht. Nur sein Schwanz wedelte heftig.

„Zu dem Menschen mit der Mütze soll er gehen."

„Weißt du, wie der heißt? Ich kann mich nicht erinnern, so einen erfunden zu haben und den Hund auch nicht."

„Nein, leider. Er hat zwei Zöpfe und einen Rock über einer Hose an."

„Ach so? Klingt ja seltsam. So etwas hätte ich mir jedenfalls nicht ausdenken können. Also ist es doch mehr ein Traum als mein Roman." Ann wollte endlich von der Hauptstraße weg und versuchte es jetzt nachdrücklicher mit Lump. „Los, geh nach Hause. NACH H A U S E!"

Endlich setzte sich Lump in eine bestimmte Richtung in Bewegung.

„Ja, Lump! Geh nach Hause! Wir folgen dir!", schrie die Wolke. Der Hund spitzte die Ohren. Hatte er das Wesen gehört? Langsam trabte er die Straße entlang.

„Hoffentlich ist es nicht weit", sagte Ann, „meine Füße! Und ich brauch eine Hose. Aber echt."

15.

(In Genua)

Der Mann, er ist wohl etwas jünger als Henry, steht wie angewurzelt und starrt sie an, als wolle er ihr ganzes Sein ergründen. So sehr er auch die Stirne runzelt, er sieht dennoch nett aus, denkt Henry unwillkürlich, vielleicht um sich selbst Mut zu machen. Er scheint genauso überrascht zu sein wie sie. Sie ist sich sicher, ihn nie zuvor gesehen zu haben. Aber kann man das wissen, wenn man nichts mehr weiß? Doch, ein wenig weiß sie noch. Bruchstücke.

„Ich bin Henry", sagt sie, denn das weiß sie sicher, „eigentlich Henrietta, aber meine Freunde nennen mich Henry." Wirklich? Joe hat sie immer nur Henrietta genannt. Joe! Ja, jetzt fällt es ihr wieder ein. Sie haben gestritten! Sie ist weggelaufen in der Nacht. Und dann? Sie weiß es nicht mehr. Henry wird schwindlig, droht umzufallen, aber der Mann ist plötzlich an ihrer Seite, hat sie um die Hüfte gepackt und zu einem Stuhl geschoben. Sie setzt sich. Ihre Knie zittern. Der Mann setzt sich ebenfalls hin, bewusst auf Distanz zu ihr gehend, lässt sie nicht aus den Augen. Dann nimmt er einen Wasserkrug, der vor ihm auf dem Tisch steht, füllt etwas in ein Glas und schiebt es ihr mit einem Ruck zu, als sei sie ein mit Vorsicht zu betrachtendes wildes Tier. Henry trinkt gierig, sodass ihr fast das Wasser wieder aus den Mundwinkeln fließt. Das kühle Wasser tut gut. Sie sitzen unter einem Stoffbaldachin, der die Sonne verdeckt. Henry blickt aufs Meer, dann wieder zu dem Mann hinüber.

„Ich weiß nicht, wie ich hierherkomme, was passiert ist. Ich habe nur Erinnerungsfetzen. Aber ich war zuhause im Regen, sicher nicht … hier … am Meer … wo sind wir hier überhaupt?"

Der Mann regt sich kaum, hat wieder die Stirn gerunzelt.

„Spielen Sie mir auch nichts vor? Sind Sie eingebrochen und draußen warten Ihre Freunde, um mich zu überwältigen?"

Henry hat keine Ahnung, wovon er spricht, aber sie kann das nicht sagen. Überhaupt versagt ihre Stimme, genauso wie der Denkvorgang nicht so ganz funktioniert. Sie fühlt sich, als wäre sie komplett neben der Spur. Das ist sie vermutlich auch. Was hat das alles zu bedeuten?

Der Mann gießt sich auch ein Glas Wasser ein. „Ich bin Paul", sagt er betont ruhig. „Sie sind auch keine Freundin von Ann? Haben Sie sich einen Streich mit ihr gemeinsam ausgedacht? Soll das alles ein Scherz sein? Wenn dem so ist, finde ich ihn gar nicht witzig. Gar nicht witzig."

Henry runzelt nun ihrerseits die Stirn und findet ihre Stimme wieder: „Wer ist Ann?" Sie greift sich an den Kopf. „Scherz? Nein. Ich weiß gar nichts. Also nicht viel jedenfalls."

„Wir sind in Genua", sagt Paul jetzt.

„Genua — Italien?" Henry reißt die Augen auf, ihr Herz klopft.

„Ja."

„Oh!"

Sie schweigen eine Weile. Henry ist immer noch übel. „Ich war noch nie in Genua."

„Das also wissen sie sicher?" Paul ist immer noch misstrauisch.

„Ja und nein. Das alles hier kommt mir nicht bekannt vor. Kein bisschen. Und Sie auch nicht. Ich denke nicht, dass wir uns kennen!" Sie mustert ihn jetzt genauer, was sie sich bisher nicht so recht getraut hat. Er wirkt irgendwie aus der Bahn geworfen, fern der Realität, aber vielleicht liegt das an ihr. Vielleicht träumt sie gerade. „Es ist vielleicht ein Traum", sagt sie in dem Augenblick, als sie es denkt.

Paul lacht. Es klingt nicht sehr lustig, eher traurig. „Ich bin schon seit heute Morgen in einem Alptraum", sagt er und fügt hinzu: „Seit Ann verschwunden ist."

Henrys Blick ist ein einziges Fragezeichen und so erzählt Paul, wie er erwachte und Ann nicht mehr in der Wohnung fand, obwohl die Tür von innen verschlossen gewesen sei.

„Und Sie haben alles abgesucht?"

„Ja, sicher, mehrere Male. Und auch SIE waren nicht da, noch vor … als ich das letzte Mal nachsah, das muss so ungefähr eine Stunde her sein." Er sieht jetzt wieder böse, fast bedrohlich aus. Henry versucht zu lächeln, was ihr misslingt.

„Ich kann es selbst nicht erklären. Also Ihre Freundin verschwindet …"

„Sie ist nicht meine Freundin …"

„Ihre Bekannte verschwindet also und ich tauche auf? Das verstehe ich nicht."

„Das ist auch nicht zu verstehen", sagt Paul und trinkt einen Schluck. Dann erhebt er sich, durchquert die Terrasse, verschwindet in einem Raum. Sie hört Geräusche. Er kommt zurück, zuckt mit den Schultern, schaut ratlos aus. „Die Eingangstür ist immer noch von innen versperrt."

Henry kann noch immer nicht richtig denken. Sie reibt ihre Schläfen. „Das ist alles nicht zu erklären …"

„Nein", sagt Paul und setzt sich wieder, „es ist nicht zu erklären."

Sie schauen aufs Meer hinaus. Es ist windstill. Die Morgensonne ist schon ziemlich warm.

Nach einer Weile fragt Henry: „Was hat sie gemacht, ich meine, Ann? Warum ist sie, seid ihr hier?"

„Ann ist Schriftstellerin, sie schreibt an einem Roman. Und ich bin eigentlich gerade in Urlaub."

„Ich schreibe auch, vielleicht ist das ein Hinweis", überlegt Henry. „Allerdings schreibe ich nur nebenbei, ich arbeite in einer Bibliothek."

„Ein Hinweis worauf? Auf das Unerklärliche?" Paul grinst sarkastisch. Es tut ihm aber sofort leid.

„Ich weiß auch nicht", Henry seufzt, „ich versuche nur, einen Anhaltspunkt zu finden. Gemeinsamkeiten können ein solcher sein. Es MUSS ein Traum sein. Ein tiefer, ganz tiefer."

„Das hier ist kein Traum. Das ist die Realität."

„Sind Sie da ganz sicher?"

„Nein." Paul ist sich bei gar nichts mehr sicher.

„Meinen Sie, das Verschwinden von Ann und mein Auftauchen könnten irgendwie etwas miteinander zu tun haben?", fragt sie jetzt einem absurden Gedanken folgend.

„Wie kommen Sie auf diese Idee?" Paul starrt sie an. Seine Gedanken kreisen um eine Entführung Anns und landen wieder an jenem Punkt, wo diese Frau, die ihm gerade gegenübersitzt, ein Teil des Entführungsplans sein muss.

Henry bemerkt seine negative Stimmung und versucht abzulenken. „Ich habe Hunger. Sie nicht?" Sie versucht ihn anzustrahlen, betont harmlos.

Paul überlegt. „Ich habe noch Brot und Käse da, vielleicht ein paar Oliven." Er zögert, will sie nicht alleine lassen. Sie könnte sonst was in der Wohnung anstellen. Er weiß nicht, ob er ihr trauen kann.

Sie fängt seinen misstrauischen Blick auf und lächelt noch mehr: „Klingt großartig. Mit dieser Stärkung können wir besser nachdenken und eine Lösung finden."

Dann schaut sie auf den Tisch in der Ecke. „Und? Darf ich mal sehen, was Ann so geschrieben hat?"

Paul hebt eine Augenbraue. „Wozu soll das gut sein?"

„Vielleicht nützt es was, vielleicht auch nicht. Aber ich muss mich einfach ablenken, sonst werde ich verrückt. Ich habe ja einen totalen Filmriss. Vielleicht fällt mir wieder etwas ein. Und die Sache wird erklärbar." Henry glaubt selbst nicht daran, während sie das sagt, aber sie hat das Gefühl, dies sagen zu müssen. Noch immer ist ihr schwindlig, in ihrem Kopf dreht sich alles wieder und wieder. Und sie fühlt sich anders. Sie kann es nicht beschreiben. Einfach anders als sonst. Es ist alles verrückt.

„Na, gut", sagt Paul gutmütig und erhebt sich. Er tritt kurz an den Laptop heran, wohl wissend, dass er die Letztversion heute bereits extern gespeichert hat, Ann würde es ihm nie verzeihen, wenn ihre Texte weg wären, vor allem bei diesem Roman war sie ganz heikel.

Er klappt den Laptopdeckel hoch. „Hier bitte!" Dann geht er in die Küche.

Es sind nur wenige Minuten vergangen, als er mit einem Tablett wiederkommt. Die rothaarige Frau mit den Sommersprossen sitzt vor dem Laptop und rührt sich nicht. Paul stellt das Tablett ab und nimmt das Brot, um es aufzuschneiden. Henry rührt sich noch immer nicht. Ist sie so vertieft in die Geschichte? Paul hat zwar nicht viel davon gelesen, aber so spannend fand er den Plot bisher nicht. Zu viel Beziehungsstreiterei für seinen Geschmack.

„Sie haben doch Hunger", sagt er in einem betont neutralen Ton.

Henry bewegt sich nicht. Er blickt sie jetzt direkt an. Ist sie noch blasser als vorhin? Atmet sie? Er tritt an sie heran. Sie scheint wie erstarrt.

„Hallo? Sie?" Sie dreht den Kopf, schaut ihn aus wasserblauen Augen an, als sei er ein Geist. Ihr Mund öffnet sich. Es kommt kein Ton heraus.

Dann kippt sie langsam ohne ein Geräusch zur Seite, vom Stuhl herunter.

(Ann)

Ann ging hinter Lump her, der zielstrebig vorauslief und hin und wieder den Kopf hob, um nach ihr oder der Wolke zu sehen. Der Hund wollte wohl tatsächlich, dass man ihm folgte. Ann kam der Weg recht kurzweilig vor und gleichzeitig seltsam weit. Ein seltsames Gefühl. Als sei sie mal total präsent und bewusst und dann wieder neben der Spur, gedankenverloren, fast wie in Trance. Das schien sich auf ihr Zeitgefühl auszuwirken. Sie hatte keins. Und es war ihr, als bestünde die Ferne immer nur aus der gleichen Handvoll Musterhäuser, die allerdings beim Näherkommen immer individueller ausgeprägt waren. Sie überlegte, wie weit das Theater vom Park entfernt liegen mochte, aber so ausführlich hatte sie den Ort gar nicht entworfen, fiel ihr dann ein.

War sie wirklich in ihrem eigenen Buch? Oder mischte sich das Buch mit einer Traumversion, die sie nicht geplant oder konstruiert hatte, die sich von selbst entwickelte? Das beunruhigte Ann ein wenig. Waren denn Träume nicht unkontrollierbar? Sie zählte ihre Schritte. Immer und immer wieder. Um Realität zu erlangen. Sich zu erden. Außerdem könnte man so einen luziden Traum entlarven, hatte ihr einmal jemand erzählt. Je fehlerhafter die Zählung war und man sich dessen bewusstwurde, desto eher würde man innerhalb eines luziden Traumes die Kontrolle übernehmen können. Und je konkreter und richtiger die Zählung, umso eher war man in der Realität. Die Zählung war richtig, aber sie hatte Gedächtnisaussetzer und fing immer wieder von vorne zu zählen an. Was sollte das nun wieder bedeuten? Sie achtete auch auf Irreales rund um sich, aber abgesehen von dem Wesen, das eine Seele war, die da die ganze Zeit über ihrem Kopf kreiste und sie permanent irritierte, fand sie nichts. Aber das unsichtbare Wesen reichte ihr ohnehin.

Lump war weiter getrottet und sie immer nur hinter ihm

hergegangen. Irgendwie verließ sie sich auf ihn. Lump bog plötzlich vor dem Park in eine kleine Seitenstraße ab. Ann fiel das nicht auf, weil sie keine konkrete Vorstellung hatte, wo der Park liegen könnte, nur, dass die Gegend immer spärlicher besiedelt war. Dann schlüpfte Lump plötzlich durch ein Loch in einem Gartenzaun und war verschwunden.

„Wo ist er hin? Das ist doch kein Park", stellte Ann überrascht fest.

„Hier hinten in dem wilden Garten ist er", sagte die Wolke und flog ein wenig höher, um alles zu überblicken. „Da ist ein Gartenhäuschen."

Ann stand zögerlich vor dem Zaun. „Wir können da nicht einbrechen. Da wohnt sicher jemand, zum Grundstück muss ja auch ein Haus gehören." Der Garten, die Gegend erinnerte sie an einen Ort. Sie überlegte. An welchen bloß? War das im Buch geplant gewesen? Sie kam einfach nicht drauf.

„Ja!", schrie die Wolke, die noch höher gesegelt war und nun über dem Grundstück hing. „Da ist auch ein Haus. Weiter hinten. Es ist ein großer Garten."

„Schrei doch nicht so!", sagte Ann vergessend, dass nur sie die Wolke hören konnte.

„Wer soll nicht so schreien?", fragte eine Stimme von der anderen Seite des Zauns aus dem Gebüsch. Ein seltsames Gesicht unter einer bunten Wollmütze erschien. Der Mann sah freundlich aus. „Schon wieder Besuch?", sagte er und trat nach vorne an den Zaun. „Hi, ich bin Beggs!"

„Ich bin Ann", sagte Ann.

16.

(In Genua)

„Geht's wieder?"

Als Henry die Augen öffnet, sitzt Paul bei ihr. Sein Blick ist besorgt. „Ich kann einen Arzt rufen. Allerdings habe ich keine Ahnung, wo hier der nächste Arzt wäre. Aber das kann man herausfinden."

Henry setzt sich auf, sie ist irgendwie auf dem Sofa gelandet, hat keine Ahnung, wie das passiert ist. In ihrem Kopf dreht sich alles. Aber es geht wieder. Es muss gehen. Sie ist offensichtlich immer noch bei diesem Mann in der Wohnung mit der großen Meerblick-Terrasse.

„Nein, nicht nötig. Glaube ich. Es war alles einfach zu viel. Ich weiß nicht, wo ich bin. Und nun auch nicht mehr so recht, WER ich bin."

Pauls Gesicht bildet ein Fragezeichen. Henry deutet durch die offene Terrassentür zum Tisch mit dem Laptop. „Der Roman …" Das Fragezeichen in seinem Blick verstärkt sich. „Ihre Freundin hat mein Leben beschrieben."

Nun lächelt er etwas. „Nun ja, dafür ist sie ziemlich bekannt. Sie schreibt, als wäre es aus dem Leben gegriffen. Dabei hat sie aber eine großartige Erfindungsgabe."

Henry schüttelt den Kopf. „Nein, ich meine es genauso: Sie hat mein Leben beschrieben. Jedes Detail. Das Treffen mit Gabriel. Den Streit mit Joe. Genau wie es war. Das ist doch nicht möglich!" Ihr Gesicht ist sehr blass. Ihre Sommersprossen leuchten daraus hervor.

Paul zieht eine Augenbraue hoch. „Und sie kennen Ann nicht? Haben ihr nicht irgendwann einmal davon erzählt?"

„Das ist es ja. Nein! Und: Die beschriebenen Szenen sind gerade erst passiert. Gestern!"

„Das ist doch nicht möglich!"

„Sag ich doch!"

Sie schauen sich sprachlos an. Dann schwingt Henry plötzlich die Beine vom Sofa „Ich zeig es Ihnen!"

Wenig später sitzen beide vor dem Laptop „Da und da", sagt Henry, „es ist genau so, wie ich es erlebt habe. Und es hört auf, als ich die Wohnung verlasse..."

Paul sieht sie an. „Und hier auftauchen!" Ein Gedanke kommt ihm in den Sinn. Aber er verwirft ihn gleich wieder. Zu irreal. Das Leben ist doch kein Fantasyroman! Gott sei Dank nicht!

„Genau. Ist das nicht unheimlich?"

Er nickt langsam. Paul ist ein eher sachlicher Typ, glaubt nicht an Übersinnliches und dergleichen. Er kann jedoch keine logische Erklärung finden. Nicht in dieser Angelegenheit.

Plötzlich schreit Henry auf.

„Was ist?"

„Der Text hat sich verändert!"

„Wie? Was soll das heißen?" Paul zweifelt langsam an der Zurechnungsfähigkeit der Frau. Sollte er eine Irre in der Wohnung haben? „Der Laptop schreibt doch nicht von selbst! Vielleicht haben Sie nur eine Taste gedrückt?"

Henry macht ein seltsames Gesicht. „Nein. Vorhin noch, bevor ich ohnmächtig wurde, endete alles mit dem, also meinem Verlassen der Wohnung und nun ist da plötzlich ein Text, wo Joe und Gabriel aufeinandertreffen und in ein Café gehen." Sie zieht hörbar die Luft ein. „Sie haben mich gesucht, in der Bibliothek! Ich bin also … fort. Natürlich bin ich fort, ich bin ja hier."

Sie hält sich den Kopf, dann trommelt sie auf ihn ein. Paul hätte fast ihre Hände festgehalten, aber er lässt es. Er versucht, sich zu konzentrieren.

„Moment, Moment, damit ich das richtig verstehe ... Sie glauben, dass sich der Text von vorhin weitergeschrieben hat? Das halte ich für einen Unsinn. Vermutlich haben sie die Textstelle vorhin einfach übersehen. Sie waren ja weggetreten." Paul ist selbst allerdings nicht ganz überzeugt davon. Aber das sagt er ihr nicht. Er erinnert sich an den Schluss, als er Anns Manuskript gespeichert hat. Und da hat etwas von einer Tür, die ins Schloss fiel, gestanden. Er beugt sich vor, mustert den Text, grübelt, schüttelt den Kopf.

„Sehen Sie, hier treffen sich Joe und Gabriel in der Bibliothek und gehen gemeinsam ins Café. Mein Freund und mein Ex!" Henry lehnt sich im selben Moment zurück. „Ich kann nicht mehr. Das ist mir jetzt alles zu viel! Das gibt es ja gar nicht!" Sie ist kurz vor einem Tränenausbruch. Ihre Hände zittern.

Sie steht auf und geht zum Terrassengeländer. Paul ist alarmiert: Sie wird doch nicht hinunterspringen? Was weiß man schon bei Verrückten?

Aber sie schaut nur minutenlang schweigend aufs Meer. Dann dreht sie sich auf dem Absatz um. „Egal jetzt. Ich habe mir gewünscht, mein Leben zu verlassen", sagt sie mit ganz veränderter Stimme, „und aus irgendeinem Grund ist mir das erfüllt worden."

Sie sieht plötzlich gar nicht mehr hilflos oder zerbrechlich aus, sondern wirkt jetzt energisch. „Kann ich diese Nacht auf dem Sofa schlafen, bis alles geklärt ist ... morgen ... und bis ich mich ein wenig beruhigt habe?"

Paul nickt schneller, als er nachdenken kann. Eigentlich will er mit all dem, mit dieser Rothaarigen und ihren offensichtlichen Männerproblemen, auch mit dem Roman von Ann nichts zu tun haben. Was er will, ist Ann wiederzufinden. Und dann einen ganz normalen unspektakulären Urlaub verbringen. Aber dafür ist schon viel zu viel passiert.

Er seufzt. „Gut. Okay."

Henry schaut jetzt fast grimmig drein. „Und ich muss jetzt sofort runter ans Meer gehen. Das könnte mir helfen. In die Wellen schauen. Einfach nur einmal das Gehirn sein lassen. Atmen! Fühlen. Der Verstand ist einem ja meistens im Weg. Ich komme dann natürlich wieder. Und wir finden eine Lösung. Auch wegen Ann." Sie lächelt sanft. „Bitte."

Paul nickt ganz automatisch.

„Und noch eine Bitte hätte ich ... Ich weiß, es ist anmaßend ..."

Jetzt beginnt Paul schon wieder zu bereuen, dass er zugesagt hat.

Sie redet rasch weiter. „Ich möchte, wenn ich zurückgekommen bin, die Geschichte ganz lesen. Vielleicht sogar ein bisschen weiterschreiben! Ich weiß, das klingt seltsam. Aber ich muss das irgendwie tun! Verstehen Sie? Vielleicht, um mich abzulenken oder alles näher zu ergründen oder was-weiß-ich. Selbstverständlich nach Speicherung des bisherigen Manuskripts. Bis morgen nur und nur für mich. Ich habe das Gefühl, dass ich das tun muss!" Sie steht vor ihm, blickt an ihm hoch, die Fäuste geballt. Ihr Ausdruck ist sehr entschlossen, fast kämpferisch.

Paul ist beeindruckt. So hätte er die Frau gar nicht eingeschätzt. Irgendwie erinnert sie ihn ein wenig an Ann. Er überlegt. Er hält die Frau nicht wirklich für gefährlich — zumindest nicht, was ihn und sein Leben betrifft, vielleicht ist sie etwas instabil, okay, das ist ein Risiko. Aber vielleicht findet sie wirklich beim Stöbern im Manuskript einen Hinweis, wo Ann sein könnte, so abstrus das auch klingen mag.

Ann. Er denkt an Ann. Eigentlich pausenlos. Er macht sich Sorgen. Wo könnte sie sein? Alle Möglichkeiten, die ihm durchs Gehirn schießen, schiebt er in die „Unmöglich"-Ecke.

Die Frau ist im Grunde sympathisch. Und irgendwie tut sie ihm leid.

„Sicher“, sagt er deshalb, „aber wir sollten dennoch die Behörden verständigen. Vielleicht sucht ja schon jemand nach Ihnen.“

„Super!“ Henry sieht nun zum ersten Mal etwas gelöster aus. „Ja, das tun wir. Morgen. Erst geh ich ans Meer, dann schau ich mir den Text an. Ich bin ja auch Autorin. Es juckt mich in den Fingern! Wissen Sie, für meinen Geschmack, ist diese Figur, die ich sein soll, ein wenig ... nun sagen wir ... uneigenständig, ein ‚Waserl‘, hätte meine Mutter gesagt ... fast ein wenig unsympathisch beschrieben. Ich würde mir wünschen, dass man sie versteht. Da braucht es doch zusätzliche Hintergrundinformationen, um die Figur kompakter zu machen, vielschichtiger. Vielleicht wäre es nicht schlecht, das Bisherige mit ein paar inneren Monologen von mir ... äh ... dieser Figur aufzupeppen. Zwecks Realitätsnähe und so. Bei meinen eigenen Romanen muss ich immer so flach und eindimensional bleiben, um die Leserinnen nicht zu überfordern. Ich hätte mal auf etwas Komplexes Lust. Und diese Geschichte interessiert mich mehr als zuerst gedacht! Das könnte eine Herausforderung sein. Da ist viel mehr drin als in einer simplen Love-Story.“

Paul ist verwirrt. Diese Frau wird er nicht so bald los sein, wie es aussieht. Soll sie sich aber nur mit dem Laptop beschäftigen und ihn in Ruhe nachdenken lassen. Aber er kann deutlich Anns Miene vor seinem geistigen Auge sehen, bei dem Gedanken daran, dass jemand ihre Story „aufpeppen“ würde wollen.

Aber Ann ist ja nicht da. Ann ist verschwunden. Und wenn sie wiederkommt, was er hofft, an diesen Gedanken klammert er sich, an etwas anderes will er jetzt gar nicht denken, würde

er es ihr erklären oder noch besser, die Ergänzungen verschwinden lassen und die gesicherte Datei von Ann wieder
darüber speichern. Ja, das wird er tun.

17.

(Im Theater)

„Aus, aus, aus!", Gabriel stand am Bühnenrand und raufte sich die Haare. Die Augen aller auf und vor der Bühne befindlichen Personen waren auf ihn gerichtet, nur eine Person, die ihr Gesicht unter einer Kapuzenjacke verbarg, hatte sich abgewandt und die Fäuste geballt.

Joe beobachtete die Szene mit Unbehagen. „Wir machen eine kurze Pause", sagte er ruhig. Die Menschen auf der Bühne zogen sich in die hinteren Bereiche zurück. Nur der Junge mit der Kapuzenjacke stand immer noch so da und zitterte. Joe trat einen Schritt näher zu Gabriel und murmelte: „So kannst du nicht mit ihnen reden. Sie werden das Handtuch schmeißen. Das sind traumatisierte oder aus der Bahn geworfene Menschen. Sie tun sich schwer mit fixen Vorgaben oder Strukturen. Sie sind gegen Autoritäten allergisch. Das weißt du doch. Und sie sind teilweise auch noch sehr jung. Vergiss das nicht."

Gabriel seufzte und nickte. „Ja, ja. Aber … ach, es geht wirklich sehr langsam voran. Dabei haben sie noch nicht mal Text! Und sie merken sich einfach ihre Positionen nicht."

„Wir haben gewusst, dass es nicht einfach wird. Aber du hast gesagt, das ist es wert. Und du hattest recht." Joe war die Ruhe selbst, zumindest wirkte er so. Joe hatte, nachdem die ersten Gespräche mit der Gruppe gelaufen waren, mit denjenigen, die wirklich an dem Projekt Interesse hatten, ein Teil davon sein wollten, viel Zeit investiert, sie von der Sinnhaftigkeit regelmäßiger und cleaner Proben zu überzeugen. Er hatte geahnt, manche würden mal kommen und mal nicht, wenn sie wieder ihre Phasen hätten, die einen tranken, andere nahmen diverse Drogen, viele waren über dieses Leben ohne Struktur und ohne feste Bleibe und Arbeit in Depressionslöcher gekippt, andere wollten die Rebellen spielen, waren sogar enthusiastisch, aber das konnte schnell wieder vergehen. Kurz und gut: es waren unzuverlässige Mitspieler. Joe hatte vorher gewusst, dass es einen immensen Energie- und Kraftaufwand bedeuten würde, tatsächlich ein Stück mit den teilweise heimatlosen Jungs und Mädels zu erarbeiten und auch zur Aufführung zu bringen. Aber er hatte sich dafür entschieden. Obwohl er gleichzeitig an dem Projekt immer wieder zweifelte. War es denn wirklich möglich, diese Menschen über ein Kunstprojekt wieder in ein normales Leben zu führen? Und war es auch sinnvoll? War es nicht im Grunde manchmal besser, in dieser kalten inhumanen Gesellschaft untauglich zu sein? Joe hatte schon oft darüber nachgedacht, er war aber letztendlich immer wieder an den gleichen Punkt gelangt: sich so aus der Gesellschaft auszugliedern, wie seine Schützlinge es taten, schadete am Ende doch immer ihnen selber. Sie gingen zu Grunde. Auf die eine oder andere Art. Und Joe wollte helfen. Er wollte Gutes tun. Er hatte ein positives Menschenbild.

Gabriel zog hörbar den Atem ein und beruhigte sich allmählich. „Gut. Vielleicht ist es für das Ensemble noch nicht ganz vorstellbar, was ich meine. So ganz ohne Text zu spielen, ist nicht einfach. Und das sind ja schließlich keine Profis. Sie wissen auch nicht, wie das, was sie machen, aussieht. Aber wenn erst die Licht-Effekte einsetzen, mit all der Dramatik im Hell-Dunkel, dann kann man sich sicher besser vorstellen, wie die pantomimischen Gesten wirken werden. Und wenn dann noch die expressive Musik hinzukommt … hm … vielleicht sollte ich beginnen, das Licht früher als geplant in die Stellungsproben einzubauen und auszutesten … wie wäre das? Dann verändern sich die Situationen in ihrer Wirkung komplett. Das wird allerdings dann noch mehr Feinheiten erfordern. Aber man kann sich sicher eher ein Bild machen."

„Eine gute Idee." Joe hatte ein Gespür für Aussagen, die sein Gegenüber hören wollte. Zumindest im beruflichen Kontext.

„Aber Dino muss seine Aggressionen in den Griff bekommen. Er soll so TUN, als würde er kämpfen, nicht wirklich zuschlagen. Er wird noch jemanden verletzen. Ich trage schließlich die Verantwortung!" Gabriel sah Joe nachdrücklich an.

„Natürlich. Wir bekommen das hin", antwortete Joe bestimmt und näherte sich vorsichtig dem Jungen. „Dino", sagte er ruhig, „wenn du nicht willst, dann musst du auch nicht. Das ist ein freiwilliges Projekt. Du kannst jederzeit aussteigen."

Der Junge, der Joe fast um die Hälfte überragte, zitterte heftiger. „Aber ich WILL. Ich bin das. Ich bin das. Dieser verrückte Typ aus der Gang. Judas oder wie der heißt. Der ist krass! Und ich kann das!"

„Ja, ich weiß, dass du das kannst. Aber du musst das auch spielen! Zeig es ihnen, dass du es kannst. Und jetzt machen wir eine Pause. Eine Pause, in der du rauchen kannst. Aber kein Alkohol. Du weißt …" Dino starrte auf seine Füße. Joe sprach weiter. „Wenn du der Typ aus der Gang sein willst und es allen zeigen willst, dann trinkst du an Probentagen keinen Alkohol. Deal?" Dino antwortete nicht, sondern schniefte nur durch die Nase.

„Was hast du erwartet?", fragte Em, die in der ersten Reihe saß und fuhr sich durch die streichholzkurze Frisur, die danach genauso perfekt aussah wie davor. Gabriel setzte sich zu ihr und nahm einen Schluck Tee aus ihrer Thermoskanne. Er trank während der Proben immer Ems Spezial-Ausgleich-Tee. Der beruhigte ihn.

„Ja, ich weiß", sagte Gabriel. „Aber wenn es darum geht, die Ideen umzusetzen, dann will ich, dass es klappt. Du kennst mich."

„Es wird klappen, mit oder ohne diese ..." Em presste die Lippen zusammen und schluckte das Wort hinunter, das sie sagen wollte: Süchtigen. Sie war von Anfang an nicht einverstanden gewesen, diese Gruppe von instabilen Personen in das Stück miteinzubeziehen, aber Gabriel war besessen von der Idee. „Heimatlose", ergänzte Gabriel, „es sind Gestrandete, Punks, Aussteiger, Outlaws! Die wahren Rebellen von heute. Ideal!"

„Ja, ja", winkte Em ab, die Diskussion hatten sie schon mehrfach geführt. Und Em hatte sich schließlich bereit erklärt, ihn zu beraten, sich um die Energiebalance zu kümmern und ein wenig um die Kostüme, wenn man von Kostümen überhaupt sprechen konnte. Die Rebellengruppe, niemand sprach mehr von Jüngern, schließlich war das Konzept an die Gegenwart angepasst, worauf Gabriel mächtig stolz war, trug Alltagskleidung, nur die Hauptdarstellerin, die professionelle Schauspielerin Sandra Kerousko als „Jay" hatte sich von ihr bezüglich ihres „Marilyn-Monroe-Outfits" beraten lassen. Sandra war tatsächlich einer Marilyn Monroe ähnlicher als einer weiblichen Jesusfigur, und genau das war die Intention Gabriels: er wollte Grenzen überschreiten, auch jene der mehrfachen Provokation. Sandra hatte freilich — ganz wie ihre Rolle — längst alle Männer mit ihrem zahnpastaweißen Lächeln und ihren immer etwas lasziven Bewegungen im Griff. Das war Em klar. Auch Gabriel. Aber Em war kein eifersüchtiger Typ, dazu war sie zu selbstsicher.

(Henrietta)
Wirklich? Sie ist nicht eifersüchtig? Hm. Vielleicht sollte ich Em etwas besitzergreifender machen? Furienhafter! Das

würde mehr Spannung bringen, mehr Drama. Sie könnte Gabriel ruhig ein wenig Feuer unter dem Hintern machen. Bin ich etwa immer noch eifersüchtig auf sie? Quatsch! Aber ich kann da schon etwas drehen, ergänzen, abändern. Es ist ja nur auf dem Papier, im Text. Oder? Es hat ja keine realen Auswirkungen. Oder?

Die blonde Sandra war Em allerdings ein Dorn im Auge. Ems Sensoren fuhren jedes Mal aus, wenn Sandra im Raum war und Gabriel anblickte. Und WIE sie ihn ansah. Einfach unverschämt! Em wusste, dass viele Schauspielerinnen für den jeweiligen Regisseur eines gemeinsam zu erarbeitenden Stücks schwärmten und Gabriel war natürlich ein Bild von einem Mann, aber diese Blicke waren ihr eindeutig zu viel. Sie wollte Gabriel jedoch nicht unnötig mit ihren Gefühlen belästigen, das hatte er nie sonderlich geschätzt und würde ihn eventuell vielleicht gerade auf eine Fährte bringen, an die er jetzt, versunken in das Stück, noch nicht denken würde. Deshalb entschloss sich Em die Sprache auf diese Ann zu bringen, die ihr, aus anderen Gründen, ebenfalls den Nerv zog.

„Diese Ann mischt sich immer wieder in deine Anweisungen, ist dir das klar", sagte sie nun, betont beiläufig, sie hatte die Beine übereinandergeschlagen und wippte mit dem sich in der Luft befindlichen Fuß.

Gabriel zog eine Augenbraue hoch. „Ja, wundert mich auch", sagte er, „sie hat keine Ahnung vom Theater, aber sie hat dauernd Einwände, was ihrer Meinung nach dramaturgisch besser wäre."

„Ein hübsches Mädel", lauerte Em, um seine Empfänglichkeit für Ann abzuchecken.

„Hm. Ja. Mir wäre ja aber immer noch Henry als Maria lieber gewesen, aber was soll man machen: Henry ist nun mal offensichtlich in einer Krise und nun auf diesem Einsamkeits-Wellness-Trip, ich glaube auf einem Biobauernhof, und erholt sich. Sie hat jedenfalls einen Brief mit diesem Grund an Joe geschickt. Nicht zu fassen, dass sie einfach verschwindet. So plötzlich. Ich dachte nicht, dass sie der Typ für so was ist. Früher war sie das jedenfalls nicht. Ich bin gespannt, wann sie zurückkommen wird. Ich mache mir etwas Sorgen. Ich hoffe, es geht ihr wirklich gut und es ist nichts Gröberes."

(Henrietta)

Na, das war vielleicht eine gute Idee von mir! Einen Brief an Joe in das Manuskript einzufügen. Ich bin auf Wellness-Kur auf einem Biobauernhof. Eine gute Erklärung für meine Abwesenheit. Ich brauchte einfach spontan Erholung. Da lassen Sie mich auch in Ruhe und suchen nicht nach mir. Es klingt zumindest einigermaßen plausibel. Vorerst. Jedenfalls wäre Joe beruhigt. Also, der echte Joe. In der Realität. Nicht dieser da im Roman. Oder in dem seltsamen Traum. In dem ich schreibe. Mir ausdenke, wie es ohne mich weitergehen könnte. Seltsames Gefühl. In der Realität wird Joe natürlich nach mir suchen. Ich darf nicht daran denken, sonst platzt mir der Kopf.

Aber das Schreiben macht Spaß. Es läuft fast wie von selbst, der Plot ergibt sich nach und nach. Und Paul lässt mich seit Stunden in Ruhe. Er hat nicht wieder mit den Behörden angefangen. Gut so. Also schreibe ich weiter, solange die Inspiration anhält. Es ist ganz witzig, sich vorzustellen, wie meine Realität ohne mich weitergehen könnte.

Em verzog den Mund etwas verächtlich. „Wenn sie sich erholen muss, soll sie das tun. Vielleicht eine Nerven-geschichte. Das haben ja viele heutzutage, die nicht in Balance sind. Du würdest sie doch nicht doch noch besetzen, sollte sie heute oder morgen hier auftauchen, oder?" Das war ihre größte Sorge, größer noch als jene um Sandras Verführungskünste, dass Henry auftauchen könnte. Denn mit Sandra oder anderen Frauen würde sie fertig werden, aber Henry hatte einen entscheidenden Vorteil: Sie kam aus Gabriels Vergangenheit, hatte mit ihm gelebt, bevor sie, Em, mit ihm zusammengekommen war. Und man sollte solche alten Gefühle und Verbundenheiten niemals unterschätzen. Em war dahingehend besonders auf der Hut.

Gabriel seufzte. „Ach nein, das war eine spontane Idee von mir gewesen. Inzwischen denke ich, es ist gut so, dass sie nicht mit Joe und mir auf diesem Set ist. Es wäre zu … kompliziert. Und mit Joe ist es auch gerade so einfach."

„Hm, einfach nennst du das? Bitte." Em wippte noch stärker mit dem Fuß.

Gabriel gedachte nicht, auf ihre Spitzen einzugehen. Er hatte von Anfang an Mühe gehabt, sich gegen die natürliche Autorität, die Joe in der Gruppe innehatte, zu behaupten, aber er hatte es geschafft. Durch seine Art und seinen Esprit. Seine Überzeugungskraft. Er wollte nicht darüber von Neuem nachdenken.

Er sah zur Bühne, wo diese seltsame Ann alleine zurückgeblieben war und wieder mit einem unsichtbaren Freund zu sprechen schien. „Sie ist okay, wenn sie sich zurückhält. Sie verkörpert eine passable tote Version von Maria. Aber sie ist eindeutig seltsam. Sie redet ständig mit nicht vorhandenen Personen. Gerade jetzt auch, schau! Übrigens ist ihr Harvey kein Hase, sondern eine Wolke. Stell man sich das vor: eine Wolke! Sachen gibt es! Weiß der Kuckuck, wo Ann überhaupt hergekommen ist. Stand plötzlich mit ihrem Nachthemd da. Gut, dass Beggs sie unter seine Fittiche genommen hat. Beggs ist überhaupt der Begabteste und Beste der ganzen Gruppe. Ich hätte ihn zu Judas machen sollen und nicht Dino. Aber

Dino ist im Grunde der gefährlichere Typ. Das passt so gut zur Rolle. Wenn er nur seine Aggressionen besser unter Kontrolle hätte. Ich befürchte immer, er schlägt wirklich jemanden. Ich muss mehr trainieren mit ihm. Mit allen. Andererseits sind sie so unverbraucht und pur. So real!" Gabriels Augen glänzten. „Und ich dachte, es würde stören, wenn die ganze Zeit Beggs Hund mit ihm auf der Bühne sein würde, bei einer größeren Rolle. Aber der Hund stört gar nicht. Im Gegenteil. Irgendwie fügt er sich ein. Ist vielleicht sogar der beste Schauspieler neben Sandra." Er lachte kurz auf und versank dann wieder grübelnd in seinem Plot. Er sah vor seinem geistigen Auge ganze Szenen, wie sie sein sollten und er würde dafür sorgen, dass sie auch genau so funktionierten.

Em kannte diesen Blick und seufzte. Sie hatte Gabriels Monolog nur am Rande zugehört. Stattdessen beobachtete sie Ann, die zwischendurch immer wieder neben der Spur wirkte, dann wieder total präsent, mit Feuereifer dabei, übermotiviert. Zwischendurch gestikulierte sie in die Luft, warf Blicke in sämtliche Richtungen, sprach manchmal vor sich hin. Wer war diese Person? Vielleicht war sie einfach wirklich verrückt. Jedenfalls wäre das eine Erklärung für ihr Verhalten.

„Kann ich mit dir unter vier Augen sprechen?"

Während Em über sie nachdachte, stand Ann plötzlich vor ihnen und fixierte Gabriel. Sie ist eindeutig unheimlich, dachte Em verärgert, und unverschämt. Mich würdigt sie keines Blickes! Es gibt nur ihn für sie. Den Herrn Regisseur!

Gabriel nickte kurz. „Entschuldigst du uns, Em?"

Em erhob sich widerwillig und warf Ann einen finsteren Blick zu.

Gabriel bekam davon wie immer nichts mit. Ann setzte sich neben ihn, aufs Ems Platz. „Ich hätte da ein paar

Vorschläge für meine Figur", begann sie forsch, „ich wollte mit dir darüber in Ruhe sprechen."

(Henrietta)

Wieso drängt sich diese Nebenfigur eigentlich in den Vordergrund? Da schreibt man so vor sich hin und die Figuren verselbständigen sich. Wann ist diese verrückte Ann mit ihrem unsichtbaren Freund eigentlich aufgetaucht? Hat sich irgendwie aus der Gruppe heraus entwickelt. Wahrscheinlich war ich von der realen Ann inspiriert. Paul redet ja ständig von ihr. Und es ist schon eine interessante Idee, sie dort im Text auftauchen zu lassen, als meine Vertretung. Na ja, einen gewissen Raum will ich ihr geben, schließlich ist sie jetzt die Maria in dem Stück.

Ich ziehe das mit meiner Abwesenheit übrigens jetzt durch im Text. Dann, wenn ich zurückkomme, also real aufwache, werde ich die Rolle ohnehin selbst spielen. Hoffentlich. Wache ich auf. Es ist doch ein Traum, oder? Und dann, wenn ich zurück, aufgewacht bin, werde ich sehen, wie Gabriel auf mich reagieren wird. Ob er mich nicht doch wieder so ansehen wird wie damals. Nur ein klein wenig nur. Ach, wäre das schön!

Aber — verdammt — ich bin immer noch in diesem Traum, auf dieser Metaebene und wache noch immer nicht auf! Was soll das bedeuten? Oder ist es nur aufgrund meiner Überforderung? Habe ich wirklich einen Nervenzusammenbruch? Liege ich gar in irgendeinem Krankenhaus im Koma? Seitdem ich in „Genua" gelandet bin, habe ich jedenfalls keine irren Lichtpünktchen mehr gesehen. Und der Schwindel ist jetzt auch weg. Aber ich schreibe mir inzwischen eben eine alternative Realität, in der ich selbst nicht vorkomme. Als wäre ich gestorben! Also ich lasse sie ohne mich weitermachen. Ich schreibe das so. Das alles ist irgendwie unheimlich. Vielleicht bin ich genauso verrückt wie diese Ann in dem Text. Aber die habe ich ja hineingeschrieben. Klar. Oder?

Gabriel seufzte leise. „Ja?"

„Ich denke, die Figur der Maria sollte stärker rüberkommen, nicht so gebrochen", sagte Ann.

„Sie ist tot. Ein Geist im Unterbewusstsein von Jay. Sie denkt an ihre Mutter. Und sie ist ein Geist. Also — DU bist ein Geist!"

„Ja, das mit dem Totsein ist ein Problem. Warum ist sie eigentlich tot in dem Stück?"

„Ich bin der Meinung, dass es nötig ist. Denn schließlich stirbt Jay ja nicht am Schluss, jedenfalls nicht eindeutig: sie verschwindet einfach in die Erde. Sie sinkt fast in sich, könnte man sagen. Der dramatische gewalttätige Märtyrertod und die damit verbundene mögliche Aufwertung und Ikonisierung in den folgenden Jahrhunderten wird damit ad absurdum geführt. Beziehungsweise in eine ästhetisierte Marilyn-Richtung verändert. Ein wenig depressiver, verstehst du? Wie eine Zerstörung von innen. Was auch besser zu einer Heldin als einem Helden passt. Also psychologisch gesehen. Die Story soll ja zeitgemäß sein. Die Grundfrage aber bleibt bestehen: Was bleibt von einer Ikone? Also von deren Leben, vom Inhalt? Die Bedeutung kann bei einem offenen Schluss frei interpretiert werden. Vielleicht wird ein eigener Mythos erzeugt durch diese Offenheit des Endes? Bei Jesus ist ja auch alles nur Spekulation. Gerade vom nicht Sicheren, nicht Eindeutigen, nicht real Bestätigten lebt der Mythos. Aber das alles werden wir erst aus den Medienberichterstattungen nach der Premiere erfahren."

Gabriel lachte siegessicher. „Das Stück kann gar nicht verlieren. Verstehst du? Es wird entweder ein Erfolg oder ein Skandal. In beiden Fällen spricht man darüber, gewinnt man

Aufmerksamkeit!" Er merkte, dass sein Enthusiasmus für das Stück ihn geistig davongaloppieren ließ und besann sich wieder auf ihre Frage. „Maria als Tote, als Erscheinung bildet einen Kontrast zur Realität und zum Zeitgeist. In unserer aufgeklärten Zeit glaubt doch kein vernünftiger Mensch an Übersinnliches, an Seelen und so ein Zeug. Das gilt als realitätsfremd! Aber die Leute haben heute mehr denn je Sehnsucht nach solchen Projektionen, der Flucht in imaginäre, versponnene Welten! Sonst würden ja nicht alte Religionen gerade so boomen! Und daher ist es auch gerade im Kontext des religiösen Stoffes doppelt provokant, eine solche Figur, die vielleicht nur im Kopf der Hauptperson als Erinnerung existiert, einzubauen! Ich mache aus dem Stoff etwas Neues. Ich brauche im Grunde nur noch eine Bezeichnung dafür, ein Genre! Das könnte einen neuen Trend auslösen. Wer weiß?" Gabriel war schon wieder in seinem Element. „Gerade du verstehst das sicher: Du redest ja selbst mit einer ... hm ... nicht realen Figur!"

Ann hatte die ganze Zeit nach oben geblickt und für seinen Geschmack zu wenig Anerkennung für sein Genie gezeigt. Das irritierte ihn. Jetzt sah sie ihn, nicht im Mindesten beeindruckt, aber mit großen Augen an. Er konnte sich ihrem Blick kaum entziehen. „Also du meinst, irgendwer muss halt tot sein. Und in diesem Fall ist es eben die Mutter", antwortete sie trocken ohne auf seine Anspielung auf Wolke einzugehen. „Das ist ja immer das Grunddrama: Die Eltern sterben. Aber es ist der Kreislauf des Lebens. Und etwas Neues wird wieder geboren werden."

„Nein! Ich fürchte, so einfach ist das nicht!", Gabriel schüttelte den Kopf.

„Mag sein. Ich bin halt nur eine kleine Laiendarstellerin", sagte Ann. Es klang etwas kokett. Sie lächelte aber dabei freundlich, fast harmlos. „Aber ich finde, gerade weil es so ein starkes Stück ist, weil Maria so stark gewesen sein muss, dass sie weiterhin präsent bleibt für Jay, gerade deswegen kann der Tod ihrer Stärke nichts anhaben. Sie ist nur auf der anderen Seite, auf einer anderen Ebene, verstehst du? Sie ist immer noch stark und das sollte sie auch ausstrahlen."

Gabriel runzelte nachdenklich die Stirn. Er hatte seine tote Maria eindeutig ätherischer und realitätsfremder konzipiert. Aber er sagte einlenkend, um das Gespräch abzukürzen: „Hm. Es ist nicht leicht, dies alles nonverbal rüberzubringen."

„Ja, ich weiß und ich weiß, dass es eine kleine Rolle ist. Eine Nebenfigur. Aber sie ist mächtig IN JAY. Ob jemand tot oder … zwischenzeitig nicht anwesend ist … macht keinen Unterschied, wenn man an ihn denkt, ist er oder sie präsent. Sehr präsent."

Sie sah ihn durchdringend an, aber Gabriel entwand sich ihrem Blick. Er blickte zur Bühne, dann auf seine Uhr, Zeitdruck andeutend, und murmelte: „Gut, gut. Dann versuche es." Seine Aussage war so schnell getätigt, dass er selbst davon überrumpelt schien. Er sah sie stirnrunzelnd an.

Ann sah beinahe verwundert aus. „Echt jetzt?

„Ja."

„Super, danke!"

„Und du bist sicher, dass dir sonst nichts fehlt?" Gabriel kratzte sich am Kinn. Die Frage war ihm vorschnell entschlüpft, aber sie hatte die ganze Zeit in ihm gebrannt. Irgendwie beeindruckte ihn diese junge Frau. Er wusste nicht warum.

„Wie meinst du das? Ich habe ja den Vorschuss von dir für die Gage bekommen wegen meines … hm … Engpasses finanzieller Art. Und ich trage schon seit Wochen normale Kleidung, wie du vielleicht bemerkt hast", sie lachte vergnügt und klopfte sich auf ein Bein, das in einer Jeans steckte.

„Das meinte ich nicht."

„Und ich wohne bei Beggs im Gartenhaus. Das funktioniert gut. Bestens sogar."

„Das meinte ich auch nicht. Ob es dir psychisch gut geht, meinte ich." Gabriel fuhr sich mit allen fünf Fingern durch seine Haarmähne.

„Ach so", Ann stockte kurz. Dann blinzelte sie fröhlich. „Du meinst, weil ich mit meinem ‚imaginären Freund' spreche? Das gehört zu meiner Therapie. Ist gut für mich."

Sie sah zur Decke hoch, dorthin, wo der Kronleuchter hing. Gabriel folgte ihrem Blick. Natürlich war dort nichts zu sehen. Er musste auch nicht verstehen, was ihr in der Vergangenheit so alles schiefgelaufen war und womöglich der Auslöser für ihre Fantasien und ihre gescheiterte Existenz gewesen sein könnte. Es war für ihn im Grunde besser, sich nicht zu sehr auf die vielen Probleme der Darsteller einzulassen. Schließlich hatte er ein geniales Stück auf die Beine zu stellen. Und das war ja auch Joes Job, nicht seiner. Dafür hatte er Joe. Aber bei ihr war es irgendwie anders.

„Aber ich habe noch etwas auf dem Herzen", sagte Ann, gerade als Gabriel sich erhob, um mit den Proben fortzufahren und das Gespräch, das er selbst in eine Richtung gelenkt hatte, die ihm nicht behagte, zu beenden.

„Was denn?" Er zuckte zusammen.

Sie blickte wieder nach oben und gestikulierte etwas. Dann sagte sie: „Ich möchte mir dein Auto ausleihen. Ich müsste etwas erledigen. Etwas Privates." Sie hoffte, er würde nicht nachfragen, um was es ging.

Gabriel war überrascht, aber nicht neugierig. Er sah fast erleichtert aus. „Hm, ich oder Joe, wir können dich doch fahren. Sag nur einfach, wann und wohin."

Ann zögerte, sah wieder an die Decke.

„Ich werde dich fahren!", rief Em, die in diesem Moment

nähergekommen war, laut und bestimmt durch den Raum und nickte Ann kurz zu: „Wohin geht es denn?"

„Na, bitte, das ist die Lösung. Em kann sich flexibel freihalten." Gabriel strahlte Em glücklich an. Sie war ja so eine Stütze!

Er beachtete Ann nicht weiter, die einfach dastand und schwieg. Dann klatschte er in die Hände und rief: „Pause beendet! Es geht weiter!"

18.

(Henrietta)

Also Em habe ich ja jetzt so richtig unsympathisch gemacht. Aber ich bin die Schöpferin, die Göttin, die diese Welt nach ihren eigenen Plänen erschaffen kann. Ich kann tun, was ich will. Das tut so gut! Das ist befreiend! Und jetzt: Mehr Drama, Baby, Drama! Warum nicht? Ist ja nur Text in einem Traum. Es passiert ja nicht wirklich. Em könnte sich zum Beispiel einen brasilianischen oder argentinischen Liebhaber namens Gustavo zulegen oder so ähnlich. Und Gabriel verlassen! Und Gabriel könnte sich einmal im Leben so richtig blamieren. Ich kann ja alles mit ihm machen, ihn sogar in die Luft fliegen lassen, den berühmten Herrn de Angelo. Wenn er sich schon nach einem Engel benennt. Wow, ich bin ja doch eifersüchtig, fast rachsüchtig. Das ist ja albern. Kindisch geradezu.

Und was mache ich mit Joe? Ich könnte eine neue Liebe für ihn hineinschreiben. Dann wäre er nicht so betroffen, wenn ich ihn verlasse. Was ich tun werde. Wenn ich zurück-komme. Falls ich zurückkomme. Besser jetzt nicht darüber nachdenken, da es sein kann, dass ich nie wieder aufwache. Besser konzentriere ich mich auf die Storyline. Es kommt ja noch immer keine Liebesgeschichte vor! Das geht ja gar nicht. Das muss geändert werden. Ich bin ja Liebesgeschichten-expertin! Nur wer? Mit wem? Und was mache ich mit dieser Ann? Die Figur tut immer, was sie will, scheint mir. Wieso kann ich sie nicht unter Kontrolle bringen wie die anderen? Sie scheint sehr widerspenstig zu sein. Und ich weiß wirklich nicht, was sie mit diesem unsichtbaren Wesen hat. Daran, das geschrieben zu haben, kann ich mich nicht erinnern. Seltsam. Verrückt! Und jetzt will die doch nicht einfach mit einem Auto abhauen? Na, wenigstens habe ich ihr Em ins Genick gesetzt. Was hat diese Ann nur vor? Ach, ich sollte vielleicht ein wenig loslassen, mich von den Figuren führen lassen, weiterschreiben. Weiterschreiben und nicht nachdenken. Nachdenken über die Möglichkeit, dass ich wirklich nur eine Romanfigur in einem Text bin und gar nicht wirklich existiere. Aber ich existiere ja! Hier sitze ich! Atme. Lebe. Schreibe.

(Ann)

Es läuft irgendwie alles aus dem Ruder in diesem Traum. Ich bekomme nichts auf die Reihe! Meine spannungsgeladene Dreiecksgeschichte ist mir jedenfalls flöten gegangen. Die Hauptperson ist ja fort! Erst dachte ich, ich könnte meinen Plot durch mein TUN weiterschreiben, zumindest steuern, wie das bei einem bewussten Traum eben sein kann, aber es läuft überhaupt nicht, wie ich will. Überhaupt nicht. Ich bin Mitspielerin auf einem Spielfeld, das ich nicht kontrollieren kann. Irgendjemand oder irgendetwas steuert mich genauso wie alle anderen! Wenn die von mir erfundenen Figuren wenigstens so wären, wie ich sie angelegt habe! Dann wären sie für mich berechenbarer. Aber nein. Alles ist im Chaos. Daniel, nein Gabriel ist um vieles netter und zugänglicher als mein echter Ex. Dabei diente dieser ja als Vorlage. Das ist seltsam. Und Em ist schrecklicher als geplant. Aber es ist ja nichts echt. Nur ich! Ich bin echt! Oder? Manchmal weiß ich gar nichts mehr. Ich bin Autorin, verdammt, das bin ich. Ich schreibe, aber ich spiele nicht!

Und diese Wolkenseele klebt an mir wie eine Klette! Aber wenigstens ist sie amüsant. Und ich mag sie irgendwie. Sie ist wie ein Kind.

Ach, ich hätte Henry längst wieder auftauchen lassen, damit sie den Part der Maria im Stück übernehmen kann. Das ist ihre Rolle, nicht meine. Wieso ist sie auch auf Wellnessurlaub? So etwas Blödes hätte ich mir nie im Leben ausgedacht. Ist ja zu banal! Nicht glaubwürdig. Na gut, wenn sie mal aus ihrem Leben raus hätte wollen? Und jetzt habe ich mich auch noch breitschlagen lassen, mit Wolke zum Wellness-Biobauernhof zu fahren, um nach ihr zu sehen. Ja, Wolke hat so gejammert, sie will endlich die Frau kennenlernen, die sie für ihre Mutter hält. Verrückt! Und zu allem Überdruss habe ich jetzt Em an der Backe! Wie erkläre ich der jetzt meine Suche nach Henry? Ich kenne Henry offiziell ja gar nicht, bin ihr ja im Grunde noch nicht einmal begegnet. Sie war nur eine Figur in meinem Buch.

Ich wollte mich auch generell zurückhalten und nur beobachten, aber ich kann bei der Entwicklung des Stücks einfach nicht ruhig bleiben. Es ist schließlich mein Stück! Meine Idee! Und die war genial, da hat Gabriel vollkommen recht. Es ist meine Geschichte! Das ist doch alles irre! Was soll ich überhaupt hier?

Ich will endlich wieder aufwachen, aber es geht nicht. Und es wirkt alles nach wie vor sehr real. Also bis auf die Angelegenheit mit Wolke! Vielleicht habe ich die ganze Zeit einen Nervenzusammenbruch und liege unter Medikamenteneinfluss in einem Krankenhausbett oder — noch schlimmer — bin irgendwo, wo mich niemand findet? Und wo ist eigentlich Paul?

„Was ist ein Nervenzusammenbruch?“ Die Wolke blitzte regenbogenfarben über Anns Kopf auf. Hatte Ann laut mit sich selbst gesprochen?

„Na, super, ich bin nirgendwo allein!“

„Bin ich dir lästig? Ich habe doch nur dich!“

„Nicht lästig, nein. Nur manchmal. Kannst du mich nicht einmal ein wenig in Ruhe lassen? Das geht nun schon seit Wochen so! Du schläfst ja noch nicht einmal.“

„Ich brauche doch keinen Schlaf. Das weißt du doch! Und ich bin eh schon so oft alleine unterwegs und vertreibe mir die Zeit!"

Ann seufzte. „Was machen wir jetzt also mit Em? Wenn sie zum Bauernhof mitkommt, müssen wir ihr doch erklären, wieso wir Henry dort suchen!"

„Bist du … gestresst?"

„Ja. Vielleicht. Nein. Dieser Traum ... äh dieses neue Leben überfordert mich. Ich spiele eine tote Figur, die im Kopf einer Revolutionärin herumspukt. Also in dem Theaterstück. Und ich hause in einem Gartenhaus mit einem Penner und einem Hund! Die noch dazu nicht in meinem Roman vorkommen. Alles verselbständigt sich!"

Wolke schnaufte: „Beggs ist kein Penner. Ich mag den voll gerne. Und Lump ist der Beste! Lump versteht mich. Er versteht mich am allerbesten. Besser als du."

Ann seufzte: „Ja sicher. Und ja, sie sind sehr in Ordnung. Beggs ist ja wie ein Bruder für mich inzwischen. Und die aufblasbare Matratze als Bettersatz ist auch okay. Wie detailreich dieser Traum ist. Und ich wohne da wirklich gerne, so seltsam das klingt."

„Der Garten ist herrlich. Total verwachsen mit vielen Pflanzen und Tieren. Nur seltsam, dass der Besitzer nie zuhause ist." Wolke flatterte umher.

„Ist auch gut so, er braucht ja nicht zu wissen, dass ich auch hier wohne. Es reicht schon, dass er Beggs toleriert. Das ist übrigens sehr nett von ihm."

„Der Besitzer ist auch wirklich nett," sagte Wolke.

„Woher weißt du das?"

„Ich habe ihn beobachtet."

„Du hast dich ins Haus geschlichen? Das tut man aber nicht."

„Ach, ich war ja so neugierig. Und hatte Langeweile. Er ist Arzt. Er arbeitet ständig. Noch gar nicht mal alt." Wolke schien irritiert zu sein.

„Dann ist nicht mehr der alte Besitzer von damals hier? Ich hatte ihn als etwas cholerischen Typen entworfen. Es ist mir wieder eingefallen, ich habe das alles als biografischen Hintergrund für Henrietta konzipiert. Henry soll als Kind immer in diesen Garten — sie ist nebenan aufgewachsen, habe ich mir jedenfalls gedacht — geschlüpft sein und hier gespielt haben. Sie soll, nicht so wie ich, neben einer Fabrik aufgewachsen sein, mitten in einer hässlichen Stadt. Sie hat eh schon zu viel von mir: einen ähnlichen Ex genauso wie eine schon verstorbene Mutter. Und jetzt ersetze ich sie auch noch im Theaterstück. Es scheint so, als wäre ich ihre Kopie, dabei ist sie doch eine stark veränderte Anti-Version von mir. Oder so. Verstehst du?“

„Nein. Keine Spur! Ist das schon wieder Menschenkram, den ich noch nicht verstehen kann?“ Wolke schüttelte sich.

„Nun eigentlich nicht. Ich verstehe es ja selbst nicht. Das ist mir alles zu hoch. Aber gut, konzentrieren wir uns auf das Jetzt. Der neue Besitzer also. Von dem weiß ich allerdings gar nichts. Das ist merkwürdig! Ich mag es nicht, wenn ich nicht die Kontrolle über das Geschehen habe.“

„Aber er gefällt mir. Besser als Gabriel. Oder Joe. Also wenn ich mir einen Vater wünschen könnte …“ Wolke war am Schwärmen.

„Also, erst einmal suchen und finden wir deine Mu … also Henrietta! Wenn du das unbedingt willst. Nur, wie erklären wir das Em?“

„Keine Ahnung. Das mit dem Geborenwerden ist mir schon kompliziert genug. Aber es wäre doch super, wenn wir Henry finden und mit hierherbringen würden und …“ Wolke tanzte durch die Luft.

„Und dann?“

„…sie sich in den Arzt, dem der Garten gehört, verliebt. Das würde mir gefallen.“ Sie schillerte in allen Farben. „Ich könnte dann hier als Mensch aufwachsen."

„Du hast ja Ideen! Aber jetzt finden wir erst einmal Henry und dann schauen wir weiter." Ann war das alles zu hoch.

(Im Theater)

Gabriel, Joe und Sandra saßen hinter der Bühne, um die weitere Vorgehensweise zu besprechen. Joe hatte um diese kleine Sitzung gebeten, denn er wollte einen Weg finden, seine Schützlinge weiterhin zu motivieren. Die geregelten Proben entwickelten sich nicht schlecht. Die ersten kleinen Erfolge gaben ihm recht, es war möglich, diese Menschen wieder in eine Gesellschaft zu integrieren. Und es schien sich allmählich sogar so etwas wie ein Gruppengefühl und ein gegenseitiges Verantwortungsbewusstsein zu entwickeln, aber dennoch standen einige der Jüngeren, vor allem Dino und Su, nach wie vor auf der Kippe. Jederzeit konnten sie austicken, wurden zwischenzeitlich unzuverlässig, hatten so viele Probleme mit sich selbst, dass Joe fürchtete, die Aufführung könnte platzen. Jedenfalls, dachte er jetzt, war das Theaterprojekt die beste Herausforderung für ihn selbst, eine gute Sache, um die Sorge um Henrietta an den Rand seiner Gedanken zu drängen. War sie wirklich nur auf einem Wellnesstrip? Das sah ihr gar nicht ähnlich. Und war dies ein Zeichen, dass sie ihn auf lange Sicht verlassen würde? Er wollte nicht an sie denken, aber dachte dennoch pausenlos ans sie. Joe schüttelte den Kopf, als wolle er jeglichen Gedanken daran abschütteln.

Gabriel nahm das Kopfschütteln irritiert zur Kenntnis, denn es passte nicht zu dem eben Gesagten: „Dabei leisten hier doch alle sehr viel. Im Namen der Kunst. Kreativität macht das Leben sinnvoll!" Er legte daher noch ein Schäuflein nach, holte dabei zu einem Monolog aus und war ganz in seinem

Element. „Und wir machen gute Kunst! Qualität! Neben der gesellschaftlichen Botschaft, der aktuellen Relevanz eines Werkes und natürlich der sinnvollen Einbindung der an den Rand gedrängten Menschen, macht Kunst ja auch etwas Mystisches: Sie macht aus banalen Lebenssituationen etwas Besonderes, etwas Erhabenes, etwas Sinnvolles und vielleicht auch etwas Unsterbliches. Also wirklich gute Kunst!"

Er und Joe hatten diese Diskussion schon unzählige Male geführt. Für ihn, Gabriel, stand der künstlerische Aspekt immer im Vordergrund. Dass das Stück bei den Kritikern ankam, war ihm wichtig. Dass es in der Theaterszene Furore machte! Dass er seinen Namen noch mehr zu einer Qualitätsmarke ausbauen konnte! Das Wichtigste sei, ein Kunstwerk zu schaffen, das man der Gesellschaft zurückgeben könne, sie idealerweise dadurch beeinflusse und transformiere. Zum Besseren natürlich. Sonst wäre alles ja nur Beschäftigungstherapie. Dieser Vorwurf der Medien, der immer wieder hervorgekramt wurde, ärgerte ihn besonders. Dem musste man etwas entgegensetzen! Deshalb wäre ein guter Regisseur wie er und einige professionelle Schauspieler zwischen den Laien das Nonplusultra. Sie würden das Ganze führen, wie gute Leithunde, und alle anderen würden sich dann einfügen. Er verglich das Erarbeiten eines Stücks gerne mit einem Schlittenhundrudel. Und er war natürlich der Leithund. Das musste sein. Dann wüsste jeder, was er wann zu tun hatte. Und alles konnte erfolgreich durchgeführt werden.

Joe hatte in all den Diskussionen niemals aufgehört, Gabriel über die Bedeutung des Stücks für die Darsteller hinzuweisen. Er betonte auch jetzt wieder, wie wichtig es sei, die an den Rand gedrängten Menschen wieder zu resozialisieren. Dass dies der eigentliche Erfolg des Projektes wäre. Aus sozialer, aus menschlicher Sicht. Joe schrieb ständig Protokolle, die in seine Berichte einfließen würden. Er wollte danach eine umfassende wissenschaftlich fundierte Studie in Angriff nehmen. Im Grunde wollte natürlich auch er von dem Projekt profitieren. Aber alle anderen sollten das auch. Es sollte für alle zu positiven Ergebnissen führen. Das war sein höheres Ziel.

Ja, hatte Gabriel zum wiederholten Male geantwortet, das alles sei natürlich auch wichtig und klarerweise wünschenswert. Deshalb gäbe es ja mit den Förderstellen Szenarien, um die Menschen auch nach den Aufführungen weiter zu betreuen und nicht wieder der Straße zu überlassen. Aber er beteuerte auch, dass die Qualität des Stücks das allerhöchste Gut sei. Kunst sei eine alternative Wirklichkeit, aber sie brauche realistische, reale Bedingungen, um diese dann überzeichnen zu können. Die reine Abstraktion gebe es schließlich leider nicht. Das wäre sein Ideal. So aber hinge nun mal alles mit dem Leben zusammen. Künstler abstrahierten das Leben. Auch wenn Joe besorgt wäre, dass die reale traurige Situation der Darsteller durch das Verschieben des Kontextes, die Erhebung zur Kunst ästhetisiert und dadurch weniger real und drastisch erscheinen würde, im Grunde das genaue Gegenteil der Fall wäre: Gerade die Randständigen und ihre Lebensumstände würden über die Kunst sichtbar für die Gesellschaft und dadurch greifbar werden. Und wenn das Stück ein Erfolg werden würde, wovon er überzeugt sei, würden die realen Leben der Menschen umso mehr in das Zentrum der Aufmerksamkeit rücken. Dann könnte man auch ihre Probleme thematisieren und mögliche Lösungen suchen. Als Nebeneffekt quasi.

Joe gab sich damit zufrieden, auch wenn er Gabriel manchmal insgeheim als sozioromantisch bezeichnete. Aber sie zogen am gleichen Strang, wenn auch aus unterschiedlichen Richtungen, davon war er überzeugt.

„Die idealen Ziele schön und gut! Dennoch brauchen

wir jetzt etwas zur weiteren Motivation", sagte er jetzt, um die Besprechung wieder auf den Punkt zu bringen, wo sie begonnen hatte.

„Wie wäre es mit einem Gruppenausflug?", warf Sandra, die bisher kaum zu Wort gekommen war, in den Raum. Sie war eigentlich nur deshalb dabei sitzen geblieben, um sich die Zeit zu vertreiben. Sie hatte es satt, ständig unter den Obdachlosen zu sein, die kaum zu einer Konversation nach ihrem Geschmack beitragen konnten. Sie fühlte sich im Beisein von Gabriel und Joe einfach wohler. Und sie mochte die beiden. Vor allem Joe. Ein interessanter, irgendwie gebrochener, verletzter Typ, der nur für seine Arbeit lebte. Das zog sie magisch an. Die beiden Männer wandten sich ihr überrascht zu.

Sandra räusperte sich. „Na, ich meine, so ein — Feuer machen, Abenteuer bestehen, gemeinsam in der Wildnis Überleben-Ding!" Sie lächelte jetzt mit einer Unbekümmertheit und Frische, die die Männer immer wieder verblüffte. Wenn sie lächelte, war es, als ob die Sonne aufging.

„Du willst diese Leute in die Wildnis schicken?" Gabriel sah jetzt allerdings nicht gerade begeistert aus. Er dachte daran, was Em dazu sagen würde und er wusste es ganz genau. „Was meinst du, Joe?"

Joe zuckte zusammen. „Wie? Was?" War er gedanklich abwesend gewesen? Er fokussierte Sandra und beachtete Gabriel kaum.

Sandra lächelte noch breiter, ihre Zunge berührte kurz ihre schönen, ebenmäßigen Zähne. „Wild-nis", wiederholte sie langsam, „kennst du eine?"

Joe begann zu überlegen. „Moment", er starrte immer noch auf Sandras Mund. Dann glitt sein Blick tiefer.

„Hm, es müsste aber eine kultivierte, überschaubare Wildnis sein. Ein Ort, wo man mit den Genehmigungen nicht überkritisch ist. Und wo nichts passieren kann. Ich habe schließlich die Verantwortung für die Leute!" Gabriel raufte sich die Haare.

Jetzt schien Joe wieder präsent zu sein. „Die Waldhütte meines Onkels", sagte er jetzt langsam, „das wäre doch was. Abgelegen, mitten im Wald, aber überschaubar. Und die Hütte hat noch einen Heuboden, da könnten wir mit Schlafsäcken übernachten."

„Ein Heuboden, hui!", sagte Sandra etwas sarkastisch.

Gabriel war noch immer nicht begeistert. „Und ihr meint, das könnte gut für das Gruppengefühl sein?"

„Jede gemeinsame Unternehmung außerhalb des Theaters wäre gut. Ja." Joe war jetzt überzeugt. „Gute Idee, Sandra!" Er nickte ihr kurz anerkennend zu.

Sie stand auf. „Ich weiß aber noch nicht, ob ich selbst daran teilnehme. Vielleicht solltet ihr das mit den Leuten allein machen."

Joe sah entrüstet aus. „Nein, wir sollten alle dabei sein. Du. Das ganze Team. Auch Ann." Er stockte kurz. „Wo ist sie überhaupt? Ich habe sie schon den ganzen Tag nicht gesehen."

Sandra zuckte mit den Schultern. „Ist mit Em weggefahren. Auch irgendein Ausflug."

Joe sah sie erstaunt an. „Mit Em?"

Gabriel nickte und stand ebenfalls auf. „Ja, sie muss irgendwas erledigen und hat ein Auto gebraucht."

„Ach so. Sie hat gar nichts davon gesagt. Sonst reden immer alle mit mir."

Sandra legte den Arm um Joes Schultern und drückte sich beinahe an ihn. Ihr Mund war jetzt ganz nah neben seinem Ohr. „Alles brauchst du auch wieder nicht zu wissen, mein Lieber. Die Leute haben durchaus ihr eigenes Leben." Dann zog sie den Arm zurück, lachte und stolzierte in die Garderobe.

„Joe, du checkst das mit der Waldhütte?", fragte Gabriel und sah auf die Uhr. „Nächstes Wochenende wäre fein. Dann haben wir noch ein paar Tage bis zur Premiere."

Joe nickte und wirkte wieder ganz abwesend.

19.

Die Fahrt zum Wellness-Biobauernhof stellte sich als ein mehrstündiger, sehr aufreibender Hindernisparcours heraus. Alles was schieflaufen konnte, lief schief. Gleich nach der ersten halben Stunde blieb das Auto am Straßenrand liegen. Em hatte glücklicherweise kurz davor die Autobahn verlassen, da sie unbedingt etwas kaufen wollte, was in einer Autobahnraststätte anscheinend nicht zu bekommen war. Ann interessierte sich nicht dafür, was es gewesen war. Je mehr Zeit sie mit Em verbrachte, umso weniger interessierte sie sich überhaupt für Em. Aber es war nun einmal so gekommen, dass Em sich als Chauffeurin betätigte und Ann war bemüht, die andere mit Contenance zu ertragen. Was nicht einfach war. Schon bevor der Wagen einfach stehen geblieben war, die Benzinanzeige rot geblinkt hatte und Em fluchend ausgestiegen war, immer wieder beteuernd, dass sie ganz sicher genug getankt hatte, hatte sich Em immer wieder unbeliebt gemacht, indem sie spitze Bemerkungen über die imaginäre Begleiterin Anns gemacht hatte. Schon beim Einsteigen hatte sie gefragt, ob diese denn auf der Rückbank oder auf dem Dach mitfahren würde und dabei höhnisch gegrinst. Ann hatte gar nicht geantwortet, hatte beschlossen, alle möglichen Tiraden einfach über sich ergehen zu lassen.

Ann war ohnehin sehr darauf fixiert, Wolke zu ignorieren, die einerseits aufgrund der für sie aufwühlenden Situation vor Aufregung kaum zu bändigen war, wie ein Hüpfball in alle möglichen Himmelsrichtungen sprang, flackernd und Farben wechselnd wie kurz vor einem Vulkanausbruch. Andererseits reagierte sie auch noch heftig auf Ems Bemerkungen und schimpfte lautstark vor sich hin. Wolke konnte Em auch nicht leiden.

Ann war also von einer schlechtgelaunten süffisanten Em und einer unkontrollierten hypersensiblen Wolke umzingelt und wünschte sich an einen fernen Ort, zumindest aber eine Augenbinde und Ohrstöpsel für den Moment.

Sie hatte Em erzählt, dass sie auf geheimer Mission für Joe sei, der sie beauftragt hätte, nach Henry zu suchen. Sie solle nachsehen, ob sie in Ordnung sei.

(Henrietta)

Na, das ist ja ein starkes Stück! Wieso sucht diese Ann nach mir? Sie sagte zu Em, Joe hätte sie beauftragt, aber das habe ich mir sicher nicht ausgedacht oder geschrieben! Was passiert hier? Die Geschichte läuft aus dem Ruder! Ich wollte doch mit dem Brief verhindern, dass man nach mir sucht!

Also nach der Henrietta im Text. Das gefällt mir gar nicht! Ich werde das umschreiben. Ich werde das verhindern. Ich will das nicht. Der Bio-Bauernhof spielt doch gar keine Rolle! Es sei denn, Em wäre auf diese Art los zu werden… Hm.

Em akzeptierte die Geschichte sofort. Sie klang plausibel für sie. Em war eine eifrige Mystery-Krimi-Leserin und hatte ein Faible für mysteriöse Abenteuer. Aber nach der Überredung eines anderen Fahrers, der ihnen einen vollen Benzinkanister an den Straßenrand gebracht hatte, und sie erleichtert an der nächsten Tankstelle standen und endlich volltankten, begann Em etwas zu übertreiben. Sie begann zu spekulieren, ob es diesen Bauernhof überhaupt wirklich gab, sie hätte jedenfalls noch nie etwas davon gehört, und das sei merkwürdig, denn mit Wellnessangeboten würde sie sich auskennen. Sie fragte, ob Henry eigentlich nicht ganz woanders hin abgehauen wäre, um nie wieder zu kommen, schließlich hätte sie sogar ihren Job in der Bibliothek aufs Spiel gesetzt und keiner wüsste etwas Genaueres.

Ann fand, dass Em plötzlich sonderbar argumentierte. Sie widersprach aber betont ruhig und zeigte Em den GoogleMap-Ausdruck vom Zielort. Der Hof wäre neu übernommen worden und würde nun nicht mehr „Grundners Biohof", sondern „Bei Gustavo" heißen. Er müsste nach der Umstrukturierung nur noch bekannter gemacht werden. Das würde eben dauern.

Em spann aber ihre geheimnisvollen Erklärungen weiter, als sie nach dem Tanken wieder in den Wagen gestiegen war, und feixte dann wieder von Zeit zu Zeit spöttisch in Richtung Rücksitz, wo sie die imaginäre Wolke vermutete. Ann versuchte sie zu ignorieren und blieb dabei weiter sachlich und ruhig.

„Na bitte", sagte Em nach einer Weile, als hätte sie es erwartet, „jetzt versagt auch noch das Navi! Es findet den Zielort nicht mehr."

„Aber wir hatten ihn doch schon eingegeben." Ann verstand das nicht. „Ein Wackelkontakt? Oder ist das Navi kaputt?"

„Wie verhext! Verhext!", säuselte Wolke in ihr Ohr. Es klang etwas panisch. „Aber", setzte sie hinzu, „es ist Schicksal, dass ich Henry treffe, also wird es so sein! Tralalalala."

Em presste verärgert die Lippen aufeinander, als wollte sie etwas sagen und würde es sich gleichzeitig verkneifen. Sie fuhr einfach der Nase nach weiter, versuchte sich anhand der Hinweistafeln zu orientieren. Aber es kam keine, die den Biohof ankündigte.

(Henrietta)

Hahaha. Die finden den Bauernhof nie. Oder sollten sie ihn doch finden? Hm.

(Ann)

Die Straßen sehen zunehmend skizziert aus, als seien sie gerade erst entworfen worden. Das kann ich weder Em noch Wolke erzählen. Das ist doch nicht zu glauben! Und sie scheinen auch nichts Besonderes zu bemerken. Es ist doch alles ziemlich seltsam. Ich hatte gleich Bauchweh bei der ganzen Sache mit dem Ausflug.

Sie fuhren über eine Stunde in einer ziemlich verlassenen Gegend umher. Nachdem sie das dritte Mal die gleiche Kirche passiert hatten und Em aus dem Toben nicht mehr herauskam, schlug Ann endlich vor, beim Wirtshaus an der Ecke nach dem Weg zu fragen. Fragen war normalerweise unter Ems Würde, aber sie stieg seufzend und theatralisch aus, um ins Wirtshaus zu gehen.

„Kannst du nicht ein wenig ruhiger sein?", sagte Ann zu Wolke, die jetzt wie ein Punchingball auf dem Rücksitz hin- und her wippte.

„Nein! Ich bin zu aufgeregt! Wann sind wir endlich da? Warum dauert das so lange?"

Noch bevor Ann antworten konnte, war Em wieder da.

„Wir sind in der Nähe!", sagte Em triumphierend, „Gleich dahinten geht ein Feldweg rein, das ist eine Abkürzung!" Der Feldweg führte in eine noch einsamere Gegend. Endlich, nach einer weiteren halben Stunde, sie wollten schon endgültig resignieren und umkehren, wurde vor ihnen eine Allee sichtbar, die zu einem großen Anwesen führte.

„Hurra!", schrie Wolke und fuhr durchs Autodach in den Himmel wie eine Rakete. Sie schrie so laut, dass Ann sich fast die Ohren zugehalten hätte.

„Na bitte: Bei Gustavo!"
Em fuhr auf den Parkplatz und lehnte sich zurück. Sie atmete tief durch, schloss erleichtert die Augen. Ann stieg aus. Der Hauptkomplex war ziemlich groß, er war umgeben von kleineren Gebäuden. Ganz hinten war eine Pferdekoppel zu erkennen, dann noch ein Gehege mit nicht ersichtlichen Tieren. Em suchte in ihrer Tasche und fand eine Zigarillo, die sie sich anzündete. „Ich bleibe erst einmal beim Wagen", sagte sie genervt und zog an der Zigarillo.

„Sie rauchen?", Ann war überrascht. War Em nicht immer auf ihre Gesundheit bedacht?

„Nur, wenn ich genervt bin. Also gehen Sie, suchen Sie, ich werde mich dann inzwischen nach einem Kaffee umsehen oder so." Em deutete ihr endlich zu gehen. Sie wollte allein sein.

Ann sah sich nach Wolke um. Wo war sie? Ah, sie hing über dem Hauptgebäude und funkelte in allen Farben. Dann verschwand sie durchs Dach ins Innere des Hauses. Hoffentlich stellt sie nichts an, dachte Ann.

Ann ging auf die Eingangstür zu.

(Später in Beggs Gartenhütte)
„Und was ist dann passiert?"
Beggs lehnte sich gegen den Türrahmen. Stunden später war Ann in die Gartenhütte zurückgekehrt. Sie sah regelrecht zerstört aus, völlig fertig. War gleich auf die Matratze gesunken. Dort lag sie jetzt und hielt sich den Kopf. Er setzte noch hinzu: „Em? Wie schlimm war es mit ihr?"

Ann winkte ab. „Ach, lass mich mit der in Ruhe! Eine schreckliche Person. Aber nein, das allein ist es nicht."

Beggs hatte auf dem Stuhl Platz genommen und wartete geduldig ab. Ann seufzte ein bis zwei Mal, dann fing sie an zu erzählen: „Der Ausflug war von Anfang an wie verhext. Aber das Allerseltsamste ..." Sie atmete tief durch.

Beggs sagte kein Wort. Das konnte er gut.

„Ich weiß nicht, wie ich es sagen soll. Als wir ankamen, gab es merkwürdige Vorkommnisse." Sie machte wieder eine Pause, fuhr dann fort: „Erst bemerkte ich es an der Rezeption. Das Gästebuch war erst nicht da, dann lag es plötzlich auf dem Pult, als hätte es immer dort gelegen. Aber dem war nicht so! Ich schwöre. Henriettas Namen war dann ebenfalls erst nicht darin vermerkt, dann stand er plötzlich dort. Ich bin doch nicht verrückt. Also nicht so!"

Beggs wackelte mit dem Kopf. „Vielleicht … hat deine Wolke das alles gemacht?"

Ann sah ihn durchdringend und irritiert an. „Sie ist ja kein Poltergeist! Meine Güte! Im Gegenteil. Sie war genauso überrascht wie ich! Es waren ganz andere … Arten von Erscheinungen." Sie strich sich eine Strähne aus der Stirn. „Aber es kommt ja noch seltsamer. Ich bekam dann nach langem Hin und Her von wegen Vertraulichkeit und so doch eine Zimmernummer genannt und ging einen Gang entlang. Und der schien immer länger und länger zu werden. Ich schwöre. Es war, als hätte er kein Ende. Nein, als würde er wachsen, währen ich ging!" Ann schnappte nach Luft.

„Unheimlich!", sagte Beggs mitfühlend.

„Ja!", Ann schnaufte. „Und dabei kann Wolke ja im Grunde alles überblicken, aber nicht einmal sie sah etwas. Sie war genauso verwirrt wie ich. Dann endlich nach gefühlten Ewigkeiten kam ich ans Zimmer, ich klopfte, aber niemand reagierte. Also öffnete ich die Tür und das Zimmer war leer.

Also unbewohnt. Wirklich! Ich trat ein, drehte mich herum und plötzlich sah das Zimmer bewohnt aus! Es hing Kleidung im Schrank und ein Koffer stand in der Ecke. Ich schwöre!"

Sie war jetzt ziemlich aufgebracht. Rote Flecken waren auf ihren Wangen erschienen.

Beggs hatte die Stirn gerunzelt. „Und du bist sicher?"

„Ja, völlig", antwortete Ann", glaub mir bitte!"

„Ich glaube dir ja. Das alles klingt wirklich spooky."

„Ja, sag ich doch! Alles irre! Der ganze Aufwand! Die seltsamen Begebenheiten! Und zu allem Überdruss habe ich Henrietta nicht gefunden! Es sah nicht so aus, als wäre das Bett benutzt worden. Ich bin also wieder zur Rezeption zurück und die sagen mir: Ach ja, sie hätten vergessen, dass sie an einer Wanderung teilnimmt — für ein paar Tage! Also, das alles war nicht nur unheimlich, sondern auch noch umsonst. Und als ich zurück zum Auto ging, um nach Em zu sehen, ist diese mit dem Chef des Hauses, einem argentinischen Landwirt und eine Art „Wellness-Guru" namens Gustavo, auch noch verschwunden."

„Wie verschwunden? Wie bist du dann nach Hause gekommen?"

Ann grinste jetzt. „Nein, verschwunden ist hier das falsche Wort. Ich habe sie nach ein paar Minuten gefunden. Sie hat sich von Gustavo die Pferde zeigen lassen. Sie waren in ein angeregtes Gespräch vertieft. Eigentlich hat Em fast geflirtet mit dem Typ. Oder er mit ihr. Was weiß ich. Jedenfalls war sie beim Zurückfahren ziemlich verändert. Ruhig. Beinahe gut drauf. Fast schon freundlich."

„Ha!", Beggs grinste. „Und jetzt sag noch einmal: Warum hast du überhaupt nach Henrietta gesucht? Ein Auftrag von Joe? Wirklich?"

Ann blickte an die Decke. „Nicht wirklich. Ich kann es dir nicht sagen. Nicht jetzt."

Beggs folgte ihrem Blick: „Und Wolke?"

„Wolke ist erst einmal dort geblieben. Um auf Henrietta zu warten. Sie war nicht davon abzubringen."

Beggs hatte gleich das Gefühl gehabt, irgendetwas sei anders. Ann war ihm verändert vorgekommen. Sie wirkte wie ein anderer Mensch. Irgendwie melancholischer. War es, weil Wolke nicht bei ihr war? Oder hatte er nur aufgrund der aufreibenden Ereignisse diesen Eindruck gewonnen?

(Henrietta)

Hahaha! War das witzig. Ich habe immer schneller und schneller geschrieben und alles ist nur so geflossen! Dabei kam es mir vor, als würden sich die Figuren gegen das Fortschreiben der Geschichte wehren. Seltsam. Aber letztendlich haben sie die Henrietta in diesem Text nicht gefunden. Ich habe sie nicht umsonst weggeschickt. Und Em ist erst einmal von Gabriel entfernt, zumindest gedanklich. Wie großartig es ist, eine Autorin zu sein, die Narrenfreiheit hat! Man schreibt eine Realität als wäre man Gott! Ach, ich bin verrückt. Ich wünschte, ich könnte in der Realität auch so mächtig sein! Mein Leben nach meiner Fasson gestalten! Das wäre großartig. Ich könnte die reale Em ins Nirvana schicken. Nein, das wäre gemein. Das mache ich nicht einmal im Text.

Aber eins versteh ich nicht. Wieso hat Ann gesagt, dass das unsichtbare Fantasiewesen aus ihrem Kopf auf mich dort am Bauernhof warten will? Was will dieses Wesen von mir? Ich kann mich nicht erinnern, es je geschrieben zu haben und doch ist es da. Ann hat es mitgebracht.

Was ist da in meinem Unterbewusstsein? Vielleicht war ich von diesen Funken in der Bibliothek beeinflusst? Das war irgendwie, als wäre etwas Unsichtbares anwesend. Aber das ist ja Quatsch! Und doch… es war etwas da. Ich verstehe das nicht! Sehr verwirrend!

Und was ist mit dieser Ann los? Sie ist immer noch ein Rätsel. Eine Figur, die sich widersetzt. Das ist doch schräg.

Ich brauche wohl eine Pause. Ich hänge wohl zu sehr in dieser Story drin. Bin schon fast wie in Trance. Wann wache ich auf?

(In Genua)

Henry erhebt sich vom Laptop und streckt sich durch.

Paul bemerkt die Bewegung durch die offene Terrassentür und sieht hoch. Er sitzt auf dem Sofa und liest unkonzentriert eine Zeitung. Er hat keine Ahnung, was er mit dieser Frau in der Wohnung weiterhin anfangen soll. Wie er sie loswerden soll. Irgendwie wünscht er sich, sie würde einfach gehen, sich in Luft auflösen. Er ist schon wegen Ann verwirrt genug.

Henry kommt auf ihn zu. „Es ist alles zu verrückt!", beginnt sie und setzt sich ihm gegenüber an den Schreibtisch. „Ich dachte, ich könnte weiterschreiben, wie mein Leben ohne mich weitergehen würde. Theoretisch. Aber…"

„Aber?"

„Der Text tut nicht immer, was ich will."

Paul überlegt zum wiederholten Male, wie verrückt die Frau eigentlich wirklich sein muss. Genauso sieht er in diesem Moment aus.

Henry bemerkt es. „Ich bin nicht verrückt. Hm. Jedenfalls nicht sehr, denke ich."

Es klingt nicht sehr überzeugend. „Aber da ist eine Figur, die sich widersetzt. Sie tut nicht, was ich will. Das ist doch seltsam. Und sie sucht mich. Mit ihrem imaginären Freund."

Paul sieht jetzt noch mehr aus wie ein Fragezeichen. Er entschließt sich, nicht auf diese imaginäre Sache zu reagieren. „Das ist doch gut, dass jemand Sie sucht, oder?"

„Ja und nein. Die Frau ist eben nicht aus meiner

Vergangenheit. Sie kam gar nicht in meinem Leben vor. Ist erst vor kurzem aufgetaucht. Ich war wohl inspiriert von Ihrer Ann dabei. Sie heißt auch so."

„Also Sie tauchen hier auf und behaupten, Ann hätte ihr Leben geschrieben. Und jetzt gibt es eine Figur in ihrem Buch oder Leben, die ebenfalls neu dort auftaucht?"

Henry nickt „Ich habe sie geschrieben. Aber irgendwie auch nicht."

Seltsame Gedanken rauschen durch Pauls Gehirn. Er hat sie schon die ganze Zeit über im Kopf, aber bisher verdrängt. Nun geht das nicht mehr. „Lassen Sie mich mal den Text lesen."

„Ja, sicher!"

Paul liest alles, was seit Henrys Ankunft geschrieben wurde. Dann schaut er hoch. Henry und Paul starren sich an. Denken sie jetzt dasselbe? Das kann doch gar nicht sein. Das wäre doch zu fantastisch! Nichts ist zu fantastisch für einen Traum, denkt Henry, um sich zu beruhigen.

(In Beggs Gartenhütte)

Beggs kratzte sich am Mützenrand. „Übrigens ist Henry vermutlich hier verschwunden. Wusstest du das?"

Ann starrte ihn überrascht an. „Wie meinst du das? Wie hier? In der Gartenhütte? Du kanntest Henry? Also ich meine, Joes Freundin? Wieso hast du das nie erwähnt?"

„Ja, sie hat bei mir Unterschlupf gefunden, genauso wie du. Es war regnerisch damals und sie stand plötzlich vor dem Zaun. Das Nebengrundstück hat wohl einmal ihren Eltern gehört, oder so."

Ann war richtig blass geworden. Ihr dunkles Haar wirkte jetzt dazu noch kontrastreicher. „Das sagst du mir erst jetzt?"

„Moment. Ich wusste ja nicht, dass du dich so sehr für Henry interessierst." Beggs fuhr fort: „Wir haben geredet, fast die ganze Nacht. Sie saß genauso auf dieser Matratze, wie du jetzt gerade. Und morgens war sie fort. Ich dachte mir nichts dabei. Sie ist einfach wieder gegangen, dachte ich. Erst viel später erfuhr ich, dass es sich bei ihr um die Freundin von Joe handeln musste, die verschwand. Aber dann erfuhr ich, dass sie ja nur zur Erholung auf einen Bauernhof gefahren war. Jedenfalls hat sie sich nicht von mir verabschiedet. Aber das ist nicht schlimm. Das tun die meisten nicht. Ich bin ja ein Niemand." Er zuckte mit den Schultern. „Aber im Grunde war sie schon der Typ, der sich verabschieden würde. Dachte ich. Aber sie war in so einem Zustand, weißt du. Sie hatte die Nase von ihrem Leben gestrichen voll. Hatte alles ziemlich satt. All das Spießbürgerliche und so. Vielleicht ist sie einfach abgehauen. Also für immer. Und das mit dem Bauernhof ist nur Fake. Das würde ja auch zu deinen Erlebnissen passen. Ein wenig jedenfalls."

Ann starrte ihn an. „Hm. Ja. Vielleicht."

Beggs stand auf. „Ich geh noch mal mit den Jungs um die Häuser. Joe hat uns ein paar Extra-Scheinchen gegeben. Wir haben Bier gekauft. Und noch ein bisschen Zeug besorgt."

„Wie? Ah ja!", Ann schien in Gedanken versunken zu sein.

Beggs beobachtete sie misstrauisch. Sie wirkte mehr denn je wie neben der Spur. „Kann ich dich alleine lassen?"

„Ja, sicher, geh nur!" Und Beggs ging.

(Ann)

Ann fühlte sich unwohl. Das war zwar schon den ganzen verdorbenen Tag über so gewesen, als hätte sie eine Vorahnung gehabt, dass die ganze Reise umsonst sein würde, aber seit der Rückfahrt war noch etwas hinzugekommen. Wolke fehlte. War sie echt schon so an dieses nervende Wesen gewöhnt gewesen? Sollte sie nicht froh sein, es endlich, zumindest für einige Zeit, los zu sein? Aber Ann machte sich

Sorgen um die verlorene Seele. Sie war schließlich ein bisschen wie ein heimatloses Kind. Fühlte sich Ann verantwortlich? Nein, das war Unsinn. Aber sie fehlte ihr. Während sie grübelte, musste sie wohl eingeschlafen sein.

Als sie aufwachte, wusste sie erst nicht, wo sie war. Zuhause? In Genua? In diesem Traum? Wo und wer war sie überhaupt? Gab es parallele Welten? Sie musste einmal einen Roman über solche Welten schreiben! Wenn sie je in ihr richtiges Leben zurückkommen würde. Nur — welches war ihr richtiges Leben?

20.

„Juhu! Bin wieder daha!", rief Wolke, die plötzlich an der Zimmerdecke baumelte.

„Wolke! Was machst du denn hier? Träume ich im Traum? Wo ist Henry? Hast du sie getroffen?"

Das Wesen verdunkelte sich und sah aus, als würde es gleich regnen. „Ich glaube nicht, dass Henry wiederkommt. Sie scheint wirklich verschwunden zu sein. Und auch alles andere war merkwürdig."

Ann setzte sich auf und war plötzlich wieder voller Energie. „Erzähl!"

Und Wolke erzählte. Dass sie ewig und drei Tage gewartet hätte. Es seien doch nur ein paar Stunden vergangen, hatte Ann eingewandt, aber das ließ Wolke nicht gelten. Sie hätte ewig gewartet und der Hof sei irgendwie unklarer geworden, unschärfer, als würde er mehr und mehr transparent. Das wäre unheimlich gewesen. Erst hatte Wolke gedacht, es hätte etwas mit ihr selbst zu tun, schließlich war sie ebenfalls immateriell. Und auch Lotti hatte sich ja in ihrem Beisein aufgelöst. Aber irgendwie war das allmähliche Verblassen des Hofes und der Menschen in ihm anders. Es war nicht bedrohlich gewesen, fast hatte es gewirkt wie ein natürlicher Zustand.

Ann hatte an der Stelle unterbrochen und ausgerufen: „Als wäre er nur eine Idee, ein Gedanke, nicht lange genug festgehalten! Nicht wirklich real. Nur ein Gedankengebäude!"

Wolke hatte daraufhin verständnislos reagiert und Ann beschloss, dies nicht weiter auszuführen, aber sie war mehr denn je der Überzeugung, in einem Buchtraum zu sein. Das war doch der Beweis! Nur — wenn Wolke es ebenfalls bemerkte, woher kam dann Wolke? Es war zu verwirrend!

Wolke hatte dann ihre Erzählung fortgesetzt, es wäre ihr klar geworden, dass Henry dort nicht zu finden sei und so sei sie zurückgekommen. Nichts hätte sie dort gespürt, das so ähnlich gewesen sei wie bei der ersten Begegnung mit Henry. Es schien, als sei Henry überhaupt nirgends. Sie spürte sie nicht. Aber müsste es nicht so sein, wenn Henry ihre Mutter sein oder werden würde? Wolke war verzweifelt.

Die Erzählung endete mit einem „Buhu! Ich kann sie nicht finden und somit auch kein Mensch werden. Ich werde ewig so sein wie jetzt!"

Ann versuchte sie aufzubauen. „Gib doch nicht gleich auf! Es ist ja nicht einmal sicher, ob Henrietta deine Mutter werden könnte oder sollte, und es ist auch nicht sicher, ob du sie treffen musst, um geboren zu werden. Ob überhaupt irgendetwas getan werden soll oder kann. Das hast du dir alles selbst so zusammengebastelt. Gib nicht auf! Wir werden schon eine Lösung finden!"

Sie war froh, dass Wolke zurückgekommen war. Das überraschte sie. Mehr noch aber hatte sie deswegen ein schlechtes Gewissen. Schließlich litt Wolke. Das sollte sie nicht freuen. Deshalb fügte Ann mit besonderer Betonung, als hätte sie eine Überraschung in petto, hinzu: „Ich habe übrigens inzwischen etwas erfahren, was dich fröhlicher stimmen könnte." Und sie erzählte ihrerseits von dem Gespräch mit Beggs.

„DAS ist ja aufregend!", schrie Wolke und kreiste farbensprühend an der Decke „Wir sind am selben Ort — genau da, wo Henrietta verschwand! Das muss Schicksal sein! Das ist sicher kein Zufall! Es besteht ja doch eine Verbindung. Es MUSS etwas bedeuten!"

„Nun komm wieder runter. Nein, nicht wirklich, du kannst dort oben bleiben, ich meine runter von deinem Hochgefühl!"

Wolke flatterte aufgeregt umher. „Dann sind wir wirklich

umsonst zu dem Bauernhof gefahren! Vielleicht ist die Lösung ja hier im Garten!"

„Nun ja, für Em war es nicht umsonst." Ann grinste.

Jetzt kicherte Wolke auch irgendwie. „Dieser Typ aus Argentinien, weiß der Kuckuck, wo das ist, Gustavo, der hat Em bezirzt oder wie das heißt! Ich habe das mitbekommen! Genauso wie es in den Büchern steht, in diesen Romanen, wo sich zwei kennenlernen und ..."

„Na ja. Jedenfalls war sie recht angetan von ihm. Wie dem auch sei, dass Em mit dem Mann Telefonnummern ausgetauscht hat, wundert mich nicht, er sah sehr gut aus mit dem Bart und den weißen langen Haaren. Em steht ja auf lange Haare bei Männern. Und auf Wellness. Und alternative Medizin und Heilmethoden. Das passt schon irgendwie. Und sie hat ja immer ihre Affären, genauso wie Gabriel!"

„Woher weißt du denn das nun wieder?"

„Ich habe sie ja erfunden! Nur nicht ganz so verschroben und unsympathisch, wie sie jetzt ist. Das weißt du doch! Wie oft soll ich dir das noch sagen!"

„Wenn die wüsste, dass auch Gustavo allmählich verschwinden wird. Es hat nicht so ausgesehen, als wäre dort etwas von Bestand."

Ann runzelte die Stirn. „Hm. Keine Ahnung. Jedenfalls, wenn es etwas Ernstes zwischen den beiden wäre ... armer Gabriel!"

Wolke schüttelte sich. Sie verstand kein Wort. „Sag bloß, du magst den?"

Ann antwortete nicht. Wolke kam von der Decke herunter und rückte ganz nahe an Ann heran: „Ach ja, was ich dir schon immer mal sagen wollte: Du bist ja noch viel verrückter als ich!" Es sah aus, als ob sie lachen würde. „Und das gefällt mir!"

Wolke verbrachte die nächsten Tage viel im Garten, um „die Fährte aufzunehmen", wie sie betonte. Meist war auch Lump dabei. Die beiden waren beinahe unzertrennlich. Lump nahm Wolke immer wahr.

Ann hatte sich inzwischen eingelebt. Das karge Leben in der Hütte mit Beggs, der fast wie ein Bruder für sie geworden war, war nicht unangenehm. Es war fast, wie Urlaub von einem selbst zu machen. Manchmal fragte sich Ann wirklich, ob sie träumte oder ob das hier ihr reales Leben war. Nur, was hatte sie vorher gemacht? Wo war sie aufgewachsen oder gewesen? Warum hatte sie keine Sachen, keine Angehörigen, keine Freunde aus der Zeit vor ihrem Erwachen im Theater? Hatte sie ihr Gedächtnis verloren? Aber nein, das war Unsinn: Sie war Autorin, das war sonnenklar. Etwas Anderes konnte sie sich nicht vorstellen. Das war ihr reales Ich. Aber vielleicht war das auch nur ein Wunschtraum, der in ihrem Inneren so übermächtig war, dass sie daran glauben wollte? Allmählich begannen sich ihre Sicherheiten aufzulösen. Was wusste man überhaupt?

Sie begann daher, mehr und mehr im Jetzt zu leben und es war ein ganz gutes Leben. Sie bekam während der Theaterzeit ein kleines Honorar für Lebensmittel und Kleidung. Es war nicht viel, aber interessanterweise brauchte sie auch nicht mehr. Die Proben machten ihr Spaß. Die Theatergruppe war verrückt, aber im Grunde ganz okay. Und Joe kümmerte sich um sie, er bot sogar Gespräche wegen ihres unsichtbaren Freundes an, die Ann jedoch verweigerte. Was hätte sie ihm denn sagen sollen? Sie allein wusste, und das war das Einzige, was sie sicher wusste, dass es Wolke wirklich gab. Zumindest in ihrer derzeitigen Welt. Em ließ sie auch in Ruhe, vielleicht, weil sie fürchtete, dass Ann etwas von Gustavo erzählen könnte. Em ließ sich überhaupt kaum noch bei den Proben blicken. Ann fand das wohltuend. Und sie genoss die

Zusammenarbeit mit Gabriel, der tatsächlich viel von Daniel hatte, aber noch mehr gute Seiten als dieser. So war das nicht geplant gewesen. Aber auch das war Ann inzwischen egal. Sie ließ sich auf dieses Leben immer mehr ein.

Beggs kam in die Hütte: „Bist du fertig? Joe holt uns schon in ein paar Minuten ab. Du kommst doch mit? Ich halte es für sehr wichtig, dass die Gruppe vor der Premiere einmal etwas Gemeinsames, Verbindendes macht. Und diese Hütte im Wald von Joes Onkel ist doch ideal! Das wird wildromantisch mit Lagerfeuer und so. Das alles soll uns stärker als Gruppe motivieren, sagt Joe."

„Na wenigstens du bräuchtest das nicht. Du bist als einziger immer motiviert und du bist überhaupt ein talentierter Darsteller. Woher kommt es?"

„Och, ich habe viel herumexperimentiert. Davor ... im Leben."

„Bevor du ausgestiegen bist?"

„Ja, genau. So in etwa." Beggs kratzte sich unter der Mütze.

„Wo ist eigentlich Lump?"

„Draußen im Garten. Er bleibt da, im Wald ist mir das zu unsicher mit den Rehen und so. Er läuft eh nur im Garten herum. Der Besitzer toleriert ihn, weil ich den Rasen rund ums Haus mähe. Ist echt sonderbar, dass er den Rest des Gartens komplett sich selbst überlässt. Ist ja fast ein Dschungel."

„Lump liebt den Garten sehr. Und Wolke auch. Sie kann ja auf ihn achten, wenn wir übers Wochenende weg sind."

„Du meinst ... hahaha ..." Beggs lachte schallend.

Ann runzelte die Stirn. „Ich dachte, du glaubst mir wenigstens, wo mich doch schon alle anderen für verrückt erklären. Jedenfalls hast du Wolke inzwischen akzeptiert, oder?"

Beggs war sofort wieder ernst: „Ja sicher! Du siehst, was du siehst. Und es wird schon seinen Grund haben." Er zögerte. „Du fährst also tatsächlich ohne deinen unsichtbaren Freund übers Wochenende in den Wald mit? Alle Achtung. Kann er oder sie überhaupt ohne dich?"

„Wir haben das schon besprochen. Er also sie, also die Wolke, möchte im Garten bleiben und über das Verschwinden von Henry nachdenken."

„Ich frage dich immer noch nicht, was Wolke eigentlich mit Henry zu tun hat. Ist dein Bier! Okay? So. Wir sollten draußen vor dem Zaun warten. Joe kommt mit einem Bus, den er sich ausgeliehen hat."

„Ich komme in ein paar Minuten nach, muss noch mein Zeug zusammensuchen."

„Du hast ja gar kein Zeug."

„Na, aber Kram schon."

„Du bist ganz schön seltsam."

„Selber."

Beggs grinste wieder, drehte sich zur Tür, tippte zum Gruß an seinen Mützenrand. „Ciao, bis gleich und ciao, Wolke!"

Ann drehte sich zu Wolke, die so tat, als säße sie auf der Fensterbank. Es war ihr Lieblingsplatz. Immer mit einer transparenten Wolkenhälfte in der Hütte, mit der anderen im Garten. „Also, wieso bleibst du wirklich hier? Du willst doch sonst immer überall dabei sein. Um von den Menschen zu lernen, wie du immer sagst."

„Ich glaube, ich habe eine Intuition. Lotti hat gesagt, ich solle darauf hören."

„Du bist doch auch sonst ständig im Garten."

„Ja, aber heute ist etwas in der Luft. Lump ist auch ganz anders als sonst. Er spürt das auch." Wolke schien sehr überzeugt.

Ann wackelte mit dem Kopf hin und her. „Kann sein. Du bist vielleicht auf einer Fährte. Ich hätte das aber alles im Roman anders geschrieben." Sie seufzte. „Aber gut, ich hätte überhaupt nicht über so was wie dich geschrieben."

„So? Wieso nicht? Bäh." Wolke flackerte beleidigt.

„Geh, darüber haben wir doch schon x-mal geredet. Fantasy! Das ist ja nicht mein Genre! Ich schreibe realistische Romane. Bücher mit gesellschaftlich relevanten Themen. Am Puls der Zeit. Ich habe Literaturpreise gewonn …". Sie zögerte. „Glaube ich jedenfalls. In letzter Zeit bin ich mir auch da unsicher. Vielleicht ist alles nur Fantasie. Mein ganzes Autorinnenleben in Genua. Und alles. Einfach alles."

Wolke wackelte etwas. „Puh, du Angeberin! Und ich bin echt keine Fantasie! Ich bin real. Merkst du doch."

„Ja, ja. Hm. Jedenfalls verstehe ich, dass mich alle für verrückt halten. Und das mir. Ich denke, ich bin eine realistische Person und glaube nicht an Übersinnliches oder all das Zeug."

„Und dennoch redest du mit mir. Siehst du mich." Jetzt lachte Wolke.

„Das ist vielleicht ein Traum."

„Das sagst du immer wieder. Ich glaube das nicht."

„Okay, keine Zeit für endlose Diskussionen. Schon wieder. Jedenfalls, bleib hier, denk nach, wenn du willst." Ann seufzte.

Wolke verdunkelte sich. „Ach, es ist alles wirklich mühsam. Wieso kann ich mich nicht einfach zu Henry wünschen, wie ich es bei Lotti gemacht habe. Ich habe es wirklich versucht. Mensch! Wie soll ich da jemals geboren werden? Es dauert alles ewig!"

„Ich dachte für euch Energiewesen oder was ihr auch immer seid, vielleicht sollte ich Seelen sagen, existiert keine Zeit? Das heißt, es wäre doch egal, wann du sie triffst."

„Hm. Diese Menschenzeit. Ich verstehe sie nicht. Seit

Lotti und ich diese Treppe hinuntergerollt sind, dauert alles sehr lange, dabei hoffte ich, es würde schneller gehen, das wär doch logisch gewesen, weil im Einssein, also davor, alles ewig andauerte. Ich erinnere mich noch daran. Ein wenig. Aber langsam verblassen diese Erinnerungen. Aber hier hört man ständig das Ticktack der Uhren und all das Zeug wie Sonnenauf- und -untergang wiederholt sich ständig, jedenfalls wirkt es so. Das macht einen mürbe. Das gibt einem das Gefühl, es müsste etwas passieren, etwas müsste sich verändern, man hat jedoch das Gefühl, es passiert überhaupt nichts. Ewig lang nichts. Es ist seltsam. Natürlich passiert was, aber extrem langsam, man bekommt es fast gar nicht mit."

Ann grinste: „Okay, so betrachtet, klingt das einleuchtend. Und furchtbar deprimierend. Ich glaube, du bist noch zu jung für solche deprimierenden Gedanken."

„Ich bin nicht zu jung. Ich bin noch gar nichts. Und vielleicht bleibt das auch so. Buhu." Die Wolke sprach wieder im Ton der Verzweiflung.

Ann schüttelte den Kopf und versuchte, das Wesen anzustupsen. „Im Grunde bist du schon vor deiner Geburt eine Drama-Queen! Oder ein Drama-King. Du mit deinem Buhu!"

„Hey! Ich denke, das irdische Leben besteht nun mal aus Drama. Das ist das Salz in der Suppe. Hat jedenfalls …"

„Lotti gesagt. Stimmt's?"

„Ja. Und hey, das mit dem Berühren kannst du lassen. Das funktioniert noch immer nicht!"

„Haha. Gewöhn dich an menschlichen Sarkasmus. Und an Spaß. Ich wollte dich nur aufheitern. Und mach dich mal locker! Wie wäre es, du lässt dich einmal auf die Situation ein? Ich habe den Eindruck, du willst ES zu sehr. Das ist oftmals blockierend. Ich weiß das vom Schreiben."

„Pah, das sagst du so einfach. Du bist ein Mensch!

Vielleicht kannst du das gar nicht verstehen. Ich will ein Mensch sein! Das ist meine Bestimmung. Ich weiß es einfach. Und irgendetwas läuft falsch. Die Frage ist, wie kann ich ein Mensch werden?"

„Na bitte, wieder mal an der sich immer und immer wiederholenden Frage angelangt. Ich würde sagen: Wir müssen einmal über die Bienchen und Blümchen sprechen." Ann grinste jetzt noch breiter.

„Ist das wieder Sarkasmus?"

„Ja und nein. Du weißt doch über Sex Bescheid?"

„Ja, ich habe darüber gelesen und ich habe Bilder gesehen und gestern habe ich bei den Nachbarn im Schlafzimmer ..."

Ann winkte ab. „Oh bitte, keine Details. Da hupt jemand. Muss Joe sein. Ich gehe dann. Bleib schön brav."

„Sehr witzig. Was sollte ich schon anstellen?"

Ann öffnete die Tür des Gartenhäuschens. Draußen saß Lump auf der Matte und sagte: „Wuff."

21.

(Im Wald)

Joe und Gabriel saßen auf einer Bank vor Joes Waldhütte in den letzten warmen Sonnenstrahlen der untergehenden Sonne und prosteten sich mit Bier zu. Gabriel trank normalerweise lieber Rotwein, aber er hatte sich vorgenommen, sich anzupassen, um als ein Teil der Gruppe zu gelten. Das war für ihn ein großer Schritt. Joe blickte in den Himmel über ihnen: „War schon eine gute Idee von Sandra hierherzukommen. Und es läuft alles bestens. Scheinen alle zufrieden zu sein."

Gabriel nahm einen Schluck. „Es ist natürlich immer noch ein Risiko."

„Alles ist immer ein Risiko. Man muss den Leuten auch etwas zutrauen. Ihnen vertrauen. Und ich habe alles unter Kontrolle. Sogar Dino benimmt sich." Er sah zur Feuerstelle hinüber, wo der Kern der Gruppe saß. Einer hatte eine Gitarre mitgebracht und klimperte stimmungsvoll darauf herum.

„Hm. Gut, dass wir nur Bier dabeihaben und jeglicher sonstige Alkohol tabu ist. Und von anderen Substanzen will ich lieber nichts wissen." Gabriel nahm einen weiteren Schluck aus seiner Bierflasche.

„So ein gemeinsames Wochenende fernab der Stadt ist Goldes wert." Joe wollte sich nicht auf eine Diskussion über Suchtmittel einlassen. Nicht jetzt, nicht an diesem Wochenende. Das hatte er jedenfalls vor. Auch wenn das hier für ihn kein Urlaub, sondern Arbeit war, dessen war er sich sehr bewusst. Schon allein die Organisation der Autos für die Gruppe, dann die Vorbereitungen, all die Schlafsäcke und Nahrungsmittel für zwei Tage, nicht zu vergessen, die Nerven, die er schon seit Tagen beweisen musste, die Gruppe einzuschwören, sich ja nicht zuzudröhnen und zumindest einen Suchtlevel zu halten, der eine Selbstkontrolle und einigermaßen akzeptable Interaktion und Kommunikation zulassen würde! Jeden Tag hatte er x-mal alle einzeln und miteinander ins Gebet genommen. Er hatte ihnen den Ausflug schließlich mit Freiheit und Ausspannen verkauft. Was lag da näher für sie, als sich die Freiheit zu nehmen, wieder so richtig ihrer Sucht zu frönen. Nein, er war ungerecht: Sie konnten nichts dafür, sie waren eben in diesem Prozess. Es war schwer für sie alle. Aber einmal aus ihrem Trott hinaus zu kommen, war schon sinnvoll.

„Ja! Ohne Zweifel! Goldes wert!", bekräftigte Gabriel jetzt. „Früher hat mich mein Vater immer zum Camping mitgenommen. Ich fand es nicht so toll, erstmal, aber dann war es immer ein Erlebnis. Und es hat einen starken Effekt auf den Zusammenhalt. Ich denke immer noch an diese Campingausflüge! Vater nahm sich dort Zeit. Für mich."

Joe war überrascht, dass Gabriel einmal irgendetwas Privates preisgab. Das tat er für gewöhnlich nie. „Ja. Die Gruppe besteht kleine, überschaubare Abenteuer miteinander. Sie haben das doch mit dem Feuer ganz toll gemacht. Und es hat was von Freiheit und Ungezwungenheit! Ein bisschen erinnert es an den frühen Hippiegeist. Wir gegen das Establishment, die Leistungsgesellschaft." Er hatte besonders Dino im Visier, der jetzt aufgestanden war und mit nacktem Oberkörper und einer Art indianischer Kriegsbemalung im Gesicht ums Feuer tanzte. Immer wieder war ein begeistertes „How" zu hören.

„Ich wollte schon lange wieder mal hierher zur Waldhütte in den Bergen. Eigentlich wollte ich schon ewig mit Henrietta hierher. Ein ruhiges Wochenende verbringen. Das haben wir aber nie geschafft. Ich weiß gar nicht, warum". Joe sah wieder sinnierend in den Himmel.

Gabriel entschied sich nicht zu antworten, obwohl ihm auf

der Zunge lag, dass sich Henry für solcherart Ausflüge kaum je begeistern hätte lassen. Früher jedenfalls nicht. Genauso wenig wie Em. Ohne fließendes Wasser und ordentliche Toiletten! Em wäre natürlich unter keinen Umständen mitgekommen. Und hier war es wirklich karg und einfach. Das war weder für Em noch für Henry besonders reizvoll. Darin ähnelten sich die beiden Frauen, die ansonsten so verschieden waren. Gabriel ließ seine Gedanken schweifen, schwieg aber, da er das Thema Henry jetzt keinesfalls vertiefen wollte, wo die beiden Männer es doch jeden Tag so gut umschifften. Henry war zwischen ihnen tabu, sie war eine Leerstelle über die nie gesprochen wurde. Hatte er vielleicht deswegen, noch bevor Joe gesprochen hatte, auch gerade an Henry gedacht? Er schüttelte die Gedanken ab. Es gab jetzt Wichtigeres: er hatte eine Gruppe beisammen zu halten und als Gemeinschaft zu formen, um demnächst ein glanzvolles Stück auf die Beine zu stellen!

Joe fragte sich im gleichen Moment ebenfalls, warum er ständig an Henrietta denken musste? Es quälte ihn. Waren es die Sorgen, die er sich um sie machte? Oder, dachte er jetzt erschrocken, hatte er ein schlechtes Gewissen, weil er einfach so weiterlebte? Ohne sie?

„Schade, dass Sandra nicht mitkommen wollte", sagte Gabriel jetzt vom Thema ablenkend. „Dann wäre die Truppe komplett."

Joe runzelte die Stirn „Ja, das wäre ideal gewesen." Er räusperte sich. „Na, ich verstehe das aber schon. Für sie ist es die beste Erholung, einmal nicht mit uns allen beisammen zu sein."

Gabriel grinste: „Wenn du meinst!"

Joe starrte ihn stirnrunzelnd an. Was war das für ein unterschwelliger Ton in Gabriels Worten? Aber Gabriel erwiderte seinen Blick nicht, sondern beobachtete die Gruppe am Feuer. Joe wetzte ein wenig unruhig auf der Bank hin und her. „Sie kommt allerdings eventuell nach. Hat sie gesagt. Also."

Gabriel hörte kaum noch zu. Er dachte nur selten an das Privatleben seiner Mitarbeiter, wenn er an einem Stück arbeitete. Ihn interessierten grundsätzlich die Rollen, nicht die Menschen, die Darsteller. Diese waren formbares Material für ihn. Deswegen liebte er seinen Beruf auch so sehr. Er konnte etwas Neues, noch nie Dagewesenes aus ihnen und mit ihnen erschaffen. Meistens war das sehr erfüllend.

Aber was war dahinten los? Gabriel deutete mit dem Finger zur Feuerstelle hinüber: „Was machen Dino und Su dort hinten eigentlich? Tragen die Fackeln von der Feuerstelle weg, direkt in den Wald? Wir sollten ihn nicht unbedingt abfackeln, wenn es sich vermeiden lässt! Dein Försteronkel hätte sicher etwas dagegen!"

„Was?", Joe fuhr hoch. Er war einen Moment unaufmerksam gewesen. „Das muss ich ihnen gleich wieder ausreden", er stand auf und ging zu den anderen hinüber.

(Ich)

Lump hat auf mich im Garten gewartet und ist gleich darauf wieder in das tiefste Gestrüpp hineingelaufen und ich dachte, er wolle mir etwas zeigen, weil er wieder bellte und er war kein Hund, der grundsätzlich viel bellte. Ich bin also hinter ihm hergeflogen, aber er verschwand im Dickicht, übrigens, wie kann man einen so schönen Garten dermaßen verkommen lassen? Ich sagte das auch immer wieder zu Ann, aber die hatte nur gemeint, sie hätte ihn wohl ursprünglich nur oberflächlich entworfen und dass er deswegen etwas unkontrolliert geraten sei. Wenn sie solche Dinge sagt, klingt sie immer, als sei sie Gott oder Göttin und ich finde das ganz schön eingebildet von ihr. Dabei ist sie nur ein Mensch und kann ja noch nicht einmal die Hälfte der Dinge, die ich kann. Wie soll sie dann diese Welt erschaffen haben? An ihrer göttlichen Unfehlbarkeit würde Ann jedenfalls noch arbeiten müssen. Seit wann bin ich eigentlich sarkastisch geworden? So menschlich geprägt? Ich lerne schnell. Es kommt mir auch vor, als würde ich menschlicher und menschlicher, je mehr ich mich mit den Menschen auseinandersetze und das ist nun intensiver denn je, denn ich bin ja ständig mit Ann zusammen, was sie ein wenig nervt, mir aber gefällt, denn Ann ist schließlich im Gegensatz zu Lotti ein Mensch und ich will das Menschsein lernen, ein Mensch werden. Obwohl ich mir manchmal zerrissen vorkomme: zu immateriell — Ann nennt es alienhaft — für die Menschenwelt, zu menschlich für die immaterielle Welt, aus der ich keinen mehr getroffen habe, seit Lotti gegangen ist. Bin ich hier alleine? Vielleicht hänge ich zwischen allen Ebenen fest? Und kaum einer weiß, wo ich bin? Vielleicht aber ist Lotti jetzt an einem Ort, wo sie jemanden auf mich aufmerksam machen kann. Mich zu finden. Ach, Lotti, ich denke so oft an sie, pausenlos eigentlich. Ich verstehe nicht, warum sie mich verließ, verlassen musste. Warum, Lotti, hast du mich verlassen? Und S, warum du mich auch? Es ist alles so ungerecht und verwirrend. Ich will nicht darüber nachgrübeln und traurig sein, aber tue es doch. Und bin es doch. Ich kann nicht anders. Auch ein menschlicher Zug scheint mir. Ist das ein gutes Zeichen, dass ich auf der richtigen Fährte bin, um geboren zu werden oder zumindest auf eine der beiden Seiten zurückzukommen? Und gibt es überhaupt zwei Seiten? Wenn ich wenigstens das wüsste! Aber ohne Lotti und ohne S bin ich einfach in diese seltsame Welt geworfen und ihr ausgeliefert! Und ohne Ann wäre ich ganz verloren. Wenigstens sie kann mich sehen und hören. Was mein einziger Trost ist. Auch wenn Beggs manchmal so tut, als würde er mir zuwinken oder mich ansprechen, es ist ein Bluff von ihm. Aber ein netter. Er akzeptiert mich wenigstens, während alle anderen Menschen denken, ich würde nicht existieren. Ich wäre eine Ausgeburt von Anns Fantasie. Was für ein Wort! Was für eine Einstellung! An nichts glauben, was man nicht sieht. Wie dumm sind manche Menschen!

Schließlich schlüpfte Lump durch eine Hecke und ich verlor seine Spur.

Gerade positioniere ich mich etwas höher, um den Garten von oben besser überblicken zu können, da sehe ich Lump in einer Ecke des wirklich unübersichtlichen, fast komplett überwucherten östlichen Randbereichs sitzen. Ich schwebe tiefer, um ihn besser kontaktieren zu können. Ich weiß mittlerweile, dass er mich wahrnehmen kann, nur kommunizieren ist nicht so einfach mit ihm. Als ich näherkomme, sehe ich etwas an seiner Seite, ganz tief im Gras, was mich sofort an etwas Schlimmes erinnert. Das ist doch ... das kann doch nicht ...! Ich stoppe im Schwung ab und fühle, wie mein Herz, es muss mein Herz sein, jedenfalls etwas ganz Wichtiges tief in mir drinnen, hämmert und zittert. Ist das Angst? Panik? Es schnürt mich ein, macht mich hilflos, lässt mich erstarren! Neben dem Hund, am Boden inmitten des Unkrauts, ist blauer Nebel, genau so einer der Lotti...

Er bewegt sich, schlängelnd, wabernd, scheint sich zu verbreiten. Hilfe!

(Im Wald)
Joe kam nach kurzer Zeit vom Waldrand zurück, die Fackeln in der Hand. „Ich habe sie überredet, es zu lassen", sagte er etwas selbstzufrieden lächelnd, „sie wollten es sich nur im Wald gemütlich machen. Ich habe ihnen gesagt, wir hätten es hier auch gemütlich, vor allem weil es jetzt endlich Essen gäbe. Das mit dem Essen hat sie überzeugt. Dino nennt

es ‚unser Abendmahl', witzig nicht?"

Gabriel zog eine Augenbraue hoch. „Aha." Er schien etwas ungehalten. „Schon wieder dieses Thema."

„Wieso?"

„Nun, ich meine, wir haben das doch in den letzten Proben besprochen. Warum im Stück kein Abendmahl stattfindet."

„Ja?", Joe kratzte sich am Kopf. Er war bei manchen Besprechungen nicht immer dabei gewesen, manchmal zwar körperlich an-, aber geistig abwesend.

Gabriel lachte etwas trocken. „Es ist ja eine moderne Adaption des Stückes. Man muss da abstrakter denken. Es gibt ja auch keine Kreuzigung. Es gibt einen Bandenkrieg und eine Schlägerei am Schluss. Der Schluss bleibt offen. Das ist gut so. Und das ist genug Dramatik in einem non-verbalen Stück, das von Bildern, Gesten und Hell-Dunkel-Effekten lebt. Ich hoffe, Dino bekommt das wirklich hin, ohne jemanden zu verletzen."

„Ja, das wird schon. Aber dass Dino ausgerechnet Sandra umstoßen soll …"

„Das gehört zum Drama dazu. Sie muss scheinbar geschwächt werden und dann plötzlich in der Erde versinken."

Joe nickte langsam, ohne dass er den Sinn der Schluss-szene trotz der vielen Erklärungen Gabriels je verstanden hätte. Er fügte hinzu: „Du bist der Künstler. Du musst das wissen." Er stand aber immer noch da wie ein Fragezeichen, was Gabriel irritierte. Er fühlte sich bemüßigt, sich erneut zu erklären. „Ich finde es stimmig, wenn Sandra als Jay sich am Ende in Luft auflöst. Also durch die Falltür in die Erde sinkt. Mit Effekten, Nebel und so weiter. Dieses Verschwinden könnte im übertragenen Sinne sogar mit ihrem Tod in Ver-bindung gebracht werden. Aber es ist eben ein bewusst offenes Ende. Es kann auch positiv gedeutet werden. Wie ich schon des Öfteren erklärt habe. Und Sandra macht dies großartig.

Keine aufgesetzten Gesten. Ganz reduziert und klar."

Joe nickte. „Ja, da hast du recht. Sie ist einfach großartig!"
Seine Augen blitzten.

„Und das mit dem Abendmahl ... ganz profan gesagt: Essen
auf der Bühne ist für mich ein No-Go. Ich will nicht, dass sich
die Darsteller zu sehr ins Normale, Gewöhnliche niederlassen
und vielleicht während des Spielens den Fokus verlieren. Und
indem wir die traditionellen Erwartungshaltungen unter-
laufen und Neuerungen hinzufügen, lebt die Geschichte
neu, beginnt neu zu atmen. Und seien wir ehrlich: Gerade
durch nicht erfüllte Erwartungen bleibt alles spannend, in
der Schwebe, kann zu unterschiedlichen Lösungen anregen.
Manchmal ist die Nichterfüllung das Beste, was unseren
Gehirnen passieren kann."

Joe nickte vorsorglich. Er hätte gerne eingewandt, dass
ihm Gabriels Gedanken manchmal zu abstrakt und zu wenig
realitätsnah vorkamen. Aber er wollte sich nicht auf eine Diskussion einlassen, nicht hier und jetzt. Und er wusste auch,
dass Gabriel manchmal im Grunde nur mit sich und für sich
selbst redete. Das gehörte wohl zum künstlerischen Prozess.
Joe war wieder einmal froh, dass er sich im Rahmen seines
Jobs an die praktischen Dinge halten konnte.

Gabriel stand auf. „Gut. Und nun werden wir nicht mehr
über das Stück sprechen, es sei denn, einer von den Akteuren
spricht das Thema an. Wir sind heute privat. Eine Kameraden-
runde. Kameraden, die gemeinsam Zeit verbringen. Spaß
haben. Wir holen jetzt besser das Essen. Ich die Sachen aus
dem Kühlschrank in der Hütte, du die Lebensmittel, die noch
im Auto sind."

Gabriel ging, ganz Chef, ohne eine Antwort abzuwarten.
Joe sah ihm nach. Er dachte über das „Privatsein" nach, das
Gabriel angesprochen hatte. Hatte er Gabriel je wirklich privat

erlebt? Gut, sie hatten eine professionelle Arbeitsbeziehung. Mal abgesehen von der gemeinsamen Verbindung mit Henrietta. Die jedoch niemals thematisiert wurde. Joe hatte aber oft das Gefühl, dass sich der echte Gabriel, der Privatmensch hinter dem Theatergenie, unter unzähligen Schichten verbarg. Aber, dachte Joe dann, als er langsam durch den Wald zum Parkplatz marschierte, der ein Stück weit den Weg hinab durch den Wald seines Onkels lag, tun wir das andererseits nicht alle? Er für seinen Teil war wenigstens im Moment froh, dass er gewisse Gefühle vor anderen verbergen konnte. Leider hatte er dabei ständig ein schlechtes Gewissen.

(Ich)

Hilfe!

Es ist dieser blaue Nebel, der Lotti eingehüllt und dann in diese Spirale gezogen hat! Es muss derselbe sein! Was soll das? Was bedeutet das? Warum taucht er jetzt hier auf? Bei Lump. In diesem Garten, in dem ich mich so wohl fühle. Würde er nun Lump mitnehmen? Irgendwie habe ich, als er Lotti umschlang, gedacht, dass er nur sie beträfe, dass er nicht wiederkommen würde. Warum eigentlich? Viele chaotische Gedanken kommen mir in diesem einen Moment. Ich bin wie erstarrt, bewegungslos, unfähig, mich zu entscheiden, irgendetwas zu tun. Was aber soll ich tun?

Lump scheint ihn nicht zu beachten. Vielleicht bemerkt er ihn gar nicht. Seltsam. Er merkt ja sonst alles, nimmt so viel mehr wahr als alle anderen. Jetzt aber sieht er freundlich zu mir hoch und wedelt mit dem Schwanz. Seine schwarzen Augen glänzen voller Freude. Er bewegt sich nicht.

Aber der Nebel tut es. Es scheint, als erhebe er sich allmählich wie eine Schlange. Empor zu mir? Kommt er auf mich zu? Will er MICH? Hilfe!

(Im Wald)

„Na, wieder einmal einen Monolog überlebt?" Eine Stimme ertönte hinter ihm. Joe lächelte, ohne sich umzudrehen. Er wusste, wer da war. Sein schlechtes Gewissen: Sandra.

„Du kommst zu früh. Es ist gerade erst dämmrig! Wir sitzen noch am Lagerfeuer! Wolltest du nicht nach dem Essen kommen?", fragte er und spürte ihre Arme an seinem Hals.

„Ich konnte es nicht erwarten. Ist das schlimm? Ja, ja, nur kein Aufsehen erregen. Wie immer. Ich werde dann vor den anderen brav und unschuldig meine Rolle spielen." Sie zwinkerte vergnügt.

Joe schob sie ein paar Zentimeter von sich und blickte in ihre großen veilchenblauen Augen. „Wenn uns jetzt jemand sieht! Es war waghalsig von uns! Überhaupt und generell."

Sandra lachte leise. „Na und? Diese Versteckspielerei geht mir schon lange auf den Geist. Noch dazu, wo mich diese Furie Em verdächtigt, auf Gabriel scharf zu sein. Nur weil ich nett bin und bei allen beliebt. Wir sollten es allen endlich sagen! Oder zeigen. Was hältst du davon? Zeigen wir es ihnen. Heute."

Joe zog hörbar die Luft ein. „Warten wir noch ab. Es sind wegen der Premiere alle sehr angespannt."

Sandra zog eine Augenbraue hoch. „Du stehst doch zu mir? Zu unserer Liebe? Oder bin ich nur eine Affäre für dich, die nach den Aufführungen wieder vorbei ist?"

„Ja, ja, natürlich, und nein, nein, natürlich nicht. Aber vergiss nicht, dass meine Frau ... ich meine Henrietta erst ein paar Wochen fort ist. Dies alles macht keinen guten Eindruck."

Sandra warf ihre Mähne zurück. „Eindruck! Darum geht es dir? Das ist mir egal. Aber bitte, wir warten. Wollen doch die Premiere nicht stören." Sie drängte sich an ihn. „Es ist so richtig romantisch hier. Dort hinten das prickelnde Feuer. Der

Wald mit all seinen Geheimnissen. Und Düften. Und ...“

„Ich werde mit ihr reden müssen.“ Sandra erstickte seinen Satz mit ein paar Küssen. „Immer noch Henrietta?“ Sie seufzte: „Ja, natürlich, rede nur mit ihr. Falls sie wiederkommt. Aber wie es aussieht, hat sie ohnehin keine große Sehnsucht nach dir.“

Joe sah jetzt etwas betreten aus. „Ja, hm, aber man weiß es nicht. Wir müssen das erst besprechen. Und jetzt müssen wir aufhören. Ich muss das Essen holen. Die warten sicher schon alle.“

„Ja, ja, wie dem auch sei.“ Sie küsste ihn wieder.

Joe fuhr mit seinen Händen an ihrer Hüfte entlang. „Du machst mich fertig, weißt du das? Vom ersten Moment an hast du mich fertiggemacht.“

Sandra lachte leise. „Hm. Essen. DU bist doch immer so ausgehungert, mein Lieber. Armer Liebling! Henry war nicht gut für dich.“

„Ach, sag so etwas nicht“ Joe sank auf den Waldboden. „Es war, was es war …“

„Nicht das Richtige für dich. ICH aber bin genau das, was du brauchst.“

Joe antwortete nicht, sondern zog sie zu sich herunter.

„Und ich sage, was ich will und wie ich es will. Und noch mehr mache ich, was ich will.“ Sandra setzte sich auf seine Brust.

„Okay“, sagte Joe erwartungsvoll, „okay.“

Sandra wusste, wie man Männer wie Joe behandeln musste.

(Ich)

Ich mache ein paar Bewegungen, um zu sehen, ob sich der Nebel in meine Richtung bewegt. Ja. Eindeutig! Er neigt sich mir zu. Er lauert auf mich. Will er das tun, was er mit

Lotti gemacht hat? Werde ich sterben? Also wieder aus dem Irdischen ins Einssein zurückgebracht werden?

Es kommt mir vor, als würde ich gleich vor lauter verwirrenden Gedanken und Gefühlen explodieren. Hilfe HS! Wo bist du nur? Warum bellt Lump jetzt plötzlich?

Oh, Lotti hilf! Oh alle guten Geister, helft mir!

Dann fällt mir ein, dass ich mich ja wegwünschen könnte. Es hat einmal immerhin bei Lotti funktioniert. Ich könnte mich zu meiner Mutter wünschen! Vielleicht wäre ich dort in Sicherheit vor dem Nebel. Vielleicht soll ich bei Henry sein. Ich denke intensiv an sie. Henry. Die Frau, die meine erste Begegnung mit einem Menschen war. Die Frau, die so angenehme Gefühle in mir ausgelöst hat. Die Frau, an die ich seither ständig denken muss. Ich wünsche mich zu ihr. Wo immer sie auch ist. Ich habe das in den letzten Wochen oft versucht. Ohne Erfolg. Diesmal aber muss es klappen! Ich bin in Not! Ich werde verfolgt! Ich bin in Gefahr! Sie wird meine Zuflucht sein. Wir sind ja irgendwie seelisch verbunden. Es muss so sein! Ich werde zu ihr kommen. Jetzt. Gleich.

(Im Wald)

Gabriel sah sich am Lagerfeuer sitzend immer wieder nach Joe um. Gabriel war in guter Stimmung, denn offensichtlich unterhielt sich die Gruppe bestens. Alles lief ganz nach Plan, um eine gute Premiere und Aufführungen zu bekommen. Sie agierten fast schon wie eine Gemeinschaft. Ihm gegenüber saß Ann, still und in sich gekehrt wie selten. Sie war wohl ohne ihren unsichtbaren Freund gekommen. Sie würde doch nicht normal werden? Irgendwie würde es ihn freuen, dachte Gabriel. Aber irgendwie sah sie auch melancholisch aus. Dann schwangen seine Gedanken wieder zu Em, die sich in letzter Zeit dem Theater und den Proben erstaunlich ferngehalten hatte. Das beschäftigte ihn jetzt schon

seit Tagen und nun hatte er erstmals Zeit, darüber nachzudenken. Er schreckte aus seinen Gedanken hoch, weil Dino
wegen irgendetwas ausgezuckt war und einen Streit mit Kai
angefangen hatte. Gabriel musste richtig dazwischen gehen,
was auch schnell funktionierte. Er konnte aufgrund seiner
Größe und Autorität sofort die Lage beruhigen. Es war letztlich nur um eine Kleinigkeit gegangen, Gott sei Dank. Na,
bitte, dachte Gabriel, er brauchte Joe gar nicht wegen jeder
Unstimmigkeit hinzuzuziehen. Wo war Joe überhaupt? So
lange brauchte kein Mensch bis zum Auto und wieder zurück.
Wieder sah sich Gabriel um.

Dann schrie plötzlich irgendjemand. Gabriel brauchte
einige Zeit, um das Schreien zu lokalisieren. Es kam aus
einigen Metern Entfernung, vom Waldrand her. War es jemand
aus der Gruppe? Fehlte überhaupt jemand? In der Gruppe ent-
stand sofort Unruhe, einzelne Stimmen wurden laut, einige
waren aufgestanden und sahen erschrocken aus. Gabriel ließ
Dino, der ja nur allzu leicht aus der Fassung zu bringen war,
nicht aus den Augen. Eben wollte er fragen, wer denn gerufen
hatte, als er bemerkte, dass Ann fehlte. Wann hatte sie die
Feuerstelle verlassen? Dann sah er einen Schatten. Es musste
Ann sein.

Sie stand einige Meter entfernt, es war schon relativ dunkel,
nur das Lagerfeuer und ein paar Lichtsonden, die aufgestellt
waren, sorgten für eine gedämpfte Helligkeit. Er erkannte sie
nur anhand ihrer Gestik und sie fuchtelte wie wild um sich.
Erst dachte er, dass sie wegen eines Tieres, einer Fledermaus
vielleicht, so reagierte. Gabriel machte einige Schritte in ihre
Richtung. Wenn Joe nicht verfügbar war, würde er sich eben
der Situation annehmen. Er würde das schon meistern. In
diesem Moment ertönte wieder ein Schrei und hallte durch
den ganzen Wald und wieder zurück. Im gleichen Moment
drehte Ann sich um und lief in den Wald hinein. Die Stille,

die darauf folgte, war so tief und umfassend, dass nicht einmal die Vögel, die vorhin noch in den Bäumen gekreischt hatten, zu zwitschern wagten.

22.

(In Genua)

„Diese Figur, Ann", beginnt Henry vorsichtig, „erinnert sie Sie vielleicht an ihre reale Ann?"

Paul liest die Zeilen wieder und wieder. „Das wäre absurd!", sagt er. Es klingt jedoch nicht überzeugt. „Ja und nein. Ann wäre nie so verrückt, einen unsichtbaren Freund zu haben. Sie ist Realistin durch und durch. Nein, der ganze Gedanke ist absurd." Er schüttelt wieder und wieder den Kopf.

„Und warum sucht diese Ann nach mir?"

„Keine Ahnung! SIE haben die Szene ja geschrieben!"

„Eben nicht", Henry zögert, greift sich an die Stirn. „Ich habe dagegen angeschrieben. Da schauen Sie: Das mit dem Benzintank und dem Navi, das habe ich hinzugefügt. Oder meinen Sie, ich bin schon so verwirrt, dass ich nicht mehr weiß, was ich alles geschrieben habe? Habe ich in Trance geschrieben?" Sie wird wieder unsicher. Kann man wirklich irgendetwas genau wissen?

„Und hier, da sind Fehlstellen, lauter Leertasten. Da müsste doch etwas stehen oder nicht? Ach, ich weiß selbst nicht." Sie starrt auf den Monitor. Da waren viele Leerstellen, als wäre dort ein unsichtbarer Text.

Paul antwortet nicht, sondern ist wieder im Manuskript versunken. „Dass sie sich in die Proben einmischt, wäre immerhin typisch. Aber sind nicht alle Figuren in diesem Buch in ihrem Kopf entstanden? Also haben doch alle etwas mit Ann zu tun? Sind Teile von ihr?"

„Und ich?"

Paul antwortet wieder nicht.

Henry zeigt auf die Leerstellen. „Da ist eine, bei der Szene am Biobauernhof, sie bricht plötzlich ab, dann Leertasten, als ob hier noch etwas eingefügt gehört. Und hier auch noch einmal. Und hier."

Paul liest, dann blickt er hoch. „Haben Sie da eine Gruselszene im Wald geplant? Wieso schreit da jemand?"

Henry zuckt zusammen. „Wald? Schreien? Gruselszene? Keine Ahnung."

Paul zeigt auf den Abschnitt. Henry wird blasser und blasser. „Das stand vorhin noch gar nicht da!" Ihre Stimme kippt über. Wieder denkt Paul, ob sie wohl geisteskrank sein könnte.

„Das werde ich ändern!" Henry will eine Zeile tippen. Der Cursor bewegt sich nicht. Steckt er fest? Henry tippt noch einmal. Nichts.

„Das gibt es doch nicht", ruft Henry.

„Vielleicht ist die Tastatur blockiert", sagt Paul, „lassen Sie mich es einmal versuchen." Er tippt ebenfalls auf der Tastatur herum. Aber nichts geschieht. Alles steht still.

(Ann)

„Bist du wahnsinnig, mich so zu erschrecken?" Ann hastete zwischen zwei Baumstümpfen hindurch. „Was tauchst du denn so plötzlich auf? Was ist los? Du hast mich zu Tode erschreckt! Da drüben sind wir weit genug von den anderen weg. Hier." Bei einer kleinen Lichtung mit gefällten Bäumen blieb sie stehen und wollte Wolke vorwurfsvoll ansehen. Wo war sie jetzt schon wieder?

Ann sah sich suchend um. Es war inzwischen fast vollkommen dunkel geworden und die dichten Äste der Bäume schienen alle Helligkeitskontraste zu dämpfen. Doch, da drüben flackerte etwas. Wolke hing unter den untersten Ästen einer Fichte und zitterte.

„Was ist los, hm?", wiederholte Ann etwas ruhiger.

„Der Nebel ...", ächzte Wolke.

„Welcher Nebel?" Ann stellte sich unter die Fichte und atmete tief durch. Sie war ganz schön erschrocken, als Wolke aufgetaucht und gebrüllt hatte wie am Spieß, gebrüllt, als ginge es um Leben und Tod. So erschrocken, dass sie selbst schreien hatte müssen. Langsam erst begann sie sich zu beruhigen.

„Der blaue Nebel, der Lotti geholt hat. Er will auch mich holen." Wolke war immer noch unter dem Blätterdach versteckt.

Ann blickte hoch, konnte aber kaum etwas sehen. „Komm da raus. Hier ist kein Nebel."

„Er wird mich finden. Er hat mich im Garten gefunden, hat auf mich gewartet. Ich werde sterben!" Die Wolke zitterte, dass der ganze Baum wackelte.

„Du kannst nicht sterben, du bist ja noch nicht einmal geboren worden!" Ann kam das soeben Gesagte ziemlich logisch vor. Aber sie kam sich dabei auch absurd vor. Und ihr fiel nichts ein, um Wolke zu beruhigen. Sie versuchte es mit Realismus: „Da ist kein Nebel. Komm da endlich raus."

Sie sah sich sicherheitshalber um. Dass sie keinen Nebel sah, konnte auch daran liegen, dass sie überhaupt kaum etwas sehen konnte. Sie lehnte sich an den Baumstamm und wartete. Endlich schlüpfte die Seele aus dem Versteck hervor, glitt an dem Stamm hinunter, direkt in Anns Arme. Wenn sie sie halten hätte können. Ann ließ sich zwischen zwei Wurzeln der Fichte, direkt auf dem Waldboden nieder. Jetzt hatte sie Wolke quasi auf dem Schoß, auch wenn sie sie nicht berühren konnte. Wolke schnaufte und zitterte immer noch. Beinahe übertrug sich ihre Aufregung auf Ann.

„Lot-ti ist auch ge-storb-en", stotterte Wolke, immer noch fix und fertig. „Der blaue Nebel hat sie verschlungen und nun will er mich."

„Das weißt du doch gar nicht sicher."

„Doch. Ich fühle es. Ich wusste es gleich."

„Ist er jetzt auch da, dieser Nebel? Kannst du ihn sehen oder spüren?"

„Nein. Aber er hat mich im Garten gefunden. Er wird mich überall finden. Buhu!"

Ann atmete jetzt wieder einigermaßen ruhig. „Die Gruppe wird nach mir suchen. Weil sich die Kollegen um mich Sorgen machen. Bitte beruhige dich. Sag mir, gibt es etwas, das man dagegen tun kann?"

Wolke schüttelte sich. „Ich weiß nicht. Bei Lotti war nichts zu machen. Der Nebel hat sie eingehüllt und in eine Art Spirale gezogen. Und Lotti blieb dabei ganz ruhig. Das war seltsam. Sie hat sich nicht gewehrt."

„Hm", Ann wusste auch keinen Rat. „Wie bist du überhaupt hierhergekommen?"

„Hab mich her gewünscht. Zuerst zu Henry. Aber das klappte nicht. Dann hierher. Das ging plötzlich. Ich glaube, es geht überhaupt nur in Notlagen mit dem Wünschen. Und ich bin in Not! In Gefahr! Ich kann nicht mehr zurück in den Garten! Der Nebel wird mich finden!"

Wolke hatte sich komplett verdunkelt.

Ann dachte nach: „Also überlegen wir. Was hat dieser Nebel zu bedeuten? Bringt er dich vielleicht in dein Einssein zurück?"

„Daran hab ich auch schon gedacht. Vielleicht fange ich wieder von vorne an. Weil ich mich verirrt habe."

„Na bitte", sagte Ann, „vielleicht ist das gar nicht schlecht."

Sie fühlte sich nicht gut dabei, während sie das sagte.

Prompt meinte Wolke: „Willst du mich loswerden?"

„Nein, natürlich nicht. Aber vielleicht ist das der natürliche Weg! Hat nicht Lotti gesagt, es sei in Ordnung?"

Wolke überlegte. „Ja, so etwas Ähnliches. Aber wenn nicht? Der Nebel ist unheimlich. Er schleicht sich an, er ist wie eine Schlange, die einen umwickelt. Erdrückt. Ich habe Angst!"

„Wir fürchten uns immer vor dem Unbekannten. Weil wir es nicht kennen, nicht wissen, was uns erwartet." Meinte Ann das wirklich oder wollte sie nur Wolke beruhigen? Sie wusste es selbst nicht so recht.

„Hm. Meinst du? Ja, aber wenn nicht? Wenn es doch schlimm ist? Wenn es das Ende ist?"

Ann starrte unschlüssig auf das Wesen, das direkt vor ihr, eigentlich in ihr saß. Sie spürte die innere Panik Wolkes, als wäre es ihre eigene. Ihr Herz hämmerte. Es war ein seltsames Gefühl. Sie legte die Hände auf das Wesen, erwischte aber nur den eigenen Bauch. Wolke beruhigte sich auf der Stelle und für einen Moment herrschte Stille und Übereinkunft.

Plötzlich aber kreischte Wolke auf, dass Ann wieder erschrak, und zitterte erneut.

„DA ist er. Direkt vor dir! Er hat mich schon gefunden. Er ist schnell. Hilfe! Er kommt näher!"

Wolke fuhr abrupt hoch und zischte jetzt wie ein geölter Blitz durch die Äste der Bäume. Immer im Kreis herum. „Wohin? Wohin soll ich?"

Ann sprang auf, drehte sich nach allen Seiten um. „Wo? Ich kann keinen Nebel sehen! Bei mir?"

Aber sie sah noch immer nichts, auch wenn sich die Augen inzwischen an die Dunkelheit gewöhnt hatten, und auch Wolke nicht mehr.

„Wolke?" rief sie. „Wolke?" Aber sie bekam keine Antwort.

Das Wesen war offensichtlich davongeflogen, schon längst zwischen den Bäumen verschwunden.

„Was ist passiert?" Gabriel trat aus dem Schatten eines Baumes hervor und ergriff Anns Oberarm. Irgendwie befürchtete er wohl, sie würde gleich umkippen. Aber nein, im Gegenteil, sie stand kerzengerade da, bewegte sich nicht. Gabriel hatte den anderen kurz erklärt, sie sollten beim Feuer sitzen bleiben. Er war alleine hinter Ann hergegangen, hatte aber, umsichtig wie er war, eine Taschenlampe mitgenommen. Mit dieser leuchtete er jetzt in ihr Gesicht. Sie war blass. Sah immer noch erschrocken aus.

„Was ist passiert?", wiederholte er.

Ann brauchte eine Weile, um zu sich zu kommen. Jetzt erst begannen ihre Beine zu zittern. „Ich muss mich setzen." Sie setzte sich langsam zwischen die Wurzeln des Baumes zurück. Gabriel setzte sich vor sie hin, sein Oberschenkel berührte den ihren dabei kurz. Ann schlang jetzt die Arme um sich und murmelte. „Das ist mir ein bisschen zu viel, das alles."

„Das Stück und die Rolle?"

„Wie? Was sagst du? Ach nein, das hat nichts mit dem Stück zu tun." Sie atmete tief durch. „Wolke ist davongeflogen. Ich weiß nicht, ob sie wiederkommt."

Ann sah Gabriel an, als sähe sie durch ihn hindurch, als wäre sie weit weg, wäre sie gar nicht präsent.

„Willst du mir erzählen, was passiert ist?", fragte Gabriel.

Ann zögerte. Dann sagte sie vorsichtig. „Die Wolke ist plötzlich erschienen. Sie sollte doch zuhause bleiben. Sie sprach von einem blauen Nebel, der sie verschlingen will."

Gabriel atmete tief durch. Ann hatte also ihren unsichtbaren Freund verloren. Er wusste nicht, ob das nun gut oder schlecht war. Für sie im Moment sicher schlecht, aber langfristig für das Theaterstück und ihre geistige Gesundheit wahrscheinlich gut. Er hatte aber keine Ahnung. Hilflos sagte er: „Vielleicht kommt sie ja wieder. Ist nur kurz weggegangen."

„Hm." Ann starrte in die Ferne, als fühle sie in sich. „Möglich. Es klang so grauenvoll. Wolke ist aufgetaucht und hat um Hilfe gerufen!" Sie schüttelte sich, überlegte. „Nein, ich denke, sie ist fort. Der blaue Nebel hat sie offensichtlich verfolgt. Sie ist auf der Flucht. Vielleicht hat er sie schon erwischt! Ach, könnte ich nur aus dem Traum aufwachen. Jetzt. Dann wäre wieder alles wie früher. Was soll das alles?"

Ein Ruck ging durch ihren ganzen Körper. Sie sprach wie zu sich selbst: „Nun bin ich allein. Und erwache doch nicht. Und alles fühlt sich ziemlich real an. Sogar körperlich!"

Gabriel runzelte die Stirn. Sollte er auf diesen Nebel-Unsinn eingehen? Hier war überhaupt kein Nebel. Es war ein klarer, lauer Abend. Er legte seine Hand auf ihre Schulter und sagte wie automatisch: „Du bist nicht allein. Und erwach aus dem Traum erst nach der Premiere, okay? Wir brauchen dich als Maria. Du bist eine verlässliche Darstellerin."

„Eine wandelnde Tote." Sie schüttelte sich wieder und wieder.

„Ja, aber deine Maria ist im Grunde viel lebendiger als die restlichen Protagonisten. Irgendwie wirkst du realer, ich weiß auch nicht. Du hattest recht mit deiner Interpretation der Stärke, die über den Tod hinausreicht. Maria hat etwas Besonderes, etwas Unzerstörbares, etwas Hoffnungsvolles! Sie beeinflusst Menschen zum Guten. Sie ist wie ein guter Geist! Sie trägt die Zukunft irgendwie weiter. Das ist dein Input. Das bist du!"

Ann sah ihn erstaunt an: „Oh danke. Du hast ja doch Gefühle, bist sensibel!"

Anns Gesicht war jetzt sehr dicht vor Gabriels. Trotz des spärlichen Lichtkegels der Taschenlampe, sah sie tief in seine Augen. Sie dachte an Daniel und wie ähnlich er ihm war. Gabriel erwiderte ihren Blick. Langsam kam sein Gesicht näher. Würde er sie küssen? Ein paar Zentimeter vor ihrem Gesicht hielt er inne. Er zögerte. Sollte er das jetzt riskieren? Er wünschte es sich im Grunde, seit er sie getroffen hatte, damals im Theater in diesem albernen Nachthemd. Aber war dieses Begehren nicht viel spannender und nachhaltiger, wenn es in der Schwebe unerfüllt blieb? Im Gegensatz zum real Gelebten hielt das Gefühl womöglich ewig an und starb nicht an den Banalitäten des Alltags. Und was würde Em sagen? Wie würde sie reagieren, wenn er alles aufs Spiel setzte für diesen einen Moment? War nicht die Fantasie meist viel besser als die Realität?

In seinem Zögern kam Ann wieder ganz zu sich, zurück in den Moment. Und in diesem Augenblick konnte sie genau nachempfinden, was er dachte. Stand es in seinem Gesicht geschrieben oder kannte sie ihn einfach, weil er aus ihrem Inneren gekommen war, zu gut? Er war eine ihrer Figuren.

Als sich sein Gesicht langsam wieder entfernte, fiel Ann ad hoc etwas ein. „Fantastische Realität!"

„Was?" Gabriel verstand kein Wort. Aber es passte irgendwie zu dem, was er gerade gedacht hatte. Was für ein Zufall!

„Das Genre für das Theaterstück. Das Label, nach dem du suchtest. Eben ist es mir eingefallen. Nimm den Begriff: Fantastische Realität. Er ist sogar für den Roman passend! Ich denke, ich werde ihn auch verwenden." Sie lächelte jetzt.

„Welchen Roman?"

„Ach, vergiss es!"

Warum musste Ann jetzt gerade an Paul denken?

BOTSCHAFT AN ANN: DAS M.A.M. PROJEKT WAR ERFOLGREICH.

Was? Woher war das gekommen? Dieser Satz war plötzlich in Anns Kopf.

Sie presste die Finger an die Schläfen. „Wir sollten zu den anderen zurückgehen", sagte sie, sich plötzlich unwohl fühlend.

Gabriel nickte. „Und du bist so stabil, dass du auch am Freitag bei der Premiere auftreten kannst?"

Sie nickte. „Ganz bestimmt. Versprochen."

„Gut", sagte Gabriel erleichtert, ergriff ihre Hand und half ihr hoch.

(In Genua)

Henrietta hat versucht, das Roman-Dokument zu speichern, zu schließen, versucht, den Laptop herunterzufahren. Nichts hat funktioniert. Der Laptop war so seltsam warmgelaufen, wurde auch immer heißer. Schließlich hat Paul den Laptop ausgeschaltet. Um das Gerät abzukühlen, wie er sagte. Henrietta ist dann aufgestanden und an die Balustrade der Terrasse getreten. „Das ist mir alles im Moment zu viel", hat sie gesagt, „Ich werde ans Meer runtergehen. Nachdenken."

Paul ist nachdenklich in der Wohnung zurückgeblieben. Unruhe hat ihn erfasst. Er geht planlos immer wieder um den Laptop herum, wartet, bis sich der Computer abgekühlt hat.

Dann fährt er ihn erneut hoch. Das Dokument lässt sich gleich wiederherstellen. Der Cursor blinkt. Paul starrt auf den Monitor. Wie automatisch, fast wie in Trance tippt er ein:

„BOTSCHAFT AN ANN: DAS M.A.M. PROJEKT WAR ERFOLGREICH."

Henrietta sitzt mit dem Rücken zum Ufer auf einem der ins Meer hineinragenden Felsen und versucht, sich zu beruhigen. Schon auf dem Weg den Berg hinunter hat sie gleichmäßig im Takt der Schritte geatmet. Ruhe braucht sie, einfach Ruhe. Innere wie äußere. Und Abstand zu all den Verwirrungen. Sie will nur auf das Meer, auf den Horizont schauen. Gar nichts mehr denken müssen, nur schauen. Die Sonne ist dem

Horizont schon nah gerückt. In den bewegten Wellen spiegelt sich ihr Licht golden. Wie einzelne Sterne glitzern die Lichtpünktchen auf dem Wasser. Sie erinnern Henry an jene Lichtpünktchen, die sie damals in der Bibliothek gesehen hat. Ist das nicht erst zwei Tage her? Sie hat kein Zeitgefühl mehr. Ist es wirklich passiert? Was ist nur alles passiert? Träumt sie wirklich? Nein, jetzt nicht denken, einfach einmal alles sein lassen, mit dem Meer fließen.

Das Meer hat eine magische Anziehung auf sie und es beruhigt sie augenblicklich, fährt alle Systeme runter. Endlich atmet sie im Gleichklang, im Takt der Wellen. Vielleicht soll sie sich doch mehr mit dem Sinn dieses Traumes beschäftigen. Es muss doch einen Sinn geben!

Sie schaut senkrecht nach unten, wo sich ihre Silhouette im türkisblauen und glasklaren Wasser spiegelt. Wer ist sie? Was macht sie aus? Sie atmet tief durch. Was würde sie ändern, wenn sie wieder zurück in ihr richtiges Leben kommen würde, das ihr im Moment gar nicht mehr richtig vorkommt? Wovon will, nein, braucht sie in ihrem Leben mehr und wovon braucht sie weniger? Sie will nicht mehr flüchten. Sie will es ändern, sich ein anderes, alternatives Leben aufbauen. Mehr so leben, wie sie wirklich will? Aber weiß sie, was sie wirklich will? Vielleicht wie eine Autorin ihr Leben selbst schreiben und sich nicht schreiben lassen? Sie will in ihrem Leben jedenfalls endlich die Hauptrolle spielen und sich nicht mehr wie eine Nebenfigur vorkommen. Ja. Das will sie.

Henry nickt ihrem Schatten im Wasser zu.

23.

(Im Theater, hinter der Bühne)

Kurz vor der Theaterpremiere sitzt Ann vor ihrem Schminkspiegel in der Garderobe und bereitet sich auf die Aufführung vor. Sie trägt wieder ein Nachthemd, ein ähnliches wie das, das sie getragen hat, als sie im Theater aufgewacht ist. Diesmal ist es für die Rolle. Wie lange ist es her, dass sie hier ist? Acht Wochen? Sie hat kein Zeitgefühl mehr und ist auch ein wenig melancholisch gestimmt. Seit Wolkes Verschwinden vor ein paar Tagen. Alles hat sich seither verändert. Sie fühlt sich sehr allein.

Joes Gesicht taucht hinter dem ihren im Spiegel auf. Er schaut sie prüfend an. „Und? Alles okay? Du bist bereit?"

„Ja, klar, alles bereit", sie versucht zu lächeln, aber es wirkt wie eine Grimasse. Ann pudert sich das Gesicht noch blasser als es ohnehin schon ist. Auch den Haaransatz pudert sie mit, um sich einer toten Maria anzunähern. Sie sieht jetzt aus wie ein Geist. Dann dreht sie sich zu Joe um.

„Ich habe in den letzten Tagen überall nach Wolke gesucht. Vor allem habe ich den Garten immer wieder durchstreift. Aber sie ist wohl wirklich fort."

Joe stützt nachdenklich seine Hände auf den Lehnen ihres Drehstuhls ab. „Vielleicht ist es wirklich besser so. Du wirst dich daran gewöhnen. Und dir neue Freunde suchen. Echte. Reale." Er zwinkert ihr zu.

Ann lacht. „Ja, ja, klar", dann wird sie wieder ernster, „aber es ist seltsam: Sie fehlt mir!"

„Vielleicht wird sie ja immer ein Teil von dir bleiben."

„Meinst du?"

Joe überlegt. „Ja, das glaube ich tatsächlich. Jeder, den wir treffen und der mit uns ein Stück des Weges geht, wird irgendwie ein Teil von uns und das bleibt erhalten, auch wenn die Wege sich wieder trennen." Er fährt sich über den kahlen Kopf. Seine Gedanken sind bei Henrietta. „Übrigens kommt Henrietta zur Aufführung!", sagt er jetzt auch prompt.

„Was?", Ann ist überrascht. „Sie kommt zurück? Jetzt?"

„Ja, pünktlich zur Premiere. Sie hat sich gemeldet, brieflich, und geschrieben, ich solle einen Platz reservieren — in der ersten Reihe."

Ann seufzt leise in sich hinein. Fast hätte sie gesagt, dass es für Wolke fantastisch gewesen wäre, endlich auf Henry zu treffen, aber sie will nach wie vor nicht, dass Joe von der möglichen Verbindung zwischen Wolke und Henrietta weiß. Das schafft nur weitere Fragen, für die sie keinen Nerv hat.

Joe wirkt nicht sehr glücklich, eher angespannt und nervös. Nun gut, er hat seine Freundin seit Wochen nicht gesehen, denkt Ann. Und ich überhaupt noch nie, jedenfalls nicht real, fügt sie gedanklich hinzu.

Joe blickt auf die Uhr. „Ach, ich tratsche hier und die Aufführung beginnt gleich. Ich muss ja den Lift bedienen." Er geht die Aufgaben noch einmal mit Ann durch. „Du positionierst dich wie besprochen in genau zehn Minuten auf der Falltür hier unten und ich betätige dann den Lift und lasse dich dann hochfahren auf die Bühne. Alles klar?"

Ann nickt. „Ja. Alles klar. Und du bleibst wirklich die ganze Zeit hier unten? Dann bekommst du ja nicht mit, wie es auf der Bühne läuft."

„Nein, ich schau schon von der Seite aus zu. Alles wird gut laufen, das weiß ich. Aber vor der Schlägerei am Schluss bin ich wieder hier unten, um Sandra mit dem Lift herunter zu befördern, ich bekomme vorher ein Zeichen, wenn sie auf der Falltür steht, nachdem Dino sie geschlagen hat. Hoffen wir alle, er hält sich an die Vorgaben und tut nur so als ob. Die arme Sandra hat oft genug vor ihm gezittert."

„Wir haben das ja jetzt wirklich oft geübt. Sind die anderen schon oben auf ihren Positionen?"

„Ja, alle bereit. Also in zehn Minuten auf die Falltür stellen! Nicht vergessen! Und du erscheinst als Tote oben auf der Bühne. Toi toi toi!"

„Toi toi toi auch dir!"

(Ann)

Ein wahnsinniger Traum und sehr komplex, denkt Ann. Es lässt mich nicht los. Ich kann immer schwerer beurteilen, was real ist und was nicht. Wann wache ich endlich wieder auf? Und was hat das alles für einen Sinn? Ich MUSS das alles aufschreiben! Hoffentlich kann ich mich dann erinnern, wenn ich wieder aufgewacht bin. Hoffentlich wache ich überhaupt wieder auf. Ich will wieder Autorin sein, keine Darstellerin, die herum geschoben wird wie eine Schachfigur. Es kommt ihr plötzlich vor, als wäre ihr eigenes Gesicht ihr fremd. Ann rückt näher an den Spiegel heran.

Wer ist sie? Wer will sie sein? Und woher kommt dieser Nebel da rund um sie? Oder beschlägt der Spiegel bloß aufgrund ihres Atems? Sie wischt mit der Hand über die Spiegeloberfläche. Kurz kommt ihr vor, als wäre da ein anderes Gesicht, das das ihre überlagert. Ann blinzelt ein paar Mal. Sie ist ja schon so überspannt! Es ist gut, dass nun endlich die Premiere kommt und der Druck abfällt. Wo Wolke jetzt wohl sein mag? Sie denkt an ihren letzten Moment mit Wolke, als sie dachte, sie könne das Wesen fast spüren. Das ist ein besonderes Gefühl gewesen.

Draußen ertönt das Signal, dass das Stück jetzt beginnt. Noch einmal blickt sie in den Spiegel.

Ann nickt ihrem Spiegelbild zu.

(Neben der Bühne)

Em und Gabriel stehen neben der Bühne und beobachten durch ein Loch im Vorhang die in den Theaterraum strömenden Menschen. „Na bitte, es wird voll. Und es wird ein großer Erfolg, du wirst sehen!" Em lacht glücklich auf.

Gabriel räuspert sich nervös: „Dein Wort in sonstwessen Ohr! Aber wie wir wissen, ist Quantität nicht gleich Qualität. Aber sicher, dieser Andrang ist bemerkenswert!"

Er muss doch ein wenig grinsen vor Stolz und streckt sich durch, sodass er noch größer wirkt.

„Wir haben aber auch gut geworben, PR gemacht!" Em fixiert die erste Reihe, wo sich einige namhafte Kritiker eingefunden haben. „Na, ich bin ja gespannt. Hop oder Drop!"

Gabriel folgt ihrem Blick. „Hm. Ja. Beides nicht so schlecht, wie wir wissen. Man kann gar nicht verlieren! Übrigens, hast du die Reservierungskarte auf den Stuhl für Henry gelegt?"

„Na sicher", Em runzelt die Stirn, „eine seltsame Person, deine Henry. Sagt sich zur Premiere mittels einer Postkarte an Joe an. Sonst seit Wochen keine Nachricht von ihr. Kein Piep. Taucht einfach so unter! Ist nicht zu finden. Nicht einmal als wir ihr an der Rezeption eine Nachricht hinterließen, hat sie geantwortet. Echt seltsam."

„Du vergisst, dass sie offensichtlich eine Ruhepause brauchte. Übrigens: Sie ist nicht meine Henry. Schon lange nicht mehr." Er sieht Em an: „DU bist die meine." Er küsst sie auf die Wange. Dann fährt er sich über die Stirn, als müsse er eine Fliege entfernen. Vielleicht will er auch nur irgendwelche Gedanken oder Erinnerungsgeister endgültig entfernen.

Em lächelt ihm zu. „Gut so. Daran können auch diverse Sandras nichts ändern."

„Sandras?", Gabriel ist irritiert. Em winkt ab. „Egal. Wie gesagt, gut so. Sonst hätte ich mir nämlich längst einen argentinischen Gutsbesitzer namens Gustavo suchen müssen, um mit ihm durchzubrennen."

„Hahaha!", Gabriel fährt mit allen Fingern durch seine Locken. „Was hast du nur für eine Fantasie! DU hättest das Drehbuch schreiben müssen." Er schüttelt den Kopf und grinste.

Em fällt in sein Lachen ein. „Ja, vielleicht wäre das gut gewesen."

„Was jetzt: das Durchbrennen oder das Drehbuchschreiben?"

Em grinst. „Sei nicht so neugierig. So und nun geh ich an meinen Platz und drücke dir die Daumen. Hals und Beinbruch, mein Lieber!"

(Kurz nach der Aufführung und dem Schlussapplaus im Zuschauerraum.)

Kritiker 1: „Die Idee ist ja eigentlich ziemlich abgelutscht. Nicht schon wieder diese Jesus-Nummer, dachte ich. Aber es ist doch nicht uninteressant gemacht."

Kritiker 2: „Findest du? Also das Licht, das Hell-Dunkel und die Konserven-Musikbeschallung mit der live singenden Mezzosopranistin ist schon gelungen, aber die Story? Na ja."

Kritiker 1: „Einige innovative Ideen immerhin. Den Jesus weiblich zu besetzen und dann auch noch mit der genialen Sandra Kerousko im Marilyn Monroe-Outfit, das hat schon was."

Kritiker 2: „Hm. Too much Drama für meinen Geschmack. Ein reduzierteres Outfit wäre auch gut gewesen. Und der Typ mit den Zöpfen? Und der Hund auf der Bühne? Hm. Ich weiß nicht. Alles too much!"

Kritiker 1: „Aber die Verzerrung ins Alltägliche ist der Clou! Und Dengelmann transformiert damit die Figuren und somit das ganze Stück ins Jetzt! — Ja, die sozial Randständigen bringen eine eigene realistische Note mit rein. Das ist kontrovers! Sicherlich provokant, klar! Aber auch genial! Die Dramatik der Kerousko und der Sängerin kombiniert mit den einfachen Gesten und der Bewegungslosigkeit der Laien. Welch ein Kontrast! Die Laiendarsteller wirkten auf mich wie hingestellte Roboter, aber genau das macht ja den Reiz aus. Das reibt sich, das bringt Spannung! Auch für die Ganglien. Das bleibt länger haften. Das setzt sich fest."

Kritiker 2: „Mit Sicherheit. Aber ob das gut ist? Na, ich weiß nicht. Natürlich alles eine kalkulierte Strategie. Der vordergründig geplante Skandal stößt mich aber eher ab. Dengelmann überlässt nichts dem Zufall. Dann taucht auch noch aus dem Untergrund Jays Mutter Maria auf, wohl als eine Art blasse Todesgestalt, eine Traumfigur womöglich, so weiß, wie die geschminkt war! Das Erschrecken über ihr Erscheinen spielten die Darsteller aber sehr gut. Da war nichts Roboterhaftes, Ungelenkes mehr daran! Sehr gut gemacht! Überhaupt der authentischste Moment des Abends! Und die Kerousko! Erst fällt sie beim Anblick der toten Mutter fast von der Bühne, so lebhaft, so raumgreifend! Eine eindrucksvolle Performance! Dann am Schluss versinkt sie einfach in der Erde. Keine Kreuzigung! Auch hier Bruch mit der Tradition! Das lässt viele Fragen offen. Was mir aber perverserweise wieder gefällt. Das immerhin. Diese Offenheit! Da treffen wir uns. Aber nur da. Aber der Abschlussflug ... naja, eine peinliche Selbstinszenierung!"

Kritiker 1: „Stimmt! Und stimmt nicht. Die Reibungen finde ich gut, das Dramatische hat total gepasst zur

Lichtstimmung und Musik, also zur Geräuschkulisse. Wie im Stummfilm beinahe. Da müssen doch große Gesten sein! Der Bandenkrieg der ehemaligen Jünger... Naja. Recht hölzern. Aber im Kontext verständlich. Ich denke tatsächlich an Stummfilme, den Beginn der bewegten Bilder. Einkalkulierte Unperfektheit. Ganz bewusst gesetzt. Dazu die stakkatoartigen Gesänge der Mezzosopranistin. Also die Stelle, wo sie „Personal Jesus" von Depeche Mode intoniert. Hervorragend! Und wie ihre Gesänge dann am Schluss in einem leisen Krächzen starben. Gefällt mir. Nur die Gesänge sterben quasi. Haha. Sehr metaphorisch! Aber den Schluss finde ich dann doch hingeschludert! Dass dieser eine Typ, wohl ein moderner Judas, den weiblichen Marilyn-Jesus schlagen will, ihn verfehlt und stattdessen diese tote Maria trifft, die umfällt wie ein Stück Holz? Liegen bleibt auf der Bühne, sodass alle über sie drübersteigen müssen! Okay, die Figur IST ja schon tot. Aber vielleicht wurde damit die Erinnerung an sie getötet. Ich nehme an, dass das so intendiert war. Gleich danach fährt die nicht getroffene, unversehrte Jay in die Erde hinab? Mit Nebel und Brimborium! Was soll ich davon halten? Dass mit dem Geist der Mutter auch die Tochter stirbt? Oder stirbt diese gar nicht? Und jemand ruft — übrigens die einzigen gesprochenen Worte im Stück: „Einen Arzt! Einen Arzt!" Sicherlich geplant, ja, aber wozu? Macht das Sinn? Zu viel Slapstick. Ja, es bleiben Fragen offen, das ist gut. Aber wohin führen sie? Führen sie irgendwohin? Das befriedigt mich nicht. Zu viel Durcheinander für meinen Geschmack. Am Schluss: Keine klare Linie mehr! Da fällt das Stück schon ab. Und dann als vermutliches Tüpfelchen auf dem I, aber meiner Meinung mindestens eins zu viel: der Flug des Regisseurs über die Abschlussszene! Das war wirklich too much. Noch einen draufgesetzt. Ein wenig Publikumsveräppelung! Oder geht es gegen uns Kritiker? Egal. Das war zu viel des Guten! Aber ein

Skandal ist ihm sicher! Das muss man heutzutage, wo jedes Tabu schon fast gebrochen wurde, erst einmal schaffen! Dass wir darüber schreiben, egal wie, ist ihm sicher. Eine weitere Medienkampagne meiner Zeitung, die bis auf uns Kulturleute doch sehr konservativ ist, ist ihm sicher. Aber das wollte er ja. Bei dem Thema eine aufgelegte Sache! Und typisch Gabriel Dengelmann! Er muss sich selbst in sein Stück einschreiben und darüber aufschwingen! Es überflügeln quasi! Nun ja. Wer es für das Ego braucht …"

Kritiker 2: „Ja, da fliegt er an einem Seil, fast kopfüber und zappelnd über die vernebelte Bühne, schon von fast allen verlassen. Nur der Typ mit den Zöpfen und dem Hund steht im Halbschatten da und schaut direkt und irgendwie beunruhigend ins Publikum, bevor sich der Vorhang schließt! Sollte wie zufällig wirken, war aber dann doch zu überinszeniert. Zu artifiziell für meinen Geschmack. Aber nicht uninteressant!"

(Hinter der Bühne kurz nach der Schlussszene.)

Su: „Du bist ein Idiot, Dino! Die Maria schlagen! Wie oft hat Gabriel den angedeuteten Schlag in Richtung Sandra mit dir geübt? Zehn Mal? Zwanzig Mal? Niemals echt hinhauen! Das weißt du doch! Die arme Frau fiel ja um wie ein Sack. Wer war das überhaupt? Ich habe Ann noch hinter der Bühne getroffen, sie schien einsatzfähig zu sein. Diese Umbesetzung hätte Gabriel uns schon sagen müssen. Aber egal: du bist ein Idiot!"

Dino: „Ach, lass mich in Ruhe! Das ist ja gar nicht wahr. Ich habe ja gar nichts gemacht! Die hat mich so überrascht. Ich war so geflasht von der Szene. So richtig spielen und nicht proben, ist schon ganz was anderes. Wo Leute zuschauen und so."

Su: „Aber doch nicht richtig hauen!"

Dino: „Ich schwöre, ich habe nichts gemacht! Natürlich war ich geflasht. Aber ich habe nichts gemacht. Die Sandra stand plötzlich so weit weg und … ach, ich weiß nicht mehr. Die Frau ist von selbst umgefallen. Ich habe wirklich nichts gemacht! Alles war so anders. So echt. Wie im echten Leben, weißt du. Der Bandenkrieg und so. Ich habe die anderen sogar richtig gehasst in dem Moment! Aber ich habe niemanden geschlagen. Echt nicht!"

Su: „Bist du high? Du hast es versprochen!"

Dino: „Nein. Echt nicht. Hab mich echt zusammengerissen. Erst jetzt gerade was genommen. Gerade eben erst. Hinterher."

Su: „Aber wir müssen doch noch mal raus und uns verbeugen! Die Leute klatschen immer noch. Du spinnst."

Dino: „Jedenfalls bin ich nicht schuld. Alles war anders. Die Frau … wer war die Frau in Anns Kostüm? Die hat mich erschreckt. Genau das werde ich sagen. Man kann mir da gar nichts. Sie hat mich erschreckt. Und sie ist von selbst umgefallen. Ich habe sie gar nicht berührt."

Su: „Wenn das stimmt. Aber werden sie dir glauben? Und wenn jetzt die Frau echt verletzt ist, sitzt du total in der Scheiße. Und das Stück war auch nicht mehr logisch dann. Sandra hätte umfallen müssen, damit sie dann in der Erde versinkt. Nun ist sie einfach so versunken. Ohne Grund. Das passt ja gar nicht ins Stück. Und wenn die Frau sich jetzt echt verletzt hat?"

Dino: „Beggs hat ja eh nach einem Arzt gerufen. Die war ja eh nur benommen, als Beggs sie auf die Falltür geschliffen hat, damit wir nicht über sie drüber fallen."

Su: „Man kann nach so einem Sturz üble Kopfverletzungen haben."

Dino: „Ach, jetzt red mir nichts ein. Sie ist doch nicht hart gefallen. Von selbst umgefallen. Das lass ich mir nicht in die Schuhe schieben. Ich kann nichts dafür. Und wo war eigentlich Joe? Wollte er nicht immer am Bühnenrand stehen? Alles ganz anders heute."

Su: „Keine Ahnung. Sag der Frau nach dem Schlussapplaus, dass es dir leid tut. Geh dich entschuldigen.

Dino: Aber ich habe ja gar nichts gemacht."

Su: „Ist Gabriel wieder am Boden? Er wollte uns doch ein Zeichen geben, wann wir alle gemeinsam raus sollen."

Dino: „Haha, wie er in der Luft gehangen ist … das war witzig!"

Su: „Er muss sich in einem Seil verfangen haben. Ich finde es eher peinlich. Ich hoffe nicht, dass es nach der Premiere schon wieder aus ist mit dem Stück."

Dino: „Meinst du, er schmeißt mich raus? Ich bin unschuldig."

Su: „Musst du ihn selber fragen. Aber entschuldige dich sicherheitshalber."

Dino: „Das ist gemein. Ich habe gar nichts gemacht. Die hat schon so komisch ausgesehen, als sie dagestanden ist."

Su: „Wie komisch?"

Dino: „Na, als ob sie gar nichts checken würde. Und dann fiel sie einfach um."

(Gleichzeitig neben der Bühne.)

Em: „Mein armer Schatz! Hast du dir weh getan?"

Gabriel: „Nicht die Rede wert. Hilf mir mal mit dem Seil da. So. Endlich frei. Mein Stück! Mein Stück ist verdorben! Wie konnte das passieren? Wieso lag da diese Schlinge neben der Bühne? Ich muss irgendwie reingetreten sein und sie hat sich festgezogen. Wie kann so etwas passieren?"

Em: „Armer Schatz! War es schrecklich, über der Bühne zu hängen?"

Gabriel: „Als ob die Schlinge da ausgelegt worden war. Seltsam. Wir haben doch kein Seil in dem Stück. Es muss eine Erklärung geben. Wie? Nein. Nein. Ich muss eine Erklärung finden. So tun, als wäre das alles geplant gewesen, verstehst du? Und souverän auftreten gegenüber der Presse."

Em: „Und auch dass dieser Judastyp die falsche Frau geschlagen hat…"

Gabriel: „Dino muss durchgedreht sein. Aber wieso war Henry als Maria aufgetaucht?"

Em: „Henry? Das war Henry? Deshalb ist also ihr Platz leer geblieben. Wie das?"

Gabriel: „Keine Ahnung. Sie muss mit Ann Platz getauscht haben. Was seltsam ist, denn sie kann ja die Rolle gar nicht. Und dann wird sie auch noch geschlagen! Die Arme! Ich muss gleich nach dem Pressetermin nach ihr sehen. Ich hoffe, sie ist nicht allzu schwer verletzt."

Em: „Ach, sicher nicht. Sie sah nur benommen aus. Alles sehr seltsam. Du wirst gleich noch einmal vor den Vorhang müssen. Hör mal, die Leute toben. Das ist doch gut, oder?"

Gabriel: „Ja, aber wir brauchen eine Erklärung!"

Em: „Weil du als Regisseur der wahre Märtyrer bist, hängst du über der Schlussszene?"

Gabriel: „Brillanter Einfall! Du bist die Beste, Em! Warte. Das kann man ausbauen. Ein metaphorischer Kniff. Der Künstler als Märtyrer! Und als Idol! Als Idol über die Menschen gehoben durch Image und Anbetung! Und als Rebell! Das Theater als wahre Rebellion! Da bastle ich was für die Fragen nachher zusammen. Das schüttle ich aus dem Ärmel."

Em: „Wo ist eigentlich Joe?"

Gabriel: „Keine Ahnung. Hab auch schon geschaut, wo er ist. Er war auch nicht da, als Dino abging. Selten blöd, wie alles gelaufen ist. Ich sehe schon die Schlagzeilen:

Dengelmann schwingt sich über sein Stück auf. Mit seinen Ideen ist er der wahre Revolutionär, der für eine bessere Welt kämpft und Sand im Getriebe des etablierten Systems ist!"

Em: „Genial! Ich mach kurz noch ein bisschen Energieausgleich, bevor du mit der Presse redest. Halt still. Wird sicher ein Erfolg. Trotz allem."

Gabriel: „Ja, hoffen wir das. Und falls jemand fragt: Wie soll ich erklären, dass der Geist der Mutter geschlagen wurde und nicht Jay, das passt ja alles nicht zusammen. Da brauche ich auch noch eine Erklärung."

Em: „Dir wird schon etwas einfallen. Vielleicht soll sich Jay ja dadurch von der Vergangenheit und der Mutter lösen?"

Gabriel: „Du bist genial!" (Er lehnt sich an sie.)

Em: „Du schaffst das schon, Baby!" (Sie streicht ihm übers Haar.)

(Gleichzeitig unter der Bühne.)

Joe: „Sandra, was ist los da oben? Du siehst ja so erschüttert aus. Was ist passiert?"

Sandra: „Es ist ein bisschen was durcheinandergelaufen, aber ich habe es retten können. Dino hat, statt den Arm gegen mich zu erheben, Maria erwischt. Ganz real! Stell dir vor! Sie ist dann einfach umgekippt und Beggs hat sie mit dem Lift herunterbefördert, glaube ich. Ich dachte schon, das schmeißt mir den Abgang. Aber der Lift kam wieder hoch und ich bin dann doch noch rechtzeitig auf der Falltür gestanden und hier gelandet. Gott sei Dank! Und der Nebel hat auch viel von dem Chaos auf der Bühne vertuscht. Hoffe ich jedenfalls."

Joe: „Oh Gott! Ist Ann verletzt?"

Sandra: „Ann? Ann ist gar nicht auf der Bühne aufgetaucht. Sie muss gekniffen haben. Sie haben wohl kurzfristige eine Andere eingesetzt. Was mich irritiert hat. Gabriel hätte uns informieren müssen! Frechheit! Wo ist die Frau überhaupt?

Ist sie nicht hier unten angekommen? Sie war doch vor mir im Lift?"

Joe: „Das alles ist merkwürdig. Ich hätte schwören können, dass Ann auf der Falltür stand, als ich sie mit dem Lift anfangs auf die Bühne hinaufbefördert habe. Aber ich war auch ein paar Meter entfernt. Jedenfalls hatte die Person das Nachthemd an ... das verstehe ich nicht!"

Sandra: „Alles sehr dramatisch! Aber ... uh ... es lief ... es ist gelaufen. Nun heißt es: warten, was die Kritiker sagen."

Joe: „Entspann dich, Liebling! Alles ist sicher gut angekommen. Ich werde nach Dino und den anderen sehen müssen."

Sandra: „Su kümmert sich sicher um Dino. Und vor der Schlussverbeugung und dem Applaus hat es keinen Sinn, wenn du nach ihnen siehst. Küss mich lieber schnell."

Joe: „Ja."

Sandra: „Noch einmal. Ich brauch das jetzt."

Joe: „Hm. Okay."

Sandra: „Die Ersatzdarstellerin für Ann kenne ich gar nicht. Wie kann Gabriel die Rolle jemandem geben, der nie bei den Proben war? So, jetzt muss ich gleich wieder nach oben."

Joe: „Ich habe keine Ahnung. Und ja, es ist nie genug Zeit. Aber ich wollte immerhin hier unten auf dich warten und der Erste sein, der dir gratuliert. Gratuliere!"

Sandra: „Ja. Danke! Bussi! Ich muss gleich wieder hoch auf die Bühne. Gabriel wird schon alles so drehen, dass es passt. Vielleicht wird es einen Skandal geben, aber das ist ja die beste PR. Übrigens: Ohne dich hätte ich das alles nicht durchgehalten, Liebling. Mit all diesen Stümpern. Das wollte ich dir noch schnell sagen! Du bist mein Fels in der Brandung!"

Joe: „Ja und du bist mein Glückstreffer! Mein Ein und

Alles! Wer war diese neue Darstellerin eigentlich?"

Henrietta kommt herein. Sie hat das Gespräch gehört.
Henrietta: „Ich war es!"
Joe: „Henrietta! Du? Hier?"
Sandra: „Das ist Henrietta? DIE Henrietta? Deine Freundin?"
Henrietta: „Seine zukünftige Ex."
Joe: „Aber ..."
Henrietta: „Keine Sorge, es ist schon gut. Ich liege da nur so herum. Mein Kopf ..."
Joe: „Bist du verletzt worden? Hat Dino dich geschlagen? Wie kommst du plötzlich hierher? Wo ist Ann?"
Henrietta: „Nicht alles auf einmal. Beruhige dich. Nein, er hat mich nicht ... Ich habe ein wenig Kopfweh. Geht schon. Lass mich hier ein wenig ausruhen. Und eigentlich hat Beggs gesagt, dass gleich ein Arzt kommt."
Joe: „Wo warst du? Wieso? Warum?"
Sandra: „Ich muss jetzt wieder rauf. Hörst du das Publikum? Es scheint doch ein Erfolg zu werden!"
Joe: „Ja, ja. Alles Gute! Es wird sicher ein Erfolg. Ciao."
Henrietta: „Mein Kopf brummt. Ist das jetzt die Realität? Bin ich wach? Oder noch im Traum?"
Joe: „Welcher Traum? Du hast vielleicht eine Gehirnerschütterung. Wie kommst du plötzlich hierher? Wo warst du die ganze Zeit wirklich?"
Henrietta: „Wirklich? Es ist alles sehr verworren. Keine Ahnung. Doch eine Ahnung. Ich weiß nicht. Ich bin echt im Theater? Und das war Sandra, oder? Ja. Muss so sein. Muss so sein. Hm. Seltsam. Da träumt man sich was zusammen und schwupps ..."
Joe: „Ich sollte mit raufgehen. Nach meinen Schützlingen sehen. Mich auch auf der Bühne blicken lassen. Aber kann ich

dich hier ... allein ... verletzt ...?"

Henrietta: „Geh nur. Ich leg mich hier ein bisschen hin. Mir ist nur schwindlig. Ist Gabriel tatsächlich über die Bühne geflogen? Hahaha, das wäre ja … irre! Ich dachte, ich sehe nicht recht. Allerdings lag ich auf dem Boden. Mir war schwindlig."

Joe: „Geflogen? Gabriel? Du hast dir wohl den Kopf doch ärger angeschlagen. Du hast sicher Halluzinationen. Wo bleibt nur der Arzt?"

Ein Mann kommt herein.

Johannes: „Hier bei der Arbeit. Zur Stelle. Musste erst den Bühneneingang suchen. Ist ja ein Labyrinth hier. Sind Sie die Verletzte? Bleiben Sie liegen."

Henrietta: „Ja."

Johannes: „Gehen Sie nur hinauf, Joe, ich werde die Patientin untersuchen."

Joe: „Gut. Ich sehe nachher nach dir, Henrietta, okay?"

Henrietta: „Herr Doktor, mein Kopf brummt."

Johannes: „Dann werden wir uns das ansehen. Ich bin Johannes."

Henrietta: „Henry."

Johannes: „Alles wird wieder gut. Ich schau mir das mal an. Der Kopf? Sonst etwas, was weh tut?"

Henrietta: „Nur der Kopf. Das rechte Knie. Aber nicht arg."

Johannes: „Gut, dass Beggs mir Karten für die Premiere gegeben hat. Und ich in der ersten Reihe saß. Sonst wäre ich nicht so schnell hierhergekommen."

Henrietta: „Beggs hat ...?"

Johannes: „Mein Untermieter."

Henrietta: „Dann ist das ihr Garten, wo …?"

Johannes: „Ja, das ist mein Garten."

Henrietta: „Ich liebe Ihren Garten. Bin daneben aufgewachsen. Schon als Kind…"

Johannes: „Schsch … Entspannen Sie sich. Wir können später reden."

Henrietta schaut in große, graue Augen, die hinter der Brille deutlich zu sehen sind. Klar und ehrlich, beruhigend und irgendwie freundlich, irgendwie vertraut. Und da ist noch irgendetwas. Plötzlich durchzuckt es sie.

Es war dieser Funke! Sie hatte es so noch nie erlebt. Sie hatte es überhaupt noch nie erlebt. Sie wusste plötzlich, worüber Dichter seit Jahrhunderten schrieben. Sie wusste es in dem Augenblick, als sein Blitz sie traf. Sie wusste, dass dieser Moment alles veränderte, sie veränderte, dass sie nie mehr dieselbe sein würde wie vorher. Als würde eine neue Zeitrechnung beginnen.

Es ist wie am Beginn ihres Liebesromans! Genauso! Dabei glaubt sie an all das gar nicht, hatte sie das mit einer Spur Sarkasmus geschrieben. Vielleicht aber glaubt sie doch daran. Vielleicht aber wird sie jetzt daran glauben.

(Auf der Bühne)
Beggs und Lump stehen alleine mitten auf der Bühne im sich allmählich auflösenden Trockeneisnebel und blicken auf das eifrig klatschende und immer wieder begeistert nach den Darstellern rufende Publikum.

„Ist jetzt endlich alles geregelt, Lump?", fragt Beggs leise. Der Hund blickt mit glänzenden Augen und voller Erwartung zu ihm hoch. „Wuff!" sagt er.

„Na, dann ist es ja gut. Lass uns verschwinden, die materielle Welt ist immer so anstrengend", sagt Beggs.

Und dann lösen sie sich im Nebel auf.

24.

(Ich)

„Was ist das?

Wo bin ich?

Oder besser: Was oder wer bin ich?

Bin ich allein?

Oder ins Einssein zurückgeschickt worden?

Irgendetwas verändert sich. Irgendetwas durchbricht die Dunkelheit und bewegt sich.

Hallo?

Werde ich sterben? Buhu!"

„Unsinn!"

„Wer spricht da? Ich kann nichts sehen."

„Na, was glaubst du? ICH bin es."

„Lotti? LOTTI! Du! Wo warst du? Wo sind wir?"

„Ich war einmal Lotti. Ich bin jetzt drüben. Der Nebelschleier ist zwischen uns kurz gelüftet. Hab keine Angst. Es ist alles, wie es sein soll."

„Wie es sein soll? Aber alles ging doch schief! Und der blaue Nebel hat auch mich geschnappt! Noch bevor ich Mutter oder Vater finden konnte!"

„Alles wie es sein soll. Beruhige dich. Es gibt keine Irrtümer. Es gibt keinen Zufall. Du bist endlich in der blauen Nebelspirale gelandet, wie ich auch. Nur sind wir auf unterschiedlichen Seiten. Du gehst raus. Ich geh rein. Wie bei einer

Drehtür. Ganz einfach!"

Ich kann ihr Lachen hören. Und ja, allmählich kann ich eine Art Wirbel um mich spüren, einen sehr langsamen, sanften Wirbel. Aber ich verstehe es noch immer nicht.

„Hä? Und dann? Wohin raus?"

„Na was glaubst du? Du wirst geboren werden. So wird es sein."

„Ja? Wirklich? Echt jetzt?"

„Ja."

„Aber wie hat das alles doch noch geschehen können? Ich konnte doch Mutter nicht finden!"

„Doch, du konntest. Nun warte einfach mal ab. Du wirst es schon sehen."

„Aber ich sehe diese ganzen Paare und alle sind irgendwie zusammen. Mehr oder weniger. Schau doch! Kannst du sie auch sehen? Sie sind im Theater. Wer von denen sind nun meine Eltern?"

„Ja. Sie sind mit ihren Dramen beschäftigt. Menschen halt!", sie lacht und seufzt gleichzeitig, „Und jetzt bleib im Vertrauen und gedulde dich."

„Und was werde ich sein? Was werde ich werden? Und wo? Und mit wem?"

„Was habe ich dir gerade gesagt? Lass locker. Alles wird sich zeigen. Immer diese Ungeduld! Aber ach, das gehört wahrscheinlich auch dazu. Meine Güte!"

„Und du?"

„Ich bin gestorben als Mensch und komme zurück ins All-Eins. Die Drehtür, verstehst du? Du wirst geboren, ich bin gestorben. Ich werde mich noch entscheiden, ob ich wieder Mensch werden will oder nicht mehr. Eigentlich habe ich genug von all dem Drama in der materiellen Welt. Aber mal sehen."

„Aha! Ach so. Hm. Dann war der blaue Nebel gar nicht böse?"

„Er macht nur seine Arbeit."

„Dann habe ich ja alles falsch eingeschätzt."

„Es gibt kein falsch, das weiß ich jetzt. Es gibt nur Umwege. Aber der Weg ist ja das Ziel, wie man so schön sagt."

„Du fehlst mir."

„Du wirst mir wiederbegegnen. So oder so."

„Wie denn?"

„Wir sind eine Familie."

„Wie soll ich das verstehen? Familie?"

„Ich ahnte es bald einmal, aber wusste es nicht genau. Ich bin deine Großmutter, also war deine Großmutter."

„Dann bist du Henriettas Mutter?"

„Nein. Ich habe mich ein bisschen im Buch verirrt. Und die Figur Henrietta für meine Tochter gehalten. Aber nur kurz." Sie lacht wieder. „Meine Tochter, deine Mutter hat die Figuren geschrieben. Ihr Funke ist in allem drin. Deshalb die Verwirrung. Es war immer nur sie. Es ist immer nur sie."

„Oh, ich weiß es jetzt! Ja. Deshalb also."

„Ja. Und ich werde für dich immer dort sein, wo sich die Grenzen berühren, zwischen allen Ebenen, zwischen Traum und Wirklichkeit, dort wo wir im Grunde alle wirklich existieren."

„Ja? Klingt fantastisch. Verstehe ich aber trotzdem nicht."

„Du wirst mich spüren beim Einschlafen, wenn du hinüber-gleitest. Beim Aufwachen, wenn du zurückkommst. Und wenn du sehr aufmerksam bist, dazwischen auch manchmal. Und: Du musst nicht alles verstehen. Lass dich einfach ein-mal auf das Neue ein, auf die Veränderung! Alles liegt nun wieder neu vor dir! Das ist ein Abenteuer, glaub mir."

„Ja. Okay. Hm. Aber ich werde alles, was du mir da sagst, vielleicht wieder vergessen. Jeden Tag womöglich mehr und mehr. Und als Mensch werde ich sowieso beschränkt sein."

„Hahaha, ja, so ist das. Die Menschen sind nun mal beschränkt. Oder sie beschränken sich selbst, ihren Geist, wenn man so will. Aber du wirst dich an gewisse Dinge auf deine Art und Weise erinnern. Es wird so sein, wenn du es dir jetzt wünscht."

„Ja. Ich will mich erinnern."

„Dann wird es so sein. Früher oder später."

„Wie lange sind wir schon hier? Wann geht es weiter?"

„Schon wieder diese Ungeduld? Zeit ist bedeutungslos. Aber ich verrate dir was, du bist schon dabei dich zu realisieren. Und du hast noch neun Monate Zeit, um dich zu vervollständigen. Und es schaut aus, als würde es ganz spannend werden. Ein interessantes Leben erwartet dich."

„Ja. Hoffentlich. Ein gutes Leben, hoffentlich."

„Vertraue darauf. Hör auf deine Instinkte und dein Herz. Das habe ich immer gewusst. Auch wenn ich damals noch nicht das wusste, was ich jetzt wieder alles weiß. Es ist ziemlich lässig, so viel zu wissen. Ich genieße das!" Sie lacht wieder.

„Hm. Ich verstehe nicht viel davon."

„Du wirst Mensch, das ist natürlich."

„Und jetzt geht es wirklich richtig los? Ich saß ja so lange auf dieser Ebene fest! So ohne Körper. So lange."

„Ja, sicher ein paar Stunden." Lotti kichert. „Vielleicht sogar eine ganze Nacht in Menschenzeit."

„Was? Es kam mir vor wie viele, viele Wochen."

„Ja, ja, die Zeit. Ein unerschöpfliches Thema. Apropos: Ich muss jetzt gehen. Mach es gut. Pass auf dich auf."

„Lotti!"

„Das ist nur ein Name von vielen. Eine menschliche Erinnerung. Aber das Gefühl wird bleiben. Die Liebe bleibt. Die Verbundenheit bleibt. Ich — wir alle — sind bei dir. Immer. Überall."

„Auf Wiedersehen!"

„Auf Wiedersehen!"

Ich kann zwar kaum etwas erkennen, aber ich spüre sehr deutlich, dass ihre Präsenz verschwunden ist. Aber da ist noch etwas anderes in meiner Nähe.

Eine Stimme ertönt.
„Und? Bereit für das große Abenteuer als Mensch?"

Es ist HS! Wie habe ich diese innere Stimme vermisst!
„HS? Meine Güte — HS! Du endlich hier? Du, meine innere Stimme, meine Weisheit, mein Gewissen! Wo warst du die ganze Zeit über?"

„Hier. Immer hier. Du hast mich nur nicht wahrgenommen. Zuerst nicht. Dann schon. Menschen sind schon seltsame

Wesen. Ich sage das immer wieder. Sie glauben nicht, was sie fühlen."

„Wie? Ich habe dich so oft gebeten, mich zu kontaktieren! Warum habe ich dich nicht gehört? Ich habe dich eben NICHT wahrgenommen!"

„Weil du immer menschlicher wirst. Weil du in der Menschenzeit warst. Übrigens ein toller Trick, das mit der Rolltreppe. Alle Achtung! Aber ich war da. Ich habe mich dann auch in die Menschenzeit begeben. Bin dir gefolgt. Habe mich angepasst. War gar nicht einfach. Sehr beengend. Und beschränkend. Nein, das mache ich nicht wieder."

„Ich verstehe nicht, was du meinst. Wer oder wo warst du?"

„Ich habe mir eine gute Seele gesucht und bin bei ihr untergeschlüpft. War behaglich, aber etwas, nun sagen wir, unkommunikativ. Aus menschlicher Sicht."

„Aha. Hm. Klingt ja mysteriös! Aber so viel kommt mir merkwürdig vor. So viel! All diese Umwege und so. Wenn das überhaupt Umwege waren. Ach, ich weiß gar nichts mehr!"

„Wuff", sagt das HS.

„Ah! Ach so! Meine Güte! Du bist also … du warst also in Lump? In einem Hund? Ach, deshalb konnte er mich wahrnehmen. Er war du. Er war mir so vertraut. Deshalb also. Das ist ja alles seltsam. Du warst also die ganze Zeit in meiner Nähe. Und ich habe es nicht gewusst. Wie dumm von mir!

Und was passiert nun? Wirst du nun weiter bei mir bleiben? Auch wenn ich ein Mensch werde?"

„Ja. Sofern du mich wahrnehmen wirst. Ich bleibe aber jetzt auf der höheren Ebene. Wie es sein soll. Das mit dem Hund war nur eine Notlösung. Beggs hat es mir erlaubt."

„Beggs? Oh, ich will es gar nicht wissen! Was kann ich tun, um dich wahrzunehmen, wenn ich körperlich geworden bin? Die Menschen vergessen doch, je älter sie werden ..."

„Ja, das ist immer so eine Sache. Die Menschen verdrängen viel. Vergessen viel, wie du weißt. Aber mach dir eine Merkhilfe. Irgendetwas. Ein Bild, ein Wort, ein Gefühl, das du mit mir verbindest, dass dich mit mir verbindet."

„Hm. Klingt einfach. Ich werde es versuchen. Das ist ein schöner Gedanke."

Es wird heller.

„Hab keine Angst!", sagt das HS. Und „Wuff!", sagt es noch ein letztes Mal.

Ich fühle in mich. Alles fühlt sich richtig an. „Ich habe gar keine Angst mehr. Ich freu mich jetzt endlich auf das Kommende", sage ich zu mir selbst und es ist wirklich wahr. Ich weiß noch nicht, was alles auf mich zukommen wird. Aber es wird gut sein.

25.

(In Genua)

Ann schlägt die Augen auf. In ihrem Kopf dreht sich alles. Sie will sich erheben, aber sinkt wieder aufs Kissen zurück. Alles ist verschwommen.

„Wir haben gestern zu viel getrunken", sagt Paul neben ihr. Er liegt auf der Seite, den Kopf aufgestützt und schaut sie an. Wie lange liegt er schon so da?

„Was? Das bisschen Rotwein? Du liebe Zeit, hatte ich einen tiefen Traum! Sehr komplex, scheint mir. Ich habe das Gefühl, ich hätte ewig geschlafen." Sie schaut um sich, wird sich in dem Augenblick bewusst, wo sie ist. „Was machst du eigentlich in meinem Bett?"

Paul verzieht das Gesicht. „Hast du einen Filmriss? Weißt du nichts mehr von gestern?"

„Filmriss?", Ann setzt sich vorsichtig auf und versucht ihre Haare mit den Fingern zu glätten, aber sie erreicht das Gegenteil. „Was war gestern? Was für ein Tag ist heute?"

„Samstag. Gestern war Freitag."

„Nein, ich meine, was war gestern … du weißt genau … ach, vergiss es. Offenbar haben wir …"

Paul setzt sich ebenfalls auf und kratzt sich am stoppeligen Kinn. „Ja, scheint so. Ich muss ehrlich sagen, ich weiß auch nicht mehr viel. Dafür aber hatte ich einen seltsamen Traum. Er schien endlos zu sein."

„Ja? Meiner auch. Offenbar hatten wir eine traumhafte Nacht." Sie muss jetzt lächeln und schaut ihn aus den Augenwinkeln an. Wieso hört er nicht auf, sie anzusehen?

„Da war irgendwas mit einer Botschaft ... ich bekomme es nicht mehr auf die Reihe."

„Ist irgendetwas?" Ann wischt sich im Gesicht herum. Wieso schaut Paul so?

„Nichts", sagt Paul schnell, denkt aber darüber nach, wieso sie so verändert aussieht. Durch die Balken der Terrassentür fällt ein Lichtstreifen auf ihr Gesicht. Es ist, als würde ein Spot sie beleuchten. Paul kann gar nicht wegschauen.

Ann wird sich bewusst, dass sie gar nichts anhat. Sie wickelt sich die Decke um den Körper und steigt etwas wackelig aus dem Bett. Sie muss jetzt unbedingt sofort alle Terrassenbalken öffnen und sich vergewissern, dass sie wirklich dort ist, wo sie hingehört. Dass dies nicht schon wieder ein Traum ist. Sie reißt alle Türen auf, stößt die Balken zur Seite. Warmes Sonnenlicht flutet herein.

Ann geht auf die Terrasse hinaus, blickt auf das vor ihr ausgebreitete Meer. Wie traumhaft die Realität doch ist! Seltsame, verworrene Gedanken fegen durch ihren Kopf. Stimmen, vermischt mit diffusen Bildern. Warum fühlt sie sich so wohl, so satt, so gestärkt?

Sie tritt jetzt wie gewohnt an den Tisch mit dem Laptop heran, der wie immer unter dem Baldachin auf sie zu warten scheint, klappt den Laptopdeckel hoch und setzt sich. Die Letztfassung ihres Romans erscheint. Sie starrt auf den Bildschirm, blinzelt. Sie blinzelt noch ein paar Mail, reibt an den Augen.

„Hast du in der Nacht an meiner Story herumgewerkt?", ruft sie aufgeregt.

Paul steckt seinen Kopf aus der Tür, während er sich gerade ein T-Shirt über den Kopf zieht „Wie?"

„Das hier habe ich nicht geschrieben. Das nicht und das auch nicht. Da sind ja Fragmente angefügt." Sie blättert zurück und nach vor, liest quer. In ihrem Kopf rauscht es.

Paul kratzt sich am Kopf. „Seltsam. Ich habe irgend so etwas Ähnliches geträumt."

„Was?"

„Dass jemand dein Buch weiterschreibt."

„Eine Frau mit roten Haaren?"

„Ja. Wieso?"

„Hm. Das ist aber merkwürdig … ich denke ... nein, ich weiß nicht, ich habe es vergessen."

Ann liest die letzten Zeilen des Manuskriptes. „Wie dem auch sei, es ist ein totales Chaos. Da sind Leerstellen. Und dann hört die Geschichte mittendrin auf. Da schreit eine Frau im Wald. Und dann ist gar nichts mehr. Das ist ja irre! Das hat ja nicht mehr viel mit meiner Dreiecksgeschichte und dem Theaterstück zu tun. Ich werde diese Ergänzungen einfach wieder löschen. Und das alles noch einmal umarbeiten müssen. Es ist jedenfalls mehr als seltsam. Habe ich das alles im Rausch geschrieben? Aber immerhin ist mir im Traum der Schluss eingefallen."

Paul tritt auf die Terrasse: „Aber du arbeitest nicht jetzt gleich alles um, oder? Lass uns doch erstmal frühstücken. Ich habe einen Riesenhunger!"

Ann starrt ihn an, als sähe sie ihn zum ersten Mal wirklich. Warum hüpft ihr Herz dabei? Warum muss sie ständig lächeln? „Ja? Hm. Hunger? Ja. Wie ein Bär." Paul verschwindet wieder im Zimmer.

Ann ist noch benommen. Aber eigentlich auch völlig klar. Irgendetwas fühlt sich total verändert an. Sie lehnt sich zurück und schaut nach oben in den blitzblauen Himmel. Hinter dem Haus zwitschern die Vögel in den Bäumen. Sonst ist kein Geräusch zu hören. Sie atmet gleichmäßig und ruhig ein und wieder aus. Was ist das für ein Traum gewesen! Teile davon wird sie gleich nachher aufschreiben, sie muss sie nur behalten. Henrietta, Gabriel und Joe. Ihre Figuren sind im Traum lebendig geworden oder so ähnlich. Und ist da nicht auch etwas mit einem Kind gewesen? Dieser Teil liegt jetzt wie im Nebel. Sie legt unwillkürlich beide Hände auf ihren

Bauch und schließt die Augen.

Ihre innere Stimme sagt klar und deutlich: DAS M.A.M. PROJEKT WAR ERFOLGREICH.

Sie weiß noch nicht, was das bedeutet, was überhaupt jetzt auf sie zukommen wird, aber es wird gut sein.

Paul tritt erneut aus dem Wohnzimmer. „Ich habe den Kaffee schon aufgestellt. Kommst du?"

„Ja, ich komme", sagt Ann.

Dann klappt sie mit einem Ruck den Laptopdeckel zu.

ENDE.

Über die Autorin:

Bettina Messner

Schriftstellerin. Lebt in Graz, Österreich.

Foto: © Peter Brandstätter

Bisher veröffentlichte Bücher:

Das schachspielende Chamäleon.

Erzählungen, edition keiper Graz, 2019

Senta gibt Gas

Erzählungen, edition keiper Graz, 2016

Senta bremst ein

Erzählungen, edition keiper Graz, 2014

Die Bücher sind im Buchhandel erhältlich.